설프

Snow Leopard

설표
Snow Leopard

초판 1쇄 찍은 날 | 2014년 6월 16일
초판 1쇄 펴낸 날 | 2014년 6월 20일

지은이 | 정이연
펴낸이 | 예경원

편집 | 유경화

펴낸곳 | 예원북스
등록번호 | 제396-2012-000132호
등록일자 | 2012. 7. 25
YRN | 제1-0068호

주소 | 경기도 고양시 일산동구 무궁화로 8-28 삼성메르헨하우스 712호 (우) 410-837
전화 | 031-819-9431 팩스 | 031-817-9432
http://cafe.naver.com/yewonromance
E-mail | yewonbooks@naver.com

ISBN 979-11-5630-099-1 03810

YEWONBOOKS ROMANCE STORY

Snow Leopard

설
표

정이연 장편 소설

CONTENTS

아름다운 설원 위, 고양잇과 특유의 움직임처럼 매끄러운 움직임을 보이는 백표범과 같은 이름을 가진 설표. 대한민국에서 관상학적으로도 그리고 눈으로 보는 주관적인 판단으로도 가장 잘생겼다는 젊은 배우는 아역 시절부터 시작해 서른 살이 된 지금까지 한 번의 슬럼프도 없이 승승장구하고 있는 최고의 탑 배우였다.

갑자기 하늘에서 뚝 떨어진 것처럼 TOC 드라마 〈바람 소리〉로 데뷔한 이 남자는 그 후 800만 관객을 동원한 영화 〈프레데터(predator:포식자)〉를 통해 어린 나이에 비해 빠르게 성인 연기자로 우뚝 선 후, 군문제와 헐리웃 활동을 위한 공백기 몇 년을 제외하곤 국내에서 많은 인기를 누리며 탑의 위치에서 살아온 화려한 이력의 남자였다.

그가 이제껏 동원한 관객 수가 5,000만이 넘는다 하니 웬만한 영화 제작사에서는 서로 그를 모셔가려 애를 쓴다는 말도 헛소리는 아닐 것이다. 이런 남자가 〈바람 소리〉를 마지막으로 떠났던 드라마 판으로 돌아온다고 선언한 것이었다.

BOK 드라마 제작실. 주로 미팅룸으로 사용되는 커다란 공간엔 여섯 명의 사람들이 서로 마주 보고 앉아 있었다. 오른편에 앉은 이들은 드라마 국장과 드라마 PD, 제작사 대표가 앉아 있었고, 왼쪽엔 매니지먼트 대표 김상중과 배우 설표, 그리고 그의 매니저 김철호가 앉아 있었다. 외부엔 알려지지 않은 비밀스러운 만남은 정각 4시에 시작될 것이라 계획이 잡혀 있었지만 10분이 지난 지금까지 그들은 어색한 표정으로 서로만 바라볼 뿐 입을 떼지 않고 있었다. 그들은 하나같이 한 사람을 기다리고 있었다.

"장미나 작가님이 많이 늦네요."

"그러게요."

어색하게 말한 드라마 국장이 곁에 있는 김 PD에게 지각쟁이에게 연락을 하라는 듯 매서운 눈빛을 보냈다. 김 PD가 자리에서 일어서던 찰나였다.

문이 열리더니 축축하게 젖은 흑발을 늘어뜨린 여인이 들어왔다. 화장기 하나 없는 얼굴은 맑았고, 시간도 그녀를 피해간 것인지 새하얀 얼굴엔 주름 하나 없이 깨끗했다. 유명 연예인들처럼 피부 관리를 받는 것이 아닐까, 의심스러울 정도였다.

여인은 들어오자마자 허리를 90도로 꺾어 인사한 뒤 상체를 일
으켰다.

"죄송합니다, 많이 늦었습니다."

"아닙니다, 장 작가님. 얼른 이리로 오시죠."

드라마 국장이 입술을 씰룩였다. 맞은편에 있는 사람들처럼 그
의 입장에서는 미나 또한 함부로 할 수 없는 입장이었다. 유명 스
타 작가인 그녀는 수많은 멜로드라마를 성공시키며 근 10년 동안
세 손가락 안에 항상 꼽힐 정도로 대단한 사람이었다. 편당 수천
만 원을 받는 장미나 작가 덕에 설표까지 붙잡을 수 있었으니 국
장은 화가 나면서도 PD가 자리에서 일어나 의자를 빼내주는 것을
보고만 있어야 했다.

그때 가만히 앉아 손목시계만 바라보던 설표가 자리에서 일어
났다. 그녀의 맞은편에 서 있던 그는 자신을 새초롬한 눈으로 바
라보는 미나를 향해 커다란 손을 뻗었다.

"장 작가님, 오랜만에 뵙습니다."

"네."

미나는 자신에게 내밀어진 손을 붙잡은 뒤 위아래로 흔들었다.
커다란 손은 딱딱했고, 손바닥에는 굳은살이 느껴졌다. 어색하게
웃은 미나가 손을 떼기 위해 힘을 주었다. 하지만 손등에 혈관이
불뚝 솟을 정도로 힘주어 잡은 그는 무감각했던 얼굴로 입술만 부
드럽게 휘며 서늘하게 웃으며 말했다.

"한동안 연락이 안 되서 깜짝 놀랐습니다. 하지만 잘 살아 계

신 것 같군요."

고저 없는 목소리에 미나의 얼굴이 순간 굳어졌다.

미나가 아무런 말도 하지 못한 채 설표의 얼굴을 말가니 올려다 본다. 무슨 말을 하고 싶은 거니? 그녀가 눈으로 그리 물었다. 그러자 설표는 주위의 사람들의 시선은 신경도 쓰지 않은 채 말했다.

"이젠 괜찮습니까?"

"무슨 말이십니까?"

미나가 눈살을 찌푸리며 물었다. 또 무슨 헛소리를 하려고 이러는 거야? 미나의 눈빛에 적대감이 일었다.

"이제 저랑 잠자리를 할 수 있을 것 같냐, 묻는 겁니다."

처음 그를 만났던 때와는 달리 10년이란 시간 동안 그는 많은 것이 바뀌어 있었다. 음색과 눈빛은 깊어졌고, 표정도 단단해졌다. 예전과 달리 단순히 그를 어린아이 취급하며 이젠 더 이상 밀어낼 수가 없다는 말이다.

이래서, 이래서 그를 피했던 것이다. 자신을 몰아붙이는 그의 앞에서 신기루처럼 사라져 버린 것은 바로 눈앞의 강설표, 그 때문.

그래서였을까, 그는 다른 이들의 시선이 있다는 것을 알면서도 잘 벼루어진 날처럼 날카로운 시선으로 자신을 찔러 죽일 듯 바라보며 말한 것은.

"뭐, 뭐예요?"

되물은 것은 미나가 아니었다. 미나의 곁에 서 있던 드라마 국장의 물음이었다. 하지만 설표는 날카롭게 뜬 눈을 미나에게서 거두지 않고 있었다. 그녀가 자신을 놀란 표정으로 보는 것을 뚫어져라 바라보며 맹수처럼 눈을 빛내고 있을 뿐이었다.

순간 얼어붙었던 공기가 느슨하게 풀린 것은 한 외침 때문이었다.

"야, 강설표!"

철호가 기겁을 하며 그의 옷자락을 잡아당겼지만 설표는 멈추지 않았다. 그녀와 시선을 똑바로 맞추며 낮고 울림이 큰 목소리로 말했다.

"이젠 작가님의 손에 놀아나던 고양이가 아닙니다."

그 말이 선전포고처럼 느껴졌다.

이젠 절대 도망가게 내버려 두지 않을 것이라는 강력한 선전포고.

Snow Leopard

1

"어린아이는 메인으로 안 세워요."

기다란 머리카락은 대략 허리춤까지 내려와 있었다. 평소 미용실을 멀리하는 그녀의 성격을 고스란히 보여주듯 결 좋은 머리카락은 흑발이었고, 흔히 텔레비전에서 샴푸 광고를 하는 여배우들의 머릿결과 비슷해 보였다. 물론 그녀들은 CG로 반들반들 빛을 만든 것이겠지만 미나에겐 귀차니즘의 상징 정도였다.

여인은 머리를 한데 모으더니 머리를 돌돌 말아 모나미 팬을 비녀 삼아 꽂았다. 그리고 테이블 위에 어지럽게 널려 있는 A4 용지를 긁어모으며 더 이상 이야기할 가치가 없다는 듯이 자리에서 일어났다. 그러자 〈미래 영화사〉 차종민 대표는 서둘러 여인의 팔목을 붙잡으며 말했다.

"어린애라니? 강설표 몰라?"

"강설표요?"

"그래, 요즘 한창 떠오르는 아역 있잖아."

여인이 미간을 찌푸렸다. 그러다가 머릿속에 입력되어 있는 이름을 찾아내었는지 고개를 끄덕인다. 강설표, 열여덟 살이던가 열아홉 살이던가, 하여튼 아직 미성년자 딱지도 못 뗀 풋내기였다. 이제 막 이차성징이 왔을 법한 솜털 뽀송뽀송한 꽃돌이. 하지만 이전에 맡았던 〈바람 소리〉에서는 살인사건으로 인해 인생이 뒤틀린 악역을 맡아 강렬한 눈빛과 꽤나 준수한 액션 연기로 사람들의 호평을 받고 있긴 했었다.

아마 그 팬들이 '이대로만 자라다오?' 라고 했던가?

다 큰 남자연예인의 역변까지 걱정하는 극성팬들을 떠올린 여인은 들고 있던 종이를 테이블에 내려놓으며 팔짱을 꼈다. 그녀가 조금은 관심을 가지는 듯한 모습에 차 대표가 서둘러 말을 이었다.

"걔가 이번에 액션스릴러를 찾는데, 우연히 우리 대단하신 장작가님 대본을 본 거야. 이게 너무나 마음에 들어서……."

"자, 잠시만. 잠시만요."

미나가 서둘러 팔을 뻗어 그의 말을 막았다. 그리고 머리가 아프다는 듯 손가락으로 관자놀이를 꾹꾹 누르며 말했다.

"그 고양이나, 차 대표님이나 제 대본을 제대로 읽긴 한 거예요?"

"고양이?"

차 대표가 알아듣지 못해 되묻자 미나는 공중에서 손을 휘적휘적 저었다.

"걔 팬 카페 이름이 우리 집 고양이예요."

팬들이 말하는 우리 집 고양이가 강설표일 테니, 고양이라 부른 것뿐이다.

"아아, 강설표 팬 카페. 하여튼 대본은 다 읽었지! 그쪽에서도 아주 하고 싶다고 몸이 달아서 난리라고!"

차 대표가 침까지 튀어가며 이번 미나의 작품에 대해 칭찬을 해대기 시작했다.

"대본만 봐도 얼마나 근사한 화면이 나올 거라고 몇 번이나 말했는지 알아? 그건 나도 동감하고! 자동차 폭발 신에선 여심도 아주 대폭발할 거야."

줄줄 이어지는 말에 미나가 짜증스레 세운 미간을 손가락으로 꾹꾹 누르며 그의 말을 잘랐다.

"아, 됐고요. 대본 보셨다면 아시겠네요. 사이코 패스 30대 주인공이 과거에 자신에게 상처 준 사람들 찾아가서 다 죽이는 내용인 거."

"물론이지!"

차 대표가 눈을 반짝이며 외쳤다. 그러자 미나가 더 이상 참을 수 없다는 듯 버럭 소리쳤다.

"그 꼬꼬마가 어떻게 30대예요! 걔 화면에선 더 어리게 나오잖아요! 아주 솜털까지 다 나오던데!"

"그거야 어리니까 당연히……."

솜털이 있지. 화면에도 어리게 나오는 거고. 암, 내 말에 어디 틀린 점 있어? 차 대표가 줄줄이 말을 읊으며 상큼하게 웃어 보인다.

"대본까지 수정하며 강설표 메인으로 세울 맘 없어요. 그러니 지금 말씀하시는 건 기각. 윤조나 섭외해 줘요."

"윤조? 걘 40댄데? 어린 강설표는 안 되고, 나이 많은 윤조는 돼? 그런 궤변이 어디 있어?"

"……그쪽 소속사에 돈 받았어요?"

"장 작가!"

"그럼 계약서대로 이행해 줘요. 계약서에 명시되어 있죠? 제3조, 메인은 내가 원하는 사람으로 세우기로. 더 할 이야기 없음 이만 가 볼게요."

시크하게 답한 미나는 책상 위에 두었던 종이 뭉치를 들고 뒤돌아섰다. 더 이상 재고할 가치도 없는 문제라는 듯. 뒤에서 연신 최 대표가 애타는 목소리로 불러도 그녀의 걸음은 멈추지 않았다.

그때 차 대표와 메인 문제에 대해선 완벽하게 이야기 매듭을 지은 줄 알았다. 하지만 정확히 다음날, 작업실 겸 집으로 사용하는 공간에 초인종 소리가 쩌렁쩌렁 울리고, 반쯤 잠이 덜 깬 모습으로 문을 열었을 때 미나는 일이 완벽하게 잘못 돌아가고 있음을 깨달았다.

어젯밤, 제작사에 마지막으로 대본을 넘기기 전 최종 탈고를 위해 눈에 핏대를 세우며 수백 장의 프린트 물을 보고 또 봐야 했다.

여기의 감정라인이 조금 약한가? 아아, 여긴 화면 구성이 조금 구려. 감정을 좀 억눌러서…….

색색의 볼펜으로 대본을 보고 또 보며 수십 잔의 커피를 마셨고, 재떨이엔 꽁초 탑을 쌓아야 했다. 그렇게 겨우 아침 해가 뜨고 나서야 잠자리에 들었던 그녀다.

침대 매트리스에 들러붙어 한 몸이 된 미나는 숨소리도 내지 않은 채 탈진해 잠들어 있었다. 창밖엔 환한 태양이 떠오른 지 오래였지만, 방음과 동시에 햇볕까지 완벽하게 차단해 주는 암막커튼으로 인해 집 안에 무겁게 내려앉은 정막은 그 어느 것도 깨지 못할 것처럼 느껴졌다.

하지만 그녀가 잠자리에 든 지 약 두 시간 정도 흘렀을 때다. 미나의 몸이 움찔 떨릴 정도로 커다란 초인종 소리가 들렸다.

딩동―

처음 한 번은 사뿐히 무시하며 몸을 뒤척인 그녀가 이불을 머리 끝까지 끌어 올렸다. 하지만 그 뒤로 두세 번의 초인종이 더 울리자 결국 몸을 일으킨다.

휘청휘청, 쓰러질 듯 안 쓰러지는 오뚝이처럼 비틀거리는 몸으로 현관으로 간 미나가 문을 열기 전 웅얼거리는 목소리로 물었다.

"누구……?"

"장미나 작가님 뵈러 왔습니다."

장미나? 그래, 장미나는 나지. 정확히 자신의 이름을 말하는 목소리에 미나가 문을 열었다. 그러자 잠기운 때문에 반쯤 감긴 시야로 훤칠한 남자의 실루엣이 보였다.

"강설표입니다. 안에 장 작가님 안 계십니까?"

강설표였다. 생각하지도 못한 방문자에 미나는 벼락이라도 맞은 사람처럼 눈을 크게 떴다. 방금 전까지 그녀의 몸을 짓누르던 잠귀신도 도망간 뒤다.

강설표가 왜……?

가장 먼저 든 생각은 그것이었다. 왜 그가 나의 집을 찾아왔는가.

그리고 두 번째로 든 생각은 왜 자신을 찾는 것인가였다.

하지만 설표와 눈을 마주하는 순간 미나는 머릿속에 떠오르던 의문이 깨끗하게 지워지는 것을 느낀다.

이질감이 느껴지는 얼굴은 마치 조각칼로 깎아놓은 것만 같았다. 왜 사람들이 환장을 하며 그에게 환호하는지 알 수 있을 것만 같다. 길쭉한 눈매는 몽환적인 매력이 느껴지긴 했으나 그 속에 있는 눈동자는 생기로 빛나 미묘한 매력을 주었다.

아, 실물이 이 정도면 감각 좋은 카메라 감독이 영상 속에 담을 땐 얼마나 매력적이게 보일까. 아마 왼쪽 각도로 잡는 화면은 굳이 다른 기법을 주지 않더라도 충분히 사람을 사로잡을 수 있을 것이다. 아니면 그의 눈만 클로즈업하는 것도 괜찮겠지.

다소 쓸데없는 생각들을 하며 설표를 관찰하던 미나는 그가 미간을 세우는 것을 보았다. 그제야 자신이 예의에 어긋날 정도로 빤히 바라보았다는 사실을 깨달았다.

"아아, 미안해요. 장 작가님은 왜요?"

미나는 그가 왜 자신을 찾아왔는지 알기 위해 타인인 척 물었다. 그러자 설표는 구겼던 얼굴을 반듯하게 펴며 말했다.

"오디션 하러 왔습니다."

순간 그의 얼굴에서 긴장감을 본 미나가 고개를 기울였다. 뭐지? 싸한 기운이 척추를 타고 위로 올라왔다.

"에……? 오디션이요?"

"네."

확신 어린 어조에 미나의 얼굴이 종잇장처럼 구겨졌다. 이 모든 일을 꾸민 인간이 누구인지 대략 예상이 갔기 때문이다.

차 대표 이 인간 정말…… 계약을 해지하던가 해야지!

자신 몰래 이런 일을 꾸몄다 생각하자 미나는 당장에라도 차 대표에게 전화를 걸어 개처럼 왈왈 짖어줘야겠다는 생각만이 머릿속을 가득 채웠다. 미나가 피곤한 기색이 역력한 얼굴로 설표를 보았다.

"아닌데요? 장 작가님께 오늘 오디션이 있다는 이야기는 듣지 못했습니다. 아마 착오가 있었던 것 같네요. 이만 돌아가시는……."

"기다리면 안 됩니까? 한 번이라도 만나뵙게 해주세요."

젊음의 패기인가. 아니면 객기인가. 알 수는 없지만 설표는 문틈 사이로 발을 끼우며 미나가 문을 닫지 못하게 했다. 미나의 시선이 그의 눈동자로 향했다. 방금 전까지만 해도 영롱한 색으로 빛나던 검은 눈동자는 어느새 간절함을 머금고 있었다.

하아, 머리가 지끈 아파왔다.

"제발요."

왜 팬들이 그를 고양이라 부르는지 알겠다. 설표란 이름이 단순히 고양잇과의 동물을 떠올리게 해서만은 아니다. 결국 미나는 피곤함이 앞섰음에도 문을 열어 그를 집 안으로 들였다.

"들어와요. 원하던 대로 될지는 모르겠지만."

넓지 않은 거실을 작업실로 사용하고 있기에 생활에 필요한 전자기기나 가구는 모두 침실에 넣어두었기에, 다소 썰렁해 보이기까지 했다. 한쪽에 세워져 있는 유리벽엔 그녀가 현재 작업 중인 〈프레데터(predator:포식자)〉의 인물배치도와 자료조사를 나가 찍어둔 배경 사진들이 빼곡하게 붙여져 있었다.

다소 음침한 색감의 사진과 화려한 포스트잇이 어지럽게 붙여져 있는 벽을 뚫어져라 보는 설표는 움직임 없이 한동안 그 자리를 지키고 있었다. 화장실에 가 대략 세안과 양치를 마치고 나오던 미나는 설표의 뒷모습을 보며 울렁거리는 속을 가라앉히기 위해 가슴을 꾹 누르고 있었다.

커피를 줄이든 담배를 줄이든 둘 중 하나를 해야겠다 생각하던 미나가 성큼성큼 걸음을 옮겨 의자를 끌어와 앉았다. 드르륵 의자 바퀴 소리에 못 박힌 듯 서 있던 설표가 드디어 움직였다. 고개만 돌려 미나를 보는 그의 눈엔 기대감이 가득했다.

"더 참여하고 싶어졌습니다."

"뭐가요?"

뜬금없는 설표의 말에 미나가 콧잔등을 찌푸리며 물었다. 그러자 설표는 망설임 없이 입가에 제법 멋들어진 웃음을 지으며 말한다.

"장미나 작가님의 작품이요."

"……."

흠. 미나가 짧게 숨을 내뱉었다. 한숨과 같은 숨을 토해내며 미나가 팔짱을 끼고 설표를 올려다보았다. 베이스 한번 죽여준다. 잘생긴 얼굴이었지만 그 어떠한 색을 입혀도 좋을 것 같았다. 다정한 남자친구 역할도 좋을 것 같고, 여자 주인공을 잘 따르는 동생의 역할이나, 격렬한 감정을 토해내는 악역도 충분히 소화해 낼 수 있을 법한 페이스다.

하지만 너무 어렸다. 솜털 뽀송뽀송한 얼굴은 그녀의 취향이 아니었다. 그가 왜 자신의 영화에 참여하고 싶은 것인지는 모르겠으나 설표에게 맡길 만한 배역은 프레데터 속엔 없었다.

"몇 살이에요?"

미나는 지금 가장 궁금한 것을 물었다. 그러자 설표가 무감한 눈으로 그녀의 얼굴을 한참이나 내려다보더니 제법 예쁜 라인을 그리고 있는 입술을 달싹이며 말했다.

"스무 살입니다."

"아아."

기억 속에서 그는 열여덟 혹은 열아홉 정도로 기억되고 있었다. 하지만 생각해 보니 몇 년 전 본 프로필에 적혀 있었던 거다. 그녀가 나이를 먹음에 따라 그 또한 나이를 먹었겠지. 미나가 고개를 끄덕였다. 설표의 시선을 느끼며 미나는 팔짱을 풀고 책상에 턱을 괴며 심드렁한 표정을 지어 보인다.

"차 대표가 오디션 보라고 하던가요?"

"네……?"

"난 오디션을 보겠다고 한 적이 없거든. 더더욱 설표……."

잠시 그를 어떻게 불러야 할지 몰라 말꼬리를 흐리며 고민하던 미나는 적당한 말을 찾은 것인지 계속 말을 이었다.

"당신 같은 아역배우는 내 영화에 맞는 배역이 없어요."

미나의 이야기에 처음엔 얼굴을 찌푸리던 그가 점점 놀라움에 그녀를 바라보기 시작했다. 이야기를 들을수록 눈앞의 여자가 '장미나 작가'라는 것을 알아차렸기 때문이다.

놀란 얼굴로 미나를 보던 설표는 이내 표정을 굳혔다. 아역배우, 아마도 마지막 그 말이 그의 신경을 건드린 것일 거다. 성인 배우로 발돋움해야 하는 스무 살의 '아역배우'에게 있어 다른 이들에게 직접적으로 그 말을 듣는 것은 크나큰 스트레스겠지.

내가 너무 심했나? 미나가 심드렁한 표정을 풀며 앞으로 기울이고 있던 몸을 세웠다. 그리고 강렬한 눈빛으로 자신을 보고 있는 설표에게 미소 지어 보였다.

"하지만 한 번은 봐줄게요."

간절함이 가득했던 그 눈에 홀렸다. 그리고 오기로 똘똘 뭉친 현재의 눈빛을 보자 이 남자가 자신의 대본에서 어떠한 느낌을 받았는지, 어떻게 표현해 줄 것인지 궁금해졌다.

어디 한번 해보라는 듯 다소 오만하게 웃는 미나를 보던 설표가 천천히 입술을 달싹였다.

"당신."

낮고 그윽한 목소리. 눈은 웃고 있지 않았으나 입술은 부드럽게 호를 그린다.

"……뭐?"

"내 눈을 봐. 피하지 말고."

그러고선 그가 걸음을 성큼성큼 옮겨 그녀의 앞으로 다가왔다. 갑작스런 그의 움직임에 놀란 미나는 의자 손잡이를 잡아 제 몸을 자신 쪽으로 당기는 설표의 행동에 상체를 뒤로 기울였다. 등 뒤에 등받이가 닿는다.

숨결이 닿을 정도로 가까운 거리에 미나가 눈을 깜빡였다. 당황한 기색이 역력한 그녀의 얼굴에도 설표는 손을 들어 미나의 뺨을 손가락 끝으로 쓸어내렸다.

울렁.

또다시 속이 미식거리기 시작했다.

"어젯밤엔 왜 연락을 받지 않았지? 그제는 왜 받지 않았고. 아아, 이제 와 보니 당신은 나의 연락을 피하고 있었던 거야."

그가 하고 있는 대사는 프레데터의 한 장면이었다. 연인은 그가 살인마라는 사실을 알고 연락을 피하게 된다. 하지만 주인공 대오는 연인을 끈질기게 추적해 지금 미나처럼 의자에 앉아 있는 연인에게 피상적인 매력이 물씬 풍기는 얼굴로 경고한다.

"네가 날 떠날 수 있을까?"

울렁울렁.

검은 눈동자는 아무런 감정도 품고 있지 않았다. 대오는 극 중에서 자신의 연인까지 잔인하게 살인하는 연쇄 살인마였다. 그리고 이런 그를 만든 것은 세상. 세상이 그를 괴물로 만들고 매력적인 마스크로 그는 세상을 위협한다.

"떠나지 못해."

무서워요…… 대오 씨, 무서워요. 그만 날 놓아줘요.

연인의 대사는 이것이었다. 늘 피해자들이 죽기 전 그에게 했던 말.

이에 대오는 입술에 감정이 없는 미소를 머금으며 말한다.

"도망가고 싶어?"

그의 고개가 아래로 천천히 내려왔다. 그의 숨결이 닿고, 코끝이 닿을 것만 같았다. 하지만 미나는 숨을 멈춘 채 그의 시선에서 벗어나지 못하고 있었다.

진득한 눈빛. 습한 늪처럼 깊이를 알 수 없는 눈빛을 뚫어져라 보던 미나는 입술이 막 닿으려던 찰나 그의 몸을 거칠게 밀어냈다.

의외로 쉽게 떨어져 나간 설표가 몇 걸음 물러서 미나를 보고 있었다. 이제 보니 그는 화가 많이 난 듯싶었다. 워낙 무표정한 얼굴이라 잘 몰랐는데 손이 동그랗게 말려 있는 것을 보니 젊음의 치기에 교묘한 방법으로 자신의 화를 푼 듯싶었다.

하지만 새하얗게 질린 미나의 얼굴을 보니 이제 와 후회하는 듯 바짝 긴장한 얼굴로 그녀를 본다. 미나가 자리에서 일어나 설표에게로 다가왔다.

비척비척, 흔들리는 걸음. 자신의 앞으로 다가오는 그녀의 모습에 설표의 몸이 빳빳하게 굳었다. 그리고 손만 뻗어도 닿을 거리가 되었을 때, 그의 눈이 질끈 감겼다.

뺨이라도 얻어맞을 줄 알았던 설표는 한참이 지나도 아무런 감각이 없자 슬쩍 눈을 뜬다. 앞에 있어야 할 미나가 없다. 고개를 돌리자 미나가 화장실 문을 열고 안으로 들어가는 모습이 보인다.

미처 닫지 못한 문틈 사이로 격한 소리가 터져 나왔다.

"우, 우엑!"

설표의 얼굴이 일그러졌다.

고양이가 아무리 날카로운 발톱을 가지고 있어봤자 고양이다. 고양이는 사람을 해칠 수 없고, 약간의 상처 정도만 남길 수 있다. 미나에게 있어 강설표는 그런 고양이다. 죽이진 못했지만 죽고 싶은 쪽팔림을 준 고양이. 그리고 또 하나, 지나쳤던 흡연과 카페인을 줄이게 만들기도.

하지만 벌써 스무 시간째 TV 브라운관을 보고 있던 미나는 자신도 모르게 손을 뻗어 담뱃갑을 집어 들었다. 그리고 입에 필터를 물고 나서야 자신도 모르게 습관적으로 그리했다는 것을 깨달았다.

불을 붙이지 않은 채 미나가 연신 필터를 잘근잘근 씹어댔다. 시선은 여전히 브라운관 속에서 햇살처럼 웃고 있는 설표를 보며.

바람 소리. 강설표의 데뷔 작품이었다.

TV 드라마의 악역이라고 해봤자, 강렬한 느낌만 줄 뿐 사건엔 많은 제약이 있었다. 바람 소리의 훈도 그랬다. 훈의 탈을 쓴 강설표는 강렬한 눈빛 연기로 시청자들을 사로잡긴 했으나 훈이란 역할 자체가 크게 매력적으로 다가오진 않았다.

어릴 적 사고로 다리를 질질 끄는 훈을 완벽하게 소화하고 있는 설표를 보던 미나가 자리에서 벌떡 일어났다. 그리고 손을 들어 눈두덩 위를 꾹꾹 누른다. 오랫동안 TV 브라운관만 보고 있었더니 눈이 피로했다.

최대한 시선을 멀리 두고 있던 미나는 입에서 필터 조각이 느껴지고 나서야 물고 있던 담배를 구겨 쓰레기통에 던져 넣었다.

"후!"

이를 어쩌나. 고민은 깊어졌다.

얼마의 시간이 흘렀을까. 미나가 짙은 어둠이 내려앉은 세상 밖을 보던 시선을 옮겨 테이블 위에 있던 휴대전화를 쥐어 들었다. 그리고 곧장 자신의 결심을 실행하기 위해 번호 하나를 찾아 통화 버튼을 누른다.

뚜루루, 뚜루루. 두 번의 통화음이 흐른 뒤 차 대표가 재깍 전화를 받았다.

[장 작가, 무슨 일이야, 이 시간에?]

그 말에 미나의 시선이 벽걸이 시계로 향한다. 새벽 2시 30분, 남에게 전화를 걸기엔 많이 늦은 시각이었다.

"아, 죄송해요."

[아니, 아니야. 내가 장 작가 화나는 거 알아. 하지만 어떻게 해? 걔 진짜 핫하단 말이야.]

이 시각에 전화를 건 것은 자신에게 설표 문제를 따져 묻기 위해서라고 생각한 것인지 차 대표가 빠르게 변명을 늘어놓았다. 하지만 그녀는 고개를 내저은 후 본론을 꺼냈다.

"강설표 전화번호 뭐예요?"

[번호는 왜? 설마 괜찮게 봤어? 괜찮지? 물건이야, 물건!]

"호들갑 떨지 말고 연락처나 줘요. 그리고 만약 강설표 메인으로 세우면 어떻게 되는 줄 알죠? 대본 다 뜯어고쳐야 해요."

[아아, 내가 우리 장 작가 나노 섬세함인 것 아는데, 손도 무지하게 빠르단 것도 잘 알아.]

"……번호나 내놔요."

미나가 신음을 삼키며 말했다. 벌써부터 대본 수정에 들어갈 시간과 노력이 아깝게 느껴졌지만 어떻게 하겠는가. 그를 만난 이후로 자신의 대본에 의문이 생겼는데.

정말 이대로 괜찮을까, 정말?

이런 말도 안 되는 의문 말이다!

[번호는 문자로 보내줄게! 정말 잘 생각했어, 역시 강설표를 세워야…….]

"알았어요, 이만 끊어요."

원하는 것을 모두 받아내자 미나는 냉정하게 전화를 끊어버렸다. 그리고 휴대전화를 테이블 위에 올려놓은 뒤 또다시 창밖으로 시선을 보낸다.

"후우……."

입에서 깊은 한숨이 흘러나왔다.

"미안해요, 저번 일은."

미나는 무심한 눈동자를 보며 사과의 말부터 건넸다. '저번 일'이라고밖에 표현할 수 없는 쪽팔리고 부끄러운 기억을 되새기며. 그러자 설표가 가볍게 고개를 내저었다.

"아닙니다."

"네, 고마워요. 그런 추태는 잊어주세요. 요즘 몸이 걸레짝이어서 또 보일지도 모르지만."

놀라움에 눈이 커진다. 그녀가 다소 과격하게 자신의 몸 상태를 말한 것 때문이 아니었다. 그녀가 '또 볼 수도 있다'라고 말하며 추후를 기약한 말이 그에게 놀라움을 불러일으켰고, 또 기대감을 갖게 했다.

그는 그 의중을 정확하게 알기 위해 찌푸려 살짝 솟아 있는 미간을 보았다. 왠지 모르겠으나 미나의 눈을 똑바로 바라볼 수가 없었다.

"왜 내 영화에 나오고 싶은 건데요?"

두 번째의 만남 첫 물음은 그것이었다. 처음 그를 집에 들여놨던 때와는 달리 오늘 두 사람은 서로 마주 보고 앉은 채 탐색전을 벌이고 있었다. 설표는 무감한 얼굴로 미나의 얼굴을 살펴보고 있었다.

"……첫 작품을 무척 재미있게 봤습니다."

"그때 미성년자 아니었어요?"

"아……."

설표의 뺨이 핑크빛으로 물들었다.

그녀가 데뷔한 작품은 4년 전, 공모전에서 상을 받아 제작하게 된 〈미로〉였다. 올해 스무 살이 된 설표이니 그땐 겨우 중3밖에 되지 않았을 때다. 미나가 심드렁한 얼굴로 자신을 보자 설표는 변명이라도 해야 할 것 같음에 서둘러 말을 툭 내뱉었다.

"그때 연기 공부 중이어서……."

"그래그래, 그러시겠죠."

첫 작품에서 어렸던 그가 무엇을 배웠는지는 모르겠으나 어느 평론가는 미로를 보고 제작비가 많이 들어간 값비싼 퇴폐 영화라고 평하기도 했다. 물론 상업 영화에 평이 박한 사람이긴 하였으나 그 말에 그녀 또한 동조한 것은 지나치게 많은 베드신 때문이었다.

물론 그녀의 의지와 상관없이 투자자들이 무작정 삽입하라고 요구를 해왔기에 불필요한 신들을 추가했어야 했다. 어린 설표의 눈에 그것이 어떻게 보였을지 궁금했다.

"그래서 영화는 어땠어요?"

"……남자 주인공 공훈의 심리묘사가 좋았습니다."

하루아침에 길거리로 나앉게 된 남자의 좌절과 연인의 배신, 그리고 사회가 그에게 가한 가학한 짓들. 이를 공훈의 시점이 아닌 그의 절친한 친구를 통해 바라보며 제3자의 입장에서 스토리를 이끌어 나가는 작가의 능력에 어린 설표는 깜짝 놀랐었다.

그때 처음으로 영화를 보고 난 후 대본을 찾아보았고, 막상 영화를 볼 때는 찾지 못했던 치열한 구성에 얼마나 놀랐던가.

장미나, 그녀에게 관심을 가진 것은 그 하나의 대본이 시작이었다. 활동을 한 지 오래된 작가인 줄 알았으나 그에게 충격을 던진 그 작품이 첫 작품이어서 또다시 뒤통수를 강타하는 것 같은 놀라움에 그 뒤로 그녀의 작품이 나올 때마다 흥분하며 영화를 찾아본 것이다. 그렇게 4년을 그녀의 작품을 기다리는 날들을 보냈다.

"심리묘사? 어떤 부분이?"

"나는 지금 피를 마시는 기분이다, 라고 했던 대사요. 이 대사 하나로 그의 상황을, 그의 심리를 완벽하게 표현해 내 너무 좋았습니다. 정말 정말이요."

마지막 정말은 두 번이나 반복하고 힘주어 말하는 것으로 제 기분을 완벽히 표현해 낸 설표가 눈을 반짝였다.

"그래서 배우가 되었습니다. 장 작가님처럼 글을 써볼까, 노트가 수십 권에 습작을 해보았지만 저에게 문학적 재능이 없다는 걸 깨닫고 얼마나 좌절했는지 아십니까? 그렇다면 영화감독이 되어 볼까, 했더니 미적 감각이 없었습니다. 그래서 배우가 된 겁니다. 장 작가님과 꼭 작업해 보고 싶었습니다."

아아, 이 얼마나 구구절절한 사연인가. 미나는 어느새 눈을 반짝이며 자신을 바라보는 설표의 모습에 몸을 흠칫 떨었다.

"정말입니다."

제 우상이십니다. 그가 뒷말을 붙였다. 그러자 미나는 마치 아이돌 스타를 보는 팬처럼 반짝반짝 빛나는 눈동자에 어색한 웃음을 지으며 볼을 긁적였다.

"그만해요. 몸 둘 바를 모르겠으니까."

미나가 자리에서 일어나며 웃음기 묻어나는 목소리로 말했다. 자신이 마치 신이라도 된 듯했다. 몇 걸음 옮긴 미나는 작업대 위에 올려둔 서류 봉투 하나를 가져와 그의 앞에 내려놓았다. 설표가 의아한 눈으로 봉투를 내려다보았다.

"계약 문제는 알아서 잘할 거고."

"계약……?"

그가 고개를 번뜩 들어 미나를 보았다. 기대감으로 반짝이는 눈은 간식을 눈앞에 둔 고양이와 같았다.

아아, 피부가 너무 좋은데. 그녀는 주연으로 한 번도 잘생기고 어린 남자를 세운 적이 없었다. 생활이 묻어나는 얼굴이 좋았고, 연륜이 묻어나는 얼굴이 좋았다. 그런 그녀의 기준에서 보았을 때 눈앞의 강설표는 피사체로썬 썩 매력적인 존재가 아니었다.

하지만 어떻게 하겠는가. 이번엔 그녀가 새로운 도전을 하기로 마음을 먹었는데.

"시놉시스예요."

"아!"

설표가 봉투 속 문서를 꺼냈다. 빼곡한 글자가 보였다. 문서에서 시선을 떼지 못하는 설표의 모습에 웃음이 나올 것 같았다. 미나가 단정한 그의 정수를 내려다보며 말을 이었다.

"아쉽게도 프레데터는 강설표 씨와는 맞지 않으니까 다른 작품을 작업할 생각이에요. 내가 강설표를 쓰는데 얼마나 많은 시간과 노력을 투자해야 하는지 감이 와요?"

"아……."

"그러니까 내 영화 말아먹지 말아요. 최선을 다해달란 말이지."

"물론입니다, 작가님! 감사합니다!"

자리에서 벌떡 일어난 설표가 허리를 폴더처럼 접었다. 90도 이상으로 꺾이는 허리를 보던 미나가 눈살을 찌푸리며 그만하라고 손을 허우적거렸다.

"감사합니다, 기회 주셨으니까 정말 최선을 다할게요. 노력할 거예요, 작가님의 작품을 완벽하게 소화해 낼 수 있도록!"

"아, 정말요?"

이런, 최선을 다해 쓰지 않으면 이 어린양이 실망할 것만 같아 대본작업이 걱정이 되면서도 때마침 그에게서 '노력'이란 단어를 듣게 되자 미나가 되물었다. 그러자 설표가 눈을 반짝였다. 무엇이든 말하라는 얼굴이었다.

"그 피부 좀 어떻게 해봐요."

"안 좋습니까? 관리를 받아본 적은……."

설표가 난감함에 자신의 뺨을 쓰다듬었다. 그러자 미나가 이 무슨 경을 칠 소리냐는 듯 펄쩍 뛰며 검지손가락을 척 들었다.

"아니, 사포처럼 아주 거칠게 만들어 와요."

"에?"

설표가 눈을 깜빡인다. 오늘 그의 놀란 표정을 참 여러 번 본다.

"여자보다 더 좋은 그런 피부 말고! 인생 밑바닥에 있는 인간이 그렇게 피부가 좋아서 쓰겠어? 그건 리얼리티가 안 산단 말이지."

혼잣말처럼 빠르게 중얼거린 미나는 멍멍한 그의 표정에 피식 웃음을 내뱉었다.

"시놉시스 읽고 준비해 줘요."

미나의 얼굴 어딘가에 향해 있던 설표의 시선이 문서로 향했다. 꿈을 쥐고 있었다.

벌써 다섯 시간째 설표는 A4 용지 다섯 장밖에 되지 않는 시놉시스를 보느라 혼신의 힘을 불태우고 있었다. 시놉시스라 해봤자 간략한 사건 구성과 그가 맡게 될, 아직 이름도 정해지지 않은 남자 주인공의 인생이 간략하게 적혀 있는 정도였다. 하지만 설표는 열흘 전, 그녀에게 시놉시스를 건네받은 순간부터 자신의 방에선 한 발자국도 나오지 않은 채 달달 외울 정도로 읽고 또 읽었다.

─시사 프로그램 〈Y〉의 PD.

엘리트이며 어릴 적부터 비상한 머리를 가지고 있을 것으로 추정.

끝나지 않은 범죄 편을 찍다가 만난 피해자 여성과 사랑을 하게 됨. 아버지의 지속적인 성폭행을 견디지 못한 여자는 아버지를 감방에 보내고 합의를 하지 않음. 아버지가 출소 후 계속 피해 다니지만, 혈연이란 이유만으로 신상정보는 고스란히 가해자인 아버지의 손에 들어가게 되고.

아직 그녀의 머릿속에서도 완벽하게 정리되지는 않았는지 이야기는 어딘가 조금 붕 떠 있었다. 하지만 어떠한 줄거리로 흘러갈지 대략 설명되어 있었기에, 설표는 착한 학생처럼 그녀가 시킨 대로 캐릭터를 연구하고 있었다.

─아버지에게 죽임을 당하는 여자. 법의 심판을 기다려야 한다는 것을 알지만, 가슴이 이해하지 못함. 복수를 계획하고 스스로 범죄를 저지르며 아버지가 수감되어 있는 곳으로 감.

어린 그는 이해할 수 없는 문제였다. 그래서 그는 계속 읽고 있을 수밖에 없었다.

왜? 왜 이렇게 이야기가 흘러가지?

줄거리는 알았지만 주인공이 느끼는 감정은 알 수 없었다.

시간은 빠르게 흘러갔고, 그는 마지막 장을 읽은 뒤 다시 첫 장을 읽기 시작했다. 용지 끝이 벌써부터 닳아 있었다.

미간을 세운 채 시놉시스를 보던 그가 자리에서 벌떡 일어났다. 그리고 닫아놓은 문을 열고 밖으로 나가 같이 생활하고 있는 매니저 철호의 방문을 열었다. 하지만 철호는 방에 없었다.

"어디 갔지?"

'사랑'이란 단어 하나만으로 자신의 삶을 그렇게 철저하게 파괴할 수 있는지, 그는 이해할 수 없었다. 스스로를 망가뜨리는 것은 이미 죽은 연인에 대한 예의가 아니라 생각했다. 이런 자신의 생각이 맞는 것인지 혹은 그 시놉 속에서 자신이 미처 발견하지 못한 것이 있는지도 모른다는 생각에 철호에게 조언을 구하려던 그는 텅 빈 방을 허망하게 바라보았다.

당장 이 꽉 막힌 것을 풀지 못하면 한 치도 앞으로 나아가지 못할 것이라는 걱정이 들었다. 문을 닫고 밖으로 나온 그가 휴대전화를 집어 들었다. 장미나 작가에게 물어보는 것이 가장 현명하다는 생각에 휴대전화 전화부를 뒤져 통화 버튼을 눌렀지만 안타깝게도 그녀는 전화를 받지 않았다.

그는 뒤는 모르는 사람처럼 성급하게 외투를 집어 들었다. 새벽이 된 시각 따윈 그에게 중요한 것이 아니었다. 성큼성큼 긴 다리를 움직여 빠르게 현관으로 간 그가 대충 신발을 꿰어 신고 밖으로 뛰어나갔다.

그는 미나에게 직접 물어볼 참이었다.

작가님…… 사랑이 뭐예요? 라고.

❖

어린 나이의 성공은 많은 것을 가져다주기도 했지만 그와 반대로 포기할 것들도 생겨났다. 대학 시절 뭣도 모르고 작업한 글이 공모전에서 당당히 금상을 받으며 화려하게 제작되었다. 데뷔를 했을 당시 그녀의 나이 22살, 적게는 몇십억부터 많게는 몇백억까지. 엄청난 금액을 투자해 만들어야 하는 영화산업의 특성상 어린 그녀의 대본을 믿고 영화를 제작할 투자자를 만나는 것은 어려운 일이었다.

그때 만난 것이 차 대표였다. 어린 그녀의 나이에 그는 별 대수롭지 않다는 얼굴이었다. 스무 살의 최연소 감독을 데뷔시킨 것도 그였으니 어쩜 당연한 반응일지도 몰랐다.

첫 작품은 흥행 성적은 썩 좋지 못했지만 그녀와 함께 작업하고 싶어하는 감독들이 생겨났고, 그녀를 관리해 줄 매니지먼트도 생겼다. 그러면서 그녀는 아주 바쁘게 지냈다. 그 후 단편 한 작품과 장편 한 작품을 내놓았다. 그중 두 번째 작품 〈향기〉는 500만 관객이 넘게 들며 그녀의 이름을 당당히 세상에 알렸다.

바빴다. 그래서 많은 대인 관계가 사라졌다. 밤낮이 바뀌는 생활이 계속되었고, 대본을 집필할 때는 무서운 집중력을 보이며 끼니는 물론이고 물을 마시는 것조차 잊고 살았다. 그녀의 세계 전체가 작품으로 돌아갔고, 이에 그녀도 별 불만이 없었다. 하나가 끝나면 다음을 준비했고, 끝은 늘 시작을 알리는 것이었다.

미나는 지난 1년간 준비했던 〈프레데터〉를 분쇄기에 넣고 갈아 버렸다. 아까웠지만 다음을 위해선 과감히 버려야 할 작품이었다. 좀 더 치열하게 쓰고, 좀 더 많은 것을 담아내기 위해서 과거 따위에 연연해선 안 되었다.

드르륵, 드르륵.

종이가 갈려 나가는 것을 무심한 눈으로 보던 미나는 부엌에서 향긋한 원두 향이 퍼지자 걸음을 옮겼다. 다 내려진 원두커피를 커다란 머그컵에 콸콸 따른 후 한 모금 호로록 마셨다. 쓰디쓴 커피에 정신이 번쩍 든다.

바닥과 발바닥이 닿아 사락사락 소리를 냈다. 적막이 내려앉은 공간에 생명체라곤 장미나, 그녀뿐이다. 늘 그랬던 것처럼 같은 동선을 그리며 걸음을 옮기던 그녀가 창 앞에서 걸음을 멈췄다. 조용한 저녁, 화려한 야경이 가장 화려한 이 시간대를 그녀는 가장 좋아했다.

한참 그림처럼 아름다운 세상 밖을 보던 미나는 초인종 소리와 함께 자신의 사색을 방해하는 존재에 미간을 찌푸렸다. 시선은 가장 먼저 벽시계로 향했다. 시계는 건전지가 다 되어 초점이 멈춰 있었다.

"아."

그러고 보니 일주일 전에 그 사실을 알고 건전지를 갈아야겠다고 생각했던 것이 떠올랐다. 시계를 확인하지 못한 채 곧장 인터폰 쪽으로 걸어간 그녀는 화면에 뜬 설표의 얼굴에 연결 버튼을 눌렀다.

"이 시간에 무슨 일이에요?"

[아…….]

설표가 눈을 동그랗게 떴다. 그는 그제야 남의 집에 찾아오기엔 지나치게 늦은 시각이라는 것을 깨달은 듯했다. 아무 말도 하지 못한 채 우물쭈물거리는 그를 보며 미나는 한숨을 내뱉었다.

걸음을 옮겨 현관으로 향한 미나는 문을 열어주며 팔짱을 꼈다. 삐딱한 자세로 고개를 숙인 채 온몸으로 제 눈치를 보고 있는 듯한 그의 모습을 보며 한숨을 내뱉었다.

"차 한잔하고 갈래요?"

설표가 고개를 번뜩 들었다. 동그랗게 변한 눈엔 놀라움이 가득했다.

"뭐 궁금해서 온 거 아니에요?"

"······네."

"그래, 그럼 들어와요."

미나가 먼저 몸을 돌려 안으로 들어가자 설표는 문이 닫힐세라 팔을 뻗어 문손잡이를 잡은 뒤 안으로 걸음을 옮겼다. 집 안으로 들어오자마자 그는 주위를 두리번거리며 마치 제 구역이 아닌 곳에 들어온 고양이처럼 긴밀하게 주위를 살폈다. 이미 한 번 와본 공간이었지만 은은한 원두 향과 함께 묘하게 뒤섞인 담배 냄새 때문인지 낯설게만 느껴졌다.

미나가 권한 소파에 엉덩이를 걸치고 앉은 설표는 자신의 앞으로 불쑥 내밀어진 머그잔을 받으며 시선을 옮겼다. 무표정한 미나는 설표의 갑작스런 방문에도 놀라지 않은 얼굴이었다.

"뭐가 궁금한 건데요?"

그녀의 물음에 설표는 머릿속에 둥둥 떠다니는 생각을 정리되지도 않은 채 늘어놓았다.

"남자 주인공은…… 어떤 사랑을 했기에 자신의 모든 것을 내던지면서까지 복수에 매달립니까?"

"흐음."

그녀가 한숨처럼 숨을 내뱉었다. 숨소리는 깊었다.

"그는 엘리트이고 많이 배운 사람입니다. 이성적일 것 같기도 하고 말입니다. 그 장치를 위해 시사 프로그램 PD로 설정한 거 아니십니까?"

"……."

"이해할 수가 없습니다."

곧은 눈동자로 그가 말을 마쳤다. 어린 설표에게 남자 주인공의 설정은 너무나 어려웠다. 스무 살, 아직은 풋사랑을 해보았다 해도 신기할 나이. 온몸을 바쳐 모든 것을 부수면서까지 사랑이란 단어 하나에 자신을 내던진 남자의 삶을 이해할 수 있을 리가 없었다.

그리고 그건,

"뭐, 나도 그래요."

"네……?"

미나 또한 마찬가지였다.

"내가 이제껏 일해온 배우들을 한번 생각해 볼래요?"

그녀가 일해왔던 배우들은 대부분 사십 줄인 배우들이었다. 중견급은 물론이고 대한민국에서 손꼽히는 국민배우, 감초 역할을 해오던 연기파 배우들이 대부분이다. 그리고 그건 그녀의 선택이었다.

"전 어린 사람은 메인으로 안 세워요. 제가 할 일은 극 중 배경, 상황만 던져 주지 캐릭터를 만드는 건 배우들의 몫이라고 생각하거든요. 왜 애가 이 정도로 사랑을 하게 되었을까, 이 사람이 어떤 사랑을 했을까, 왜 이렇게까지 자신을 끝까지 몰고 갔을까, 무엇 때문에? 그건 배우가 어떻게 만들어가냐에 따라 다르다고 생각해요. 어떤 생각으로 덧입히느냐에 따라 그 배우만의 색이 캐릭터에 나오겠죠."

"아……."

이런 무책임한 작가 같으니라고. 설표가 미간을 찌푸렸다.

"그래서 어린 배우는 안 쓴 거라고요. 내가 가장 부족한 게 뭔지 아니까."

그녀는 사랑을 하나의 장치로밖에 이용하지 않았다. 그리고 그건 자신의 약점을 가장 잘 알기 때문이다. 언제쯤 사랑에 빠지면 되겠지, 언제쯤 사랑을 고백하면 되겠지, 그런 사람의 사랑이 파괴되는 시점은 이 정도 타임. 그녀는 계산하에 대본을 썼고, 이를 완성하는 것은 배우의 몫이었다.

"……."

설표가 멍하니 미나를 보았다. 확실한 답을 듣고 싶어 이곳까지 온 것이었다. 하지만 그녀에게서 들을 수 있었던 것은 '네가 알아서 해'라는 말 정도였다. 동그랗게 변한 눈망울이 점차 원래대로 돌아왔다. 평소 감정이 없는 무감한 눈으로.

"그럼 작가님께서 생각하는 사랑은 무엇입니까?"

진중한 목소리로 그가 물었다. 울림이 좋은 목소리였다. 지금보단 그가 나이를 조금 더 먹고 눈빛에, 목소리에 인생을 담을 수 있을 정도가 되면 아주 좋은 배우가 될 수 있을 것 같았다. 하지만 지금은 햇병아리, 배우로서도 남자로서도 설표는 아직 덜 여물어 있었다.

"응? 몰라요."

"……."

"그걸 알았으면 내가 멜로를 썼지, 느와르를 쓰고 있었을 거 같아요?"

뭔 그런 시답잖은 물음을 하냐며 미나가 퉁명스럽게 말했다.

"……."

"물어볼 건 그게 다예요?"

미나가 가벼운 어투로 묻자 설표는 답 대신 그녀의 얼굴만 보았다. 그녀는 조금 식은 커피를 후루룩후루룩 물처럼 마시고 있었다. 투명한 머그잔에 비친 것은 사약처럼 쓰디쓸 것 같은 색이었건만.

설표가 미간을 찌푸리며 그녀를 불렀다.

"작가님."

"응, 왜요?"

마지막 한 모금까지 알차게 마신 미나가 싱긋 웃음 지었다. 더 이상 궁금한 것이 없으면 썩 내 집에서 나가라는 말을 하려던 찰나, 툭 내던져진 그의 말에 그녀의 얼굴이 와자작 찌푸려졌다.

"무책임해요."

2

그녀의 집 안에 있는 생명체라곤 장미나, 그녀뿐이었다. 책임감
이란 말과는 가장 거리가 먼 생활을 하는 그녀였기에 괜히 집에
들였다가 죽일 바엔 애초에 들이지 않겠다는 것이 그녀의 생각이
자 신조였다. 남들이라면 무난하게 키운다는 선인장도 말려 죽이
는 그녀이니 어찌 보면 당연했다.

의자에 앉아 늘어져 있던 미나는 머리받침대에 작은 머리통을
올려놓은 채 웅얼거렸다.

"아아아…… 가루가 되어 사라졌으면 좋겠다."

자학하는 말과 달리 뱃속에선 연신 꼬륵꼬륵— 소리가 났다. 요
동치는 배 위에 손을 올려놓은 뒤에도 미나는 눈을 감고 있었다.

대본을 갈아엎은 것까진 좋았다. 하지만 머릿속은 백지가 된 것처럼 텅 비어 평소 같으면 담고 싶은 장면들을 쭉 늘어놓고 있을 시기에 웬일인지 한 자도 적을 수가 없었다. 주인공들의 줄거리는 마무리했는데, 막상 대본을 쓰려니 이명처럼 한마디가 제 귓가를 떠나지 않았기 때문이다.

"작가님께서 생각하는 사랑은 무엇입니까?"

벌써 일주일 전이었다. 그 말을 설표에게 들은 것이. 하지만 웬일인지 이 말이 머릿속을 떠나지 않았다. 그러자 의문이 생겼다. 그와 마찬가지로.

앤 도대체 뭔 사랑을 했기에 모든 것을 내던지고 자신을 파괴해버린 것일까.

"아아…… 아악! 강설표, 이 자시이이이익!"

없애 버리겠어, 내 인생에 브레이크를 걸어버린 너란 자식!

복식호흡으로 욕을 내지른 미나가 팔을 내저으며 온갖 성질이란 성질은 다 부렸다. 그리고 팔을 뻗어 책상에 올려놓은 캔 맥주를 가져와 뚜껑을 오픈했다. 치익— 소리와 함께 안에 있던 탄소가 사정없이 밖으로 뿜어져 나오는 소리가 들린다.

벌컥벌컥, 숨도 쉬지 않고 술을 들이켠 미나는 그제야 요동치던 뱃속이 가라앉자 자리에서 벌떡 일어나 창가로 향했다. 어느새 해가 떠올라 있었다. 세상이 환해짐에 따라 사람들은 어느새 또다시 오늘의 시작을 알리며 서둘러 자신의 직장이 있는 곳으로 향하고 있다. 줄지어 걸음을 옮기는 사람들을 보자 일개미, 딱 일개미 같았다.

그 모습을 멍하니 보던 미나가 맥주를 모두 마신 뒤 걸음을 옮겨 냉장고 쪽으로 향했다. 딱 한 캔만 더 마시고 잠드는 것이 좋겠다 생각한 그녀는 싱크대 앞, 재활용 쓰레기통에 캔 맥주를 집어 던졌다.

챙그랑, 마치 농구 골대처럼 캔이 안으로 쏙 빨려들어 갔다. 그리고 이미 그 안에 산더미처럼 쌓여 있을 캔들과 부딪혀 요란한 소리를 낸다.

미나가 냉장고 문을 열고 새로운 맥주를 꺼냈다.

"딱 이것만 마시고 자야지."

아침과 저녁이 반복적으로 찾아왔다. 하지만 시간 감각을 잃은 미나는 딱히 취침 시간과 기상 시간을 두지 않은 채 자신이 일어나고 싶을 때 일어나고 자고 싶을 때 자는 생활을 반복하고 있었다. 그건 늘 있는 일이었지만 최근 들어 기력이 다한 노인처럼 미나는 침대에서 보내는 생활이 많아졌다. 해가 중천에 뜬 시간, 미나는 시끄러운 휴대전화 소리에 잠을 깨고 천장을 멍하니 보았다.

"죽겠다……."

감기에 걸린 것일까? 끔뻑끔뻑 눈을 깜빡이던 미나가 몸을 일으키려다 말고 다시 자리에 누웠다. 눈앞이 핑— 도는 것이 몸 상태가 심상치 않았다.

그러고 보니 마지막으로 식사를 했던 것이 일주일 전이었다. 설표가 왔던 날 중국집에서 늘 그렇듯 시켜먹었던 마파두부밥을 마지막으로 제대로 쌀알을 먹은 적이 없었다. 믹스 커피와 아이스크림으로 적당한 당과 지방만 보충해 줬을 뿐. 이러니 몸에 이상이 생기는 것은 어찌 보면 당연했다.

"누구한테 연락을 하나……."

누구 하나에게 연락을 할 수 없는 상황이니 미나가 난감함에 미간을 찌푸렸다.

힘겹게 협탁 위에 올려져 있던 휴대전화를 쥐었다. 통화 목록을 보자 차 대표에게서 전화가 수십 통 와 있었다. 휴대전화를 들 기력도 없다는 듯 통화 버튼과 함께 한 뺨 통화를 눌렀다.

[장 작가? 어떻게 된 일이야, 지금 다들 와…….]

"미안해요. 저 지금 죽을 것 같아요."

아, 그러고 보니 오늘은 제작사와 미팅이 있는 날이었다. 투자를 받았던 대본과 달라졌으니 이에 미팅을 가지기로 한 것이다. 이는 그녀도 모르는 사이에 대본을 바꾸기로 한 날에서 열흘이나 지나 있었다는 말이기도 했다.

아이고 두야. 머리를 짚은 미나가 끙끙 앓을 때였다. 전화 건너편에서 차 대표가 깜짝 놀라 소리치는 것이 들렸다.

[뭐? 많이 안 좋아?]

"지금 내가 매트리스가 된 기분이에요. 미안해요, 오늘은 취소해야 할 것 같아요."

미안해요, 미안해요. 미나는 연달아 두 번이나 더 사과의 말을 건넸다. 프로답지 못했으니 입이 열 개라도 할 말은 없었으나 사과는 무한정으로 해야 했다.

[아, 이런. 누구 와 있어? 약이라도 보내줘?]

"차 대표님, 사랑합니다. 역시 당신은 나의 은인이에요."

[이게 정말, 말이라도 못하면. 알았어, 그럼 사람 보낼게.]

"네, 미은 씨로 보내줘요. 지금 꼴을 아무에게나 보여줄 수 없으니까."

마지막까지 장난을 건 미나가 힘겹게 손을 뻗어 종료버튼을 눌렀다. 그리고 차 대표가 보내올 약을 기다리며 힘겹게 눈꺼풀을 내린다.

딩동, 집 안을 울리는 쩌렁쩌렁한 초인종 소리에 미나가 힘겹게 상체를 들어 올렸다. 눈앞이 핑핑 도는 것이 심상치 않았다.

벽을 짚으며 힘겹게 현관으로 향한 그녀는 현관문 앞에 서서야 상대를 확인하지 않았다는 사실에 기어들어 가는 목소리로 말했다.

"누구시죠?"

"차 대표님이 보내서 왔습니다."

굵직한 목소리였지만 세상이 핑글핑글 돌고 뒤틀리는 느낌에 내 정신도 니 정신도 아닌 미나는 '차 대표'란 명칭에 곧바로 문을 열어주었다. 아무래도 단단히 감기에 걸린 것 같았다.

"미은 씨, 미안해요. 독거노인이라 약을 사줄 사……."

"……."

미나가 말을 잇다 말고 말을 멈췄다. 그리고 늘 날렵한 선을 그리고 있던 눈이 동그랗게 변한 것을 보며 속으로 신음을 삼켰다.

얘가 왜 내 눈앞에 있니?

그녀를 찾아온 이는 예상과 다르게 강설표였다. 그는 끔찍한 미나의 꼴에 많이 놀란 듯 입술만 뻐끔거릴 뿐 말을 잇지 못하고 있었다.

"아아, 나도 지금 내 꼴이 어떨 줄은 알겠는데, 그런 시선은 거두어줄래요?"

"아……. 여기 약."

설표가 들고 있던 약봉지를 그녀에게 내밀었다. 안을 열어보자 코감기부터 시작해 기침감기, 종합감기약 등등, 감기와 관련된 약은 죄다 쓸어온 것인지 봉투가 터지도록 많은 약이 담겨 있었다.

과할 정도로 많은 양의 약을 내려다보며 미나가 쉰 목소리로 말했다.

"고마워요."

"……병원 가셔야 하는 거 아닙니까?"

"가봤자 뻔해요. 골고루 음식을 섭취하지 못해 몸이 약해진 상태에서 감기가 온 거니, 잘 먹고 주사 한 대 맞고, 조금 더 상태가 안 좋으면 링거 맞으라고 하겠죠."

"……골고루 음식을 섭취하지 못하다니요?"

"흔한 자취생들의 시련이죠. 그럼 이만 가줄래요? 난 좀 쉬어야겠으니까."

"……약이랑 먹을 건 있습니까?"

고민하던 설표가 조심스러운 어조로 말했다. 그러자 미나가 고개를 옆으로 기울였다.

❖

이게 사람이 사는 부엌인가 싶었다.

설표는 재활용 쓰레기에 가득 쌓인 맥주 캔은 그렇다 치더라도 냉장고 안에도 곧 저 쓰레기와 같은 처지가 될 다양한 상표의 맥주들이 줄지어 군단처럼 서 있었다.

"......."

냉장고를 뒤지던 설표는 결국 냉장고 밑 칸에서 냉장고에 보관하지 말아야 할 양파만 싹을 틔운 채 제 덩치를 불려가고 있는 것을 발견했다.

한숨을 내뱉은 설표는 냉장고에선 먹을 것을 찾지 못하리란 판단을 하곤 닫았다. 그리고 걸음을 옮겨 찬장을 뒤졌다. 다행히도 햇반은 있었다.

보글보글 물을 끓여 그 속에 전자레인지에 데운 햇반을 넣은 설표는 냉장고에서 겨우 찾아낸 계란을 넣은 뒤 잘 저어줬다. 간장과 소금만으로 간을 마친 그가 적당한 그릇에 담아 숟가락과 함께 쟁반에 담아 밖으로 나왔을 때였다.

처음 어색함에 소파에 앉아 있던 미나가 어느새 늘어진 채 잠이 들어 있었다. 테이블 위에 조심스레 쟁반을 올려놓은 그는 잠이

든 미나의 얼굴을 가만히 내려다보았다.

"작가님? 작가님."

작은 소리로 미나의 이름을 부르던 그는 그녀가 완전히 잠이 들었다는 확신이 들자 천천히 몸을 아래로 숙였다. 무릎을 꿇고 앉은 그는 미나의 얼굴을 가만히 내려다보았다.

"……나쁜 사람."

완벽한 대본에 홀딱 반하게 해놓고 사실 자신은 부족한 점이 많다고 뻔뻔하게 말을 늘어놓은 사람.

그리고,

"내가 얼마나 존경했는데."

자신이 예상했던 것과는 달리 예쁘고 소탈한 성격의 사람.

설표는 처음 그녀를 만났던 날을 떠올렸다. 자신을 무시하는 어투와 표정에 얼마나 화가 났던가. 나이만 보고 판단하는 그녀가 미워 〈프레데터〉의 장면 중 그가 가장 이해할 수 없어 몇 번이고 연습했던 신을 그녀에게 보여주었다. 그리고 고작 보여주는 반응이 화장실 변기통을 붙잡고 오바이트를 하는 모습이라니.

설표가 미간을 찌푸리며 미나의 얼굴을 바라보았다. 늘 무료한 듯 떠 있던 눈동자는 눈꺼풀에 가려 보이지 않는다. 그리고 속눈썹에 짙게 그늘진 눈 밑을 보던 그가 눈을 게슴츠레 뜨고 자세히 보아야 보이는 주근깨에 자신도 모르게 손을 뻗었다.

"으음……."

그의 숨결을 느낀 것일까, 아니면 다가오는 손길을 알아차린 것일까, 미나가 몸을 뒤척인다. 순간 그녀의 움직임에 깜짝 놀라 몸을 뒤로 뺀 설표가 쿵덕쿵덕 요동치는 심장 위에 손을 얹어놓았다.

"아, 깜짝이야."

심장이 터질 것처럼 전력질주를 하기 시작했다.

딩동―

요즘 들어 노이로제에 걸릴 만큼 많이 들은 소리다.

미나가 시선을 들어 시계를 보았다. 8시 30분, 지금 이 시각에 찾아올 인간이라곤 주위에 딱 한 사람뿐이었다. 생명체라곤 들이지 않는 집. 이곳에 들어올 생명체라면 자신과 차 대표 그리고 지금쯤 현관문 앞에서 자신을 기다리고 있을 고양이 한 마리.

문을 열자 역시나 그녀의 예상대로 고양이 한 마리가 무심한 눈으로 그녀를 바라보며 도도하게 서 있었다.

"또 술이십니까."

아아, 귀찮은 것. 미나는 술 냄새에 콧잔등을 찌푸리는 설표의 모습에 한숨을 푹 내뱉었다.

"또라니. 누가 보면 알코올 중독잔 줄 알겠어요."

미나가 고개를 설레설레 저었다. 저녁에 치즈와 함께 간단히 와인을 마셨는데, 고양이가 아니라 개인 것인지 귀신같이 냄새를 맡고 잔소리부터 늘어놓는다. 미나가 뚱한 얼굴로 입술을 뾰족하게 내밀자 설표가 무심한 얼굴로 말했다.

"비슷하죠."

미나의 얼굴이 와자작 찌푸려진다. 언젠가부터 자신의 집에 불쑥불쑥 찾아오곤 하는 강설표. 마치 사료를 한 번 받아먹은 길고양이가 또다시 현관문 앞에 찾아와 밥을 달라고 하는 것과 같이 그는 시도 때도 없이 그녀의 집을 방문하곤 했다. 아니, 말은 똑바로 하자. 미나는 설표가 건네는 흰색 봉투를 받아 들며 미간을 찌푸렸다. 안을 확인하자 역시나 먹을 것들이 들어 있었다. 사료를 받아먹는 것은 그가 아니라 자신이었다. 먹을 것을 건넨 그가 하는 일은 이렇게 잔소리를 하고 마치 이곳이 자신의 구역인 양 침범한다.

"그러다가 건강 상하십니다."

"난 벽에 똥칠할 때까지 살 생각 없어요."

"작가님, 크게 착각하고 있는 게 있는데요."

설표의 말에 미나가 눈살을 찌푸렸다. 또 무슨 말을 하려고 저러는 것일까. 반들반들한 얼굴을 보았다. 그러자 설표는 고저 없는 목소리로 말한다.

"벽에 똥칠할 시기를 앞당기고 계신 거예요, 그거."

"……"

아아, 뭐라 쏘아붙이고 싶었으나, 할 말이 딱히 떠오르지 않았다.

미나가 고개를 들어 설표를 보았다. 그는 평소처럼 허리를 숙인 후 볼일이 끝났다는 듯 굴었다. 그는 마치 수감자에게 사식을 넣어주듯 먹을거리를 넘겨주고 간단한 인사를 한 뒤 돌아가곤 했다. 이런 생활이 벌써 일주일째. 그간 말없이 그가 주는 음식을 받았던 미나는 오늘은 '가볼게요'라고 말한 후 돌아서려는 그를 붙잡았다.

"내가 불쌍해요?"

"네?"

"나 환자 아니에요."

"에?"

앞뒤가 맞지 않는 말에 설표가 눈을 동그랗게 떴다. 그녀가 하는 말을 하나도 알아들을 수가 없었다.

"왜 메뉴는 맨날 죽이고, 마치 선심 써주듯 덜렁 주고 가냐고요."

"……아."

설표가 이제야 그녀의 말뜻을 알았다는 듯 고개를 끄덕였다. 그리고 염세적인 눈을 보았다.

안 챙겨 드시니까요. 그 말이 왜 입 밖으로 나오지 않는 것일까. 그가 매끈하게 뻗은 콧날의 콧잔등을 찡긋 구겼다.

환자는 아니었지만 자신의 몸은 잘 챙기지 않는 사람인 것은 확실했다. 그리고 왜 그런 것인진 모르겠지만 그렇게 생각하자 쉬이 무시할 수가 없었다.

하지만 이 말 역시나 앞의 말처럼 할 수가 없다. 세상을 심드렁하게 바라보는 그 눈빛에 기가 죽은 것인지, 아니면 혹여 그녀 몰래 얼굴을 훔쳐봤던 그날 놀랐던 심장이 아직도 제 속도로 돌아오지 않은 것인지 심장은 여전히 고동치고 있었다.

설표가 말문이 막혀 아무런 말도 하지 못하자 미나가 어깨를 으쓰였다. 말하고 싶지 않으면 말하지 말라지, 라고 생각이 들면서도 손이 묵직해 그냥 넘길 수가 없었다. 사실 설표가 가져다준 죽은 대부분 남아 냉장고에 고이 잠들고 있었다.

이것도 다 못 먹겠지?

무심한 눈으로 봉투를 보던 미나가 시선을 들어 설표를 보았다.

"같이 먹을래요?"

"네? 저랑요?"

"그럼 누구랑 같이 먹나? 들어와요."

뒤돌아선 미나는 이미 결정된 문제라는 듯 훤히 문을 열어놓고 안으로 들어갔다. 그녀가 부엌으로 들어가기 전 여전히 현관문 너머에서 눈을 깜빡이고 있는 설표를 힐끗 보며 말했다.

"거기 있다가 남들이 보면 어떻게 해요. 얼른 들어와요."

그렇게 말한 미나가 부엌 안으로 쏙 들어갔다. 구입하자마자 바로 달려온 것인지 아직 따끈따끈한 용기를 만진 미나가 데우지 않아도 되겠다 판단한 것인지 선반을 열어 먼지가 뽀얗게 쌓인 그릇 몇 개를 꺼냈다.

쏴아아, 물줄기 소리에 그제야 가출했던 정신이 돌아온 것인지 설표가 천천히 걸음을 옮겨 집 안으로 들어선다.

"실례하겠습니다."

그가 들리지 않을 정도로 아주 작은 목소리로 읊조렸다.

❖

그날부터였다. 강설표가 미나의 집을 드나들기 시작한 것은. 느지막이 찾아와 아무 말 없이 미나에게 하얀 봉투를 건네곤 하는 설표와 함께 같이 일일 일식을 하기 시작한 것은 그에게 자연스레 방문을 허락한 그날부터였다. 처음 죽에 한정되어 있던 메뉴는 도시락부터 시작해서 분식까지 다양해지기 시작했고, 시간 또한 점점 당겨지기 시작해 어느새 점심시간에 찾아와 그녀를 깨우는 지경까지 되었다. 자신의 삶에 조금씩 파고드는 그의 존재를 미나가 미처 깨닫기도 전에.

미나는 현관문에 삐딱하게 서서 오늘도 그의 손에 들려 있는 하얀 봉투를 보았다. 그녀가 설표의 존재를 조금씩 인식하기 시작한 것은 일주일이란 시간이 더 지나서였다. 어느새 세상 밖은 무더운 여름이 찾아왔지만 적당한 온도에 맞춰 팽팽 돌아가는 에어컨 때문에 계절의 변화조차도 느끼지 못했던 그때, 미나는 포동포동하게 살이 오른 제 얼굴에 그의 존재를 인식하기 시작했다. 그리고 이젠 기대되기 시작하는 그의 메뉴에 아차 싶었던 그녀는 오늘은 그를 쉬이 집 안으로 들이지 않은 채 멋들어진 얼굴과는 달리 모자를 푹 눌러쓴 그의 모습을 보며 천천히 눈을 깜빡였다.

"스케줄 없어요?"

잘난 설표의 얼굴이 찌푸려졌다. 그리고 뭐 그리 당연한 걸 묻냐는 듯 툭 내뱉는다.

"작가님께서 대본을 마치셔야 스케줄이 생기죠."

"……."

말문이 막힌 미나가 입을 꾹 다물었다. 입이 열 개라도 할 말이 없었다. 그녀는 벌써 닷새째 한글과 조우만 하고 있을 뿐, 키보드를 단 한 번도 두드릴 수가 없었으니까.

마가 낀 거야, 이건. 분명히.

그리고 그 마를 몰고 온 것은 눈앞의 강설표라는 것을 알고 있음에도 그녀는 그의 손에 들려 있는 하얀 봉투 때문에 차마 그를 밀어낼 수가 없었다.

오늘은 김치찌갠가? 아, 냄새 죽인다.

미나가 꾸룩꾸룩 요동치는 배에 그를 안으로 들이려고 할 때였다. 설표는 오늘도 심드렁한 얼굴로 이래도 흥, 저래도 칫, 하는 표정을 짓고 있는 미나를 보며 입술을 비틀어 웃었다. 그녀는 간혹 이렇게 괴롭혀 주고 싶은 표정을 하곤 한다.

"차 대표님께서 마감 날짜 정해주신 걸로 알고 있는데, 잘 진행되고 계십니까?"

"마감? 그게 뭐야? 먹는 거예요?"

툭 건드리자 미나가 고개를 홱 돌리며 말했다. 그러자 일자로 곧게 뻗어 있던 설표의 입술이 부드럽게 호를 그렸다.

"먹으면 죽습니다."

"……."

힐끔, 그의 얼굴을 보던 미나가 흥, 하며 고개를 돌린다. 대본이 진행되지 않아 가장 죽을 맛은 장미나, 그녀였다. 이를 그 또한 잘 알고 있으면서 대바늘을 꺼내 그녀의 옆구리를 푹푹 찌르고 있는 것이다.

"그럼 이제 들어가도 되겠습니까?"

괘씸함에 들어오지 말라고 하려다가도 그가 인질처럼 붙들고 있는 하얀 봉투 때문에 차마 그럴 수 없다. 콧구멍을 통해 장렬히 파고드는 김치찌개 냄새에 미나는 고개를 옆으로 팩 돌리며 길을 열었다.

"들어와요."

어느 순간 그의 방문이 익숙해져 갔다.

타닥타닥.

맑고 고운 키보드 두드리는 소리에 책을 읽고 있던 설표의 고개가 무심히 옆으로 돌아간다. 온 신경은 그녀에게 향해 있었으나 직접 그녀를 보는 일은 늘 망설이고 망설인 끝에 하는 것. 혹여 그녀가 자신의 시선을 눈치챌까, 늘 조심한 끝에 그녀를 눈동자에 담은 설표는 미간을 구긴 채 화면에서 시선을 떼지 못하는 모습에 들고 있던 책을 내려놓았다. 그리고 그녀를 마음에, 눈에 담는다.

곧은 시선은 조금의 틈도 없이 그녀에게 딱 맞춰진 것처럼 흔들림이 없다.

"뭘 그렇게 봐요?"

그러다 갑작스런 그녀의 공격에 그는 놀라움을 감추지 못하며 몸을 움찔 떨었다.

아, 깜짝이야.

놀라움은 입 밖으론 터져 나오지 않았지만 커다랗게 변한 동공과 뻣뻣하게 굳어진 몸이 이를 대변하였다. 고개를 돌린 미나는 설표의 모습을 보며 심드렁한 표정을 지었다.

"제대로 쓰고 있는 건지 감시하는 거예요? 혹시 강설표 씨, 차 대표가 보낸 스파인가?"

"……그렇게 생각하시면 일 좀 해주시면 안 됩니까?"

설표는 약간 돌린 몸 너머로 보이는 화면에 말문이 막힌 듯 입을 닫았다가 곧 굳은 목소리로 말했다. 얼굴엔 당황이 서렸다.

"소나기 17단계를 이틀째 깨지 못하고 있어요. 이걸 깨야 글이 써질 것 같아요."

"……"

아름답고 맑다 생각했던 키보드 소리는 글을 쓰면서 생긴 것이 아니었다.

설표가 쓴 얼굴로 자리에서 일어나는 미나의 행동을 좇았다.

"좀 씻어야겠어요. 맑은 정신으로 해봐야겠어."

미나가 묶은 머리를 풀며 터덜터덜 화장실로 걸음을 옮겼다. 그 모습을 무심하게 보던 설표는 그녀가 막 욕실로 들어가기 전에 고저 없는 목소리로 말했다.

"제가 남자로 느껴지시지 않습니까?"

"음? 그게 무슨 말이에요?"

"남자와 있는데, 그것도 잘 알지도 못하는. 그런데 씻는다고 하셔서요."

미나의 시선이 옆으로 돌아갔다. 그리고 소파에 앉아 있는 설표의 얼굴을 보았다. 왜 이러한 물음을 하는 것인지에 대해서 생각해 보기도 전에 그녀는 심드렁한 얼굴로 말했다.

"남자로 느껴졌으면 내가 강설표 씨를 우리 집에 들였을까요?"

"……"

"강설표 씨는 지금 제게 맛있는 밥을 주고, 가끔 말동무가 되어주고, 내가 현실을 직시할 수 있도록 잔소리를 늘어놓는 사람에 지나지 않아요. 음…… 굳이 말하자면 차 대표가 보낸 직원 같아요. 간혹 날 그렇게 돌봐주는 사람을 보내곤 했거든요. 내가 6개월 동안 아이스크림만 먹은 걸 알았을 때요. 변사체로 발견된 날 보고 싶지 않다나, 뭐라나."

줄줄 읊어대는 이야기에 설표의 얼굴이 구겨졌다. 왜 바늘 수십 개가 자신의 심장을 찔러대는 느낌이 드는 것일까.

"그럼 나 이제 씻어도 되죠?"

산뜻하게 말한 미나가 곧장 욕실로 들어가 버렸다. 그리고 그녀의 말대로 정말 씻는 것인지 얼마의 시간이 흐르지 않아 물이 쏟아지는 소리가 들렸다.

쏴아아―

시원한 물줄기 소리는 여름날의 소나비 소리와 비슷했다.

"……아파."

자신의 심장에 손을 얹은 그는 손바닥 밑에서 아프게 뛰는 심장에 미간을 찌푸리며 읊조렸다. 그의 마음에도 비가 내렸다.

그녀가 샤워를 마치고 나온 것은 그 후로 삼십여 분의 시간이 흘렀을 적. 그녀는 문을 열고 나오자마자 텅 빈 거실을 보며 멍하니 읊조렸다.

"뭐야? 간 거야?"

마치 제 흔적을 남기듯 그가 앉아 있었던 소파 쿠션이 앞으로 푹 꼬꾸라져 있었다. 걸음을 옮겨 소파로 다가간 그녀는 쿠션을 일으켜 원위치에 놓은 뒤 몸을 돌려 작업대로 향했다. 자리에 앉아 화면보호기로 넘어간 모니터를 보며 마우스를 흔들었다. 그러자 원래의 화면으로 돌아왔고, 곧 미나의 얼굴이 와자작 찌푸려졌다.

끼기긱, 고개가 아래로 뚝 떨어지더니 작업 노트 위에 휘갈겨 쓴 큰 글자에 이를 으드득 깨물었다.

—대본 다 쓰시면 그날 도전을 받아들입니다.

"이 자식……"
고개를 든 미나가 다시 화면을 보았다.

—17단계 성공.
18단계를 도전하시겠습니까?

"좋아, 그 도전 받아주지."
미나의 눈빛에 갑자기 투지가 불타올랐다.

3

"표정이 왜 그래? 너 무슨 일 있냐?"

이온음료 〈파인〉의 CF 촬영장은 예상외로 조용했다. 다른 촬영장에선 쉬는 시간마다 의견을 조율하거나 스태프들이 와서 사인을 부탁하는 등, 도떼기시장 정도는 아니었지만 적당한 소음이 섞여난다. 하지만 감독이 워낙 지랄병 중증에 예민한 성격이었던지라 움직이는 스태프들의 움직임은 꽤나 기민하고 조용했다. 그래서인지 오늘 몇 번이고 상큼한 표정을 짓지 못해 NG를 낸 설표의 주위에 모여 있는 사람들의 말소리가 크게 들린다.

설표는 프로페셔널하지 못한 자신의 모습에 입을 꾹 다물고 있었다. 몇 번이고 감독의 지적을 받았지만 예전처럼 거짓된 표정을 지을 수가 없었다. 그건 자신의 머릿속을 거칠게 휘젓는 미나의 말 때문이었다.

"남자로 느껴졌으면 내가 강설표 씨를 우리 집에 들였을까요?"

충격에 몸이 굳어졌다. 아픔에 속이 쓰렸다. 그래서 평소라면 하지 않을 유치한 짓까지 하고 집을 뛰쳐나왔다. 집에 들어와서도 내일 있을 촬영을 위해 마스크 팩 정도는 하라고 잔소리를 해대는 스타일리스트의 말을 깡그리 무시하고 맥주 한 캔을 모두 비워냈다. 하지만 속은 더욱 아프기만 할 뿐이었다.

장미나 작가는 사람을 주위에 두지 않기로 유명했다. 은둔형 외톨이라고 충무로에선 소문이 자자하였고, 그랬기에 그 또한 처음 그녀의 집에 무작정 찾아가 오디션을 보고 싶다 말했을 때 엄청난 용기를 내야 했었다. 어디 그뿐인가, 그렇게 존경하고 좋아하는 작가였는데도 불구하고 사진 한 장 구하지 못해, 그날 그녀의 모습을 본 것은 처음이었다.

옆에서 연신 쨍알쨍알 무슨 일이냐고 묻는 철호의 말을 사뿐히 무시하던 설표였지만 이어진 그의 말에 시선을 던졌다.

"장미나 작가 때문이야?"

어찌 알았냐는 표정이었다. 그러자 철호는 게슴츠레 눈을 뜨며 말했다.

"네 관심이 가는 곳이라면 장 작가님밖에 더 있어? 무슨 일인데?"

"……."

"뭐야, 말 못할 사정이라도 있는 거야? 그러게 내가 장 작가님 집에는 찾아가지 말라고 했지?"

미나의 소문을 철호 또한 들어봤기에 혀를 찼다. 설표가 장 작가의 작품에 얼마나 참여하고 싶어했는지 알았기에 요즘 그의 들뜸에 걱정스러운 마음을 보내던 그다. 역시나 예상대로 장 작가에게 큰 결례라도 저지른 것이 분명했다.

너 사고 칠 줄 알았다고 말하며 혀를 끌끌 차던 철호가 갑작스런 설표의 말에 눈을 동그랗게 떴다.

"형, 내가 남자로 안 느껴진대."

"……뭐?"

이건 또 무슨 소리야? 그가 어떤 말을 해야 할 줄 몰라 되묻기만 했다. 하지만 문맥에서 주는 느낌은 확실했다.

나 장미나 작가님이 좋아.

그 생각이 들자마자 철호의 얼굴이 점차 얼음장처럼 굳어갔다.

"그래서 집에도 들일 수 있는 거래."

그의 말을 곰곰이 듣고 있던 철호가 미간을 찌푸렸다. 자신에게 답을 구하는 진중한 눈빛에 큼큼 헛기침을 내뱉은 철호가 한숨을 푹 내뱉었다. 설표와 철호는 단순히 스타와 이를 관리하는 매니저의 관계는 아니었다. 처음 아역배우로 데뷔했을 때부터 줄곧 설표를 담당해 왔기에 이젠 공적인 관계보단 사적인 관계에 가까웠다.

당장 마음을 접으라는 말부터 해야 할까, 고민하던 그가 고개를

내저었다. 무심한 눈동자에 서린 상처를 보자 차갑게 말을 내뱉을
수가 없었다. 결국 철호는 그의 편이 되기로 했다.

"스캔들은 안 된다."

"스캔들은 무슨······."

말꼬리를 늘인 설표가 시무룩한 표정을 지었다. 냉랭해 보이고
차가웠던 표정이 순간 허물어진다. 잔뜩 기가 죽은 표정을 보자
철호는 궁금증이 일기 시작했다.

강설표가 누구인가. 대한민국에서 가장 핫한 스타이자, 잘난 얼
굴과 나이에 비해 뛰어난 연기력으로 향후 충무로를 주름 잡을 배
우로 성장할 것이라며 사람들이 평가하고 있는 배우였다.

날렵한 턱 선 때문인지 느낌 자체가 차갑고 가까이 다가갈 수
없는 아우라가 느껴지기도 했으나, 무심한 눈빛엔 수많은 감정을
담을 수 있다며 수많은 러브콜을 받고 있는 중이었다.

이런 겉치레를 빼고도 그는 잘생기고 젊은 남자였다. 그런 그가
여자 문제로 속을 썩이고 있으니 어찌 궁금하지 않을 수가 있겠는
가.

철호가 눈을 빛내며 물었다.

"근데 어떤 사람이야?"

"응?"

"장미나 작가 말이야."

"아아."

짧게 감탄사를 내뱉은 설표가 고개를 갸웃거렸다. 무감각했던

얼굴에 순간 의문이 서리고, 답답함이 서리고, 짜증이 서린다. 얼마의 시간이 흐른 후, 겹겹이 쌓인 것들의 결론은 아주 심플하고 단순했다.

"이상한 사람."

"……."

"상상 속에선 아주 멋있는 사람이라고 생각했어. 어떻게 이런 이야기를 사람들에게 감동과 공포, 즐거움을 함께 전할 수 있을까. 처음엔 남자 작가라고 생각될 정도로 이야기 선이 굵어서 좋아했거든. 그런데 막상 만나고 나니까 아닌 거야. 밥도 제대로 안 챙겨 먹고, 곁에서 누가 지키지 않으면 곧 죽을 것 같기도 하고. ……그래서 계속 지켜보게 됐는데……."

"그런데?"

설표가 말을 잇지 못하고 말꼬리를 흐리자 철호가 얼른 말하라는 듯 독촉했다. 그러자 설표는 머릿속에서 정리되지 않은 말들을 두서없이 꺼냈다.

"왜 이렇게 됐을까? 그냥 지켜보기만 했는데 말이야. 아무것도 안 하고 그냥 보고 또 보고, 내가 상상했던 그 사람이 맞나 계속 그 생각만 하며 곁만 지켰는데 이렇게 되어버렸어. 아직도 생각해, 왜? 왜지? 라고."

철호가 '뭐, 이런'이란 표정을 짓는다. 어린 설표에겐 어려운 감정인 것인지 이해하지 못한 듯 죽상을 하고 있었으나 올해 서른 다섯에 들어선 철호는 그 감정이 무엇인지 아주 명확하게 규정지을 수 있었다.

"좋아하냐?"

차마 사랑이란 말까진 꺼내지 못하겠는지 그보다 한 단계 낮은 질문을 꺼냈다. 그러자 순간 설표가 멍한 표정을 짓더니 고개를 내저었다.

"몰라."

아, 이 어린것. 철호가 탄식을 터뜨렸다.

"인마, 너 그거 좋아하는 거야!"

"아, 그런 거야?"

멍한 표정의 설표가 고개를 끄덕였다.

"그런가 보다."

"……."

아, 이 어린 중생이여. 난 널 그렇게 가르치지 않았건만. 관리하는 배우의 연애 상담까지 해줄 마음이 없었던 철호는 한숨은 뒤로 삼키고 궁금한 것들을 물었다.

"어때? 예뻐? 성격은?"

"음…… 일반인치곤 예뻐. 그리고 성격은…… 별로야."

사람이 생기가 없어. 그의 뒷말을 듣던 철호가 당황스러운 표정을 지으며 설표를 보았다. 방금 전 삼킨 한숨을 다시 토해내야 하는 것일까. 겉으로 듣기엔 얼굴도 그저 일반인치곤 예쁘고, 성격은 별로인 그 여자에게 무슨 매력을 느껴 얘가 이러나 싶었다.

한참 생각에 빠져 있던 철호는 어느새 자신이 그 여자를 좋아한다는 결론을 받아들인 것인지 양 뺨이 조금 발그레 변한 채 손가락을 꼼지락거리고 있는 설표가 기가 막힌 듯 말했다.

"……뭐, 이런 여자 처음이야, 이런 거? 야, 팬들 앞에서 그 이야기하지 마라. 너 길가다 뺨 맞는다."

몇 해 전 유행했던 개그를 떠올리며 말했다. 특별한 남자 꼬시기였나? 하여튼 그러한 제목의 글이 인터넷에 빠른 속도로 확산되었는데, 잘생긴 남자의 뺨을 때리며 '나 너 싫어'라고 외치면 잘난 남자는 '아, 이런 여자 처음이야'라며 그 여자에게 반한다는 허무맹랑한 이야기였다.

"실없는 소리 하지 마."

"아니, 진심이다. 나 지금 엄청 진심이야. 그러니까 내 말은 꼭 들어줘. 배우는 얼굴이 생명, 알지?"

"어. 그럼 형, 난 이제 어떻게 하지?"

"……."

좋아하는 건 알았는데, 이 뒤는 어떻게 해야 하는 거야?

설표가 물었다. 이에 철호는 벙찐 얼굴로 설표의 얼굴을 한참이나 살폈다.

아아, 내가 저 얼굴로 태어났으면 이것도 해보고 저것도 해보고 마구마구 다 해볼 텐데! 모든 것을 가지고 태어난 강설표는 정작 아무것도 하지 못한 채 얼굴로는 돈만 벌고 앉았으니 답답할 노릇이다. 뭐 어찌 되었든 얼굴값을 안 하고 산 덕에 거친 연예계 생활을 무탈하게 보내고 있긴 하지만.

철호는 2년 전, 설표를 처음 만났을 때 연락처를 물어보는 수많은 요청을 단칼에 거절하던 그에게 물었던 적이 있었다.

"너 혹시 남자 좋아하냐?"

여자 아이돌 스타든 유망한 여자 아역 배우든 아니면 이미 연예계에서 성공한 이십대 배우든 간에 단칼에 거절하니 그리 물었던 것이다. 이에 이 녀석이 어떻게 답했더라? 아아, 생각났다.

"연애는 관심 없습니다. 남자든, 여자든."

그런 놈이 이젠 자라 여자에게 관심을 가지고 어떻게 연애를 해야 하냐고 물어보는 지경까지 온 것이다! 이를 좋아해야 하나, 싫어해야 하나, 곰곰이 생각하던 철호는 그도 '인간'이고 '남자'라는 생각을 상기시키며 아주 단호하게 말했다.

"너 그 얼굴은 뒀다가 어디에 쓸래? 국 끓여 먹을 거야?"

"얼굴?"

설표가 순간 멍한 표정을 지었다. 이에 답답하다는 듯 철호는 어느새 그들을 주목하기 시작한 사람들의 이목도 신경 쓰지 않은 채 버럭버럭 소리쳤다.

"그래, 잘났잖아! 그리고 요즘 몸도 만들고 있지 않아? 그냥 확 들이대!"

"······저리 가."

마음에 들지 않는 조언이었던지 설표가 몸을 돌리며 거절했다. 이에 철호가 좀 더 강경한 태도를 취하려 할 때였다. 촬영을 하느라 맡아두었던 설표의 전화가 철호의 주머니 속에서 웅웅 진동을 울려댄 것은. 철호가 혀를 끌끌 차며 휴대전화를 꺼내 그에게 내밀었다. 그러다 액정을 확인한 후 급격히 표정이 밝아졌다가 어두워지길 반복하는 설표를 보았다.

"뭐야?"

"오늘 촬영 몇 시까지 할까?"

설표가 고개를 내저은 뒤 물었다. 그러자 철호는 그걸 진짜 몰라서 묻냐는 듯 톡 쏘아붙였다.

"너만 멀쩡하게 해주면 두 시간 안엔 끝나거든? 도대체 너 오늘 NG를······."

"두 시간? 알았어."

철호의 말을 중간에 자른 설표가 문자를 보았다.

「결투를 신청한다.」

간결하고 다소 과격한 미나의 문자에 그가 빠르게 손가락을 놀려 답했다.

「세 시간 뒤에 갈게요.」

설표의 입술에 나른한 미소가 걸렸다.

❖

눈 밑에 내려앉은 그늘은 그 어떤 화이트닝 제품을 발라도 원래의 색으로 돌아오지 않을 것만 같았다. 짙은 어둠은 현재 그녀의 마음과 같았다. 며칠째 수면 부족으로 시야가 흐리멍덩했지만 미나는 하얀색 A4 뭉치를 들고 있는 설표에게서 시선을 떼지 못하고 있었다. 그는 종이에 구멍을 낼 듯 엄청난 집중력으로 글귀 하나하나를 읽고 있었다. 그가 막 마지막 장까지 읽은 후 뭉치를 제 무릎 위에 올려놓았다.

"하아."

그의 입에서 나온 것은 깊은 한숨. 그 소리에 미나는 갑자기 가슴이 쿵쾅쿵쾅 뛰고 온몸에 긴장이 흐르는 것을 느꼈다. 왜 갑자기 처음 시나리오 작가가 되고 싶어 대본을 여기저기 돌렸던 어릴 적 자신의 모습이 떠오르는 것인지. 신인의 마음으로 돌아간 미나가 그에게 어떻냐, 차마 묻지도 못한 채 그의 표정만 살피고 있을 때였다.

툭, 투둑.

그의 눈망울에서 무게를 이기지 못한 커다란 눈물방울들이 갑자기 떨어지기 시작했다. 예상하지 못했던 울음에 미나가 자리에서 벌떡 일어났다. 그리고 그 자리를 배회하며 어찌할 바를 몰라 당황한다.

뭐야, 갑자기 왜 울어!

이리저리 갈 곳 없는 발걸음이 서성이다 이내 멈췄다. 그리고 설표에게 다가간 그녀가 여전히 당혹스러운 얼굴로 물었다.

"왜 울어요?"

"……."

이유도 모른 채 산만 한 덩치의 남자를 울려 버린 미나가 얼굴을 일그러뜨렸다.

아, 내가 울고 싶다.

"……작가님."

연신 떨어뜨렸던 눈물, 가슴속에서 뒤섞이는 감정의 동요와는 달리 목소리는 올곧고 흔들림이 없었다.

"그래서…… 이 남자는 행복했습니까?"

아마도 모든 복수가 끝난 후 남자 주인공이 웃으며 끝나는 마지막 장면 때문에 묻는 것이리라. 이에 대한 장면 설명은 아무것도 없었다. 대본에는 미나가 이 모든 생고생을 감수하면서까지 담고 싶었던 그의 눈을 클로즈업하며 끝이 난다. 이에 그가 의아하게 물은 것이다.

"대본을 읽은 사람의 생각은 어떤데요?"

물음에 그녀가 물음으로 답했다. 그러자 설표는 길쭉한 눈매에 날카로움을 죽인다. 축 늘어진 눈꼬리는 버림받은 짐승처럼 슬퍼 보였다.

"전…… 이 남자가 이 모든 영화가 끝난 후엔 죽었을 것 같습니다."

"왜요?"

미나의 눈동자에 호기심이 어렸다.

"이 남자의 사랑은 그런 것 같습니다."

아프고, 괴롭고, 끔찍하고. 자신을 잃을 정도로 너무나 강력한 힘을 가지고 있어서 자신을 파괴할 것 같았다.

미나는 설표의 얼굴을 보았다. 눈물은 멈춘 뒤였다. 하지만 눈동자엔 여전히 슬픔이 남아 있었다.

설표의 눈 하나로, 수많은 감정을 담은 그 시선으로 관객들은 여러 감정을 느낄 수 있을 것이다. 어떤 이들은 복수를 해도 돌아오지 않는 연인에 주인공이 슬퍼한다고 생각할 것이고, 어떤 이들은 친부를 마지막에 살해하고 완벽하게 복수를 끝낸 주인공이 기뻐하리라 생각할지도 모른다. 그래서 그녀는 답을 주고 싶지 않았다.

"설표, 당신이 그렇다면 그런 거겠죠."

"……."

"자, 그럼 미션 클리어했어요."

대본을 마치면 도전을 받아주겠다던 그의 말을 떠올리며 말했다. 그러자 설표는 여전히 손에 대본을 든 채 자리에서 일어났다. 그리고 팔짱을 끼고 도도하게 서 있는 미나에게 한 걸음 옮겼다.

갑작스런 움직임에도 그녀는 여전히 무감한 눈으로 설표를 보고 있었다. 그의 입술이 비틀렸다.

"우선은 좀 주무세요."

"아, 왜요! 내가 이날을 위해 얼마나……!"

아이처럼 떼를 쓰는 모습에 설표가 팔을 뻗어 그녀의 눈 위에 손바닥을 올려놓았다. 손바닥 밑으로 부채처럼 나부끼는 그녀의 기다란 속눈썹이 느껴졌다. 간질간질, 손가락을 오므리고 싶었지만 그는 걱정스러운 얼굴로 말했다.

"눈두덩이 뜨거워요."

"나의 노력이 느껴지지 않아요? 그러니 냉큼 의자에 앉아요."

미나가 팔을 들어 그의 손을 떼며 말했다. 그와 시선을 맞춘 그녀는 절대 물러서지 않겠다는 듯 눈을 빛냈다. 고집스런 눈빛에 설표가 설득하는 어조로 조근조근 말했다.

"저도 촬영 끝나고 오느라 피곤해요. 내일 오전에 올 테니까 그때 해요."

부드러운 어조는 절로 눈이 감길 만큼 감미로웠다. 아니, 아닌가? 그냥 내가 잠이 와 그렇게 느껴지는 것일까? 하여튼 미나는 참 듣기 좋은 목소리라 생각했다.

"……이런 게 어디 있어. 약속 위반이야."

혼잣말을 하듯 읊조린 미나가 고개를 팽 돌리자 설표가 입술을 부드럽게 휘며 웃었다.

"오늘 도전하시면 단판이겠지만 내일 도전하시면 원할 때까지 해드릴게요. 참고로 소나기는 19단계까지 성공한 적이 있어요."

넌 하수니까 원할 때까지 나와 맞붙고 싶다면 오늘은 가만히 닥치고 잠이나 잔 뒤 내일 도전하라는 말이었다. 그가 다정한 어투로 제법 누그러뜨린 날카로운 눈매로 말했지만 마음이 삐뚤어진 미나의 귀에는 그렇게 들렸다.

자존심상 '당장 해!'라고 외칠 법도 하건만 그녀가 쉽게 '도저어어언―'을 외치지 못하는 이유는 그가 19단계까지 성공한 적이 있다는 말 때문이었다. 20단계를 제외하곤 모두 성공했다는 말. 그의 손가락엔 어쩜 모터가 달려 있을지도 모른다. 그렇다면 조금 더 연습이 필요했다.

까드득.

이를 악문 미나가 고개를 끄덕였다.

"좋아요. 내일 1시까지 꼭 와요."

"알았어요."

누구의 명이라고요.

뒷말을 이은 설표가 입가에 희미하게 웃음을 띠었다.

"네, 전 이만 가볼게요."

볼일이 다 끝나자 미나는 그제야 급격하게 피곤이 몰려오는 것인지 손을 들어 지끈거리는 머리를 매만졌다. 현관으로 향하는 설표의 뒤를 졸졸 따르며 한 시간이라도 연습을 하고 잘까 라는 생각을 하던 그녀는 신발을 꿰어 신은 뒤에도 갈 생각이 없는 설표를 의아한 눈으로 올려다보았다. 아, 키 한번 더럽게 크네, 그렇게 생각하던 미나는 자신과 시선을 마주친 채 한참 말이 없는 그를 보며 고개를 기울였다.

"왜 그렇게 봐요?"

"작가님, 제가 전에 사랑이 뭐냐 물었던 적이 있죠?"

끄덕, 미나가 고갯짓으로 답했다. 그러자 설표는 시선을 옮겨 들고 있던 대본을 내려다보며 말했다.

"조금은 알 것 같아요."

그가 느낀 사랑 첫 번째, 두려움이었다.

전적 0승 18패.

이 얼마나 아름다운 패전 숫자인가.

미나는 와자지껄 떠드는 사람들 사이에서 술잔을 기울이며 쓰디쓴 속을 달래고 있었다. 그녀의 시선 끝에는 마 감독과 이야기를 나누는 설표를 향해 있었다. 그의 옆에는 상대역이 될 정현이 앉아 있었다. 극중에서는 설표가 한 살이 많다는 설정이었지만 실제론 그녀가 여덟 살이나 많았다. 하지만 얼마나 관리를 받았던지 피부는 10대 피부 못지않았고, 화장기 없는 얼굴엔 잡티 하나 보이지 않았다.

커다란 눈을 연신 깜빡이며 설표의 손등을 두드리고 있는 정현을 보던 미나가 고개를 팩 돌렸다. 그리고 테이블 위에 있던 마른

안주 몇 개를 주워 입안으로 넣어 우적우적 씹었다. 고소한 땅콩이 입안에서 부서져 이리저리 돌아다닌다. 텁텁했다.

그녀가 한참 앞에 놓인 술잔을 비울 때였다. 텅 빈 맥주잔을 공중에서 흔들어 주문을 하던 그녀는 누군가 갑자기 술잔을 잡아채자 놀란 듯 시선을 들었다.

"왕따십니까?"

"……나쁜 사람일세. 사람의 아픈 곳을 마구 찌르고."

설표가 그녀의 맞은편에 앉았다. 방금 전 마 감독과 심각하게 대화를 하던 것과는 달리 그녀의 앞에 앉자 표정은 한결 편안해져 있었다. 미나는 자신의 잔을 빼앗기자 설표가 들고 온 술잔을 보며 입맛을 다셨다. 아직 술이 조금 더 고픈 것 같았다.

"우리 나갈까요?"

"주연 배우가 빠지면 쓰나. 그것도 처음 모인 자린데."

대본은 마지막 수정 작업 중이었다. 메가폰을 잡게 된 마 감독과는 두 번째 작업이었고, 별다른 이견 차이 없이 진행되는 중이었다. 아주 작은 배역만 빼곤 모두 캐스팅까지 끝난 상태라 오늘은 같이 작업할 사람들끼리 얼굴이나 보자며 모인 것이었다. 이번 달 말이면 본격적으로 대본 리딩과 함께 장소 섭외가 이루어질 것이고 다음 달이면 제작에 들어갈 터다. 그리고 그녀의 일은 이번 주까지 수정을 마친 것으로 끝이 난다. 그럼 또 그녀는 한동안 고삐 풀린 망아지마냥 생활하게 되겠지.

미나가 심드렁한 얼굴로 손을 뻗어 설표의 잔을 빼앗으려 하자 그는 그녀의 손이 잔 끝에 닿기 전 서둘러 번쩍 들어 올렸다. 그녀의 손이 닿지 않을 높이. 미나가 미간을 찌푸렸다.

오랑우탄도 아니고 왜 이리 팔이 길대?

이젠 별게 다 거슬렸다.

"지금 우리 둘이 빠진다고 해도 티 안 날 것 같습니다?"

"나가면 내 도전을 받아줄 건가?"

심드렁한 물음에 설표가 고개를 저었다.

"둘이 술 한잔하는 건 어떻습니까?"

"술?"

"네, 조용한 곳에서요."

아아, 이를 어쩌나. 이렇게 매력적인 제안을 할 줄이야.

미나는 시끌벅적한 주위를 보았다. 그의 말대로 고주망태가 되어 낄낄거리며 대화하는 사람들도 보이고, 진지한 얼굴로 무언가 주제를 두고 토론을 하는 모습도 보였다. 각기전투를 하는 것처럼 따로 노는 사람들을 보던 미나가 고개를 끄덕였다. 여기서 마음껏 술을 마셔도 좋겠지만 미나는 조용한 곳에서 술잔을 기울이길 좋아했다. 더욱 제작사 측에서 내놓은 안주들은 하나같이 부실했다.

설표가 내던진 달콤한 제안을 받아들이기로 한 미나가 목소리를 낮춰 물었다.

"매니저는요?"

"철호 형한테는 말해뒀습니다."

"이런, 소속사에서 배우를 너무 풀어두는 거 아닌가?"

"성인이니까요."

"아아, 강설표 씨 스무 살이었지."

속닥속닥, 작당 모의하는 사람처럼 이야기를 주고받던 두 사람은 미나의 마지막 말에 순간 분위기가 변했다. 설표가 표정을 굳히며 조금 굽히고 있던 허리를 펴며 고압적인 표정을 지었다. 분위기는 순식간에 얼어붙었다.

미나는 말없이 그의 행동을 시선으로 좇았다. 자리에서 일어난 설표는 길쭉한 기럭지를 더욱 거대하게 보이고 싶은 것인지 고개를 살짝 들어 시선을 내리깔며 말했다.

"나갈 거예요, 말 거예요?"

"아, 어어. 가야지. 가야 하고말고."

미나가 저도 모르게 답했다. 그리고 처음 봤을 때보다 조금 탄 듯 보이는 반들반들한 얼굴을 보던 미나가 미간을 찌푸렸다. 그녀는 일어서다 말고 갑자기 떠오른 생각에 엉덩이를 쭉 빼고 어정쩡한 자세로 물었다.

"그런데 사람들이 알아보는 거 아니에요? 시끄럽고 주목받는건 딱 질색인데."

"그만큼 유명하진 않아요."

심드렁한 말에 미나가 허리를 쭉 펴며 고개를 기울였다.

"왜? 요즘 핫하다면서요."

"핫은 무슨, 얼어죽을."

심통한 표정을 지은 그가 고개를 팩 돌린다. 그 표정에 미나의 고개가 더욱 옆으로 기울었다.

왜 갑자기 저러지?

그녀는 알 수가 없었다.

작은 선술집은 듬성듬성 사람들이 자리를 지키고 있을 뿐, 어떻게 가게가 유지되고 있나 싶을 정도로 손님이 없었다. 모두들 젊음을 불태우고, 밤을 불태우며, 일주일 스트레스를 불태우는 불금! 이런 날조차 이리 자리가 많이 비어 있으니 자리에 앉아 주위를 두리번거리는 그녀가 다 걱정이 될 지경이었다.

연신 작은 가게 안을 둘러보던 미나가 고개를 돌려 모자를 푹 눌러쓰고 있는 설표를 보았다.

"여긴 어떻게 알게 됐어요?"

호기심이 가득한 얼굴로 미나가 물었다. 설표와는 다소 거리감이 느껴지는 장소였기 때문이다.

모자로 얼굴을 가리고 있었지만 그래도 배우답게 빛이 나는 것은 어쩔 수가 없었다. 오히려 푹 눌러쓴 모자 때문에 간간이 사람들의 시선이 모이기도 했다. 그녀는 편안한 표정으로 웃는 그의 모습을 보았다.

"아, 선배 형 단골 가게예요. 구석진 곳에 있어서 손님도 별로 없고 안주도 맛있다고. 그 선배한테 여기서 술도 배웠어요."

"몇 살 때?"

"……"

"아아."

미나가 알겠으니 더 이상 말하지 않아도 된다며 추임새를 넣었다.

목로 위에 곧 주문한 음식들이 차례대로 나왔다. 다양한 고깃덩어리와 동글동글한 은행 등이 끼워진 꼬치가 담긴 접시가 놓이고 그 옆엔 씹다 뱉은 듯 형태가 썩 예쁘지 못한 오코노모야끼도 나왔다.

설표는 따뜻하게 데워진 사케를 작은 잔에 따라주며 말한다.

"작가님은 평소에 글 쓰는 것 말고는 무슨 일 하세요?"

"음."

아주 간단한 물음이었다. 하지만 그녀는 그의 어투가 조금 편해졌다는 사실만 깨달을 뿐 물음에 대한 답은 찾을 수가 없었다.

난 평소에 뭘 하면서 살더라?

참 어려운 질문이었다.

진득하니 자신의 답을 기다리고 있는 설표의 맑은 눈동자를 보던 그녀가 천천히 입술을 뗐다.

"강설표 씨랑…… 결투 중이잖아요?"

"……"

"하루의 아주 중요한 일 중 하나죠."

"……그것 말곤요?"

또다시 어려운 질문이 날아들었다. 회피하고 싶은 질문이었다. 손이 달달 떨리며 담배라도 태우고 싶었지만 벽에 척 붙어 있는 〈금연>이란 글자에 그것도 여의치 않았다. 결국 미나는 설표가 따라준 술을 쭉 들이켰다.

"아, 술맛 좋다."

괜히 딴청을 부리는 미나의 모습에 설표는 꾹 다물고 있던 입술을 벌렸다. 벌어진 입술 사이로 삐져나온 것은 웃음이다.

풋.

작은 웃음소리에 미나의 눈이 커졌다. 그가 소리 내어 웃는 것을 본 것은 처음이었다.

"아아, 그렇게 웃는군요?"

반달처럼 휘어진 눈과 부드럽게 호를 그리는 입술. 마치 연인에게 웃어주듯 달콤한 표정에 미나도 따라 웃으며 말했다. 그러자 설표의 얼굴이 순간 굳어진다.

"아."

"응? 왜요? 웃는 모습이 꽤 예쁜데."

"……."

"그럼 웃음이 예쁜 강설표 씨와 술 한 잔 나눠볼까?"

그렇게 이야기하며 미나는 비어 있던 제 술잔을 채우기 위해 병을 향해 손을 뻗었다. 그러자 설표가 고개를 내저은 뒤 직접 술잔을 채워준다.

잔잔히 흔들리는 술을 보던 미나가 고개를 들어 설표를 보았다. 그는 어느새 자신을 보고 있었다.

언제부터였을까, 곧은 저 시선이 항상 자신을 따르던 것은.

남의 눈치를 보지 않고, 그들의 시선을 받지 않기 위해 그녀는 일정 공간 속으로 숨었다. 시선은 늘 불편했고, 어린 나이에 시나리오 작가로 데뷔한 자신에게 쏟아지는 언론적 관심들은 무섭고 외면하고 싶은 것들이었다. 그리고 여전히 익숙하지 못한 것들.

하지만 저 시선은 이젠 익숙하다. 집에서 편안한 차림으로 그와 열을 내며 키보드를 두드리는 것은 요즘 느끼는 재미 중 하나였다.

언제 이렇게 되어버렸을까. 어느 순간에 이렇게.

"그럼 작가님의 세상엔 저만 있는 겁니까?"

"응?"

그녀가 되물어 버렸다. 질문을 알아들었지만 그렇게 물을 수밖에 없었다.

"그런 겁니까?"

술이 고프다.

아아, 술이 고프다.

외면하고 싶은 감정은 취하고 싶은 묘한 충동을 일으킨다.

한 잔의 술은 현실을 한 스푼 잊게 만들고, 술자리에서 한마디는 그 사람과의 관계에 설탕 알갱이 하나를 더한다. 설표는 자신의 물음은 외면한 채 제 잔 위를 술잔으로 툭 건드린 채 '건배'를 외친 뒤로 따뜻한 사케를 거침없이 들이켜는 미나를 보았다.

한 잔의 술은 또 다른 술을 부르고, 젓가락은 쉼 없이 테이블 위 접시 위를 노닌다. 하지만 양념 소스만 콕 찍어 입안으로 가져가는 그녀는 어딘가 멀쩡해 보이지 않는다.

"난 말이에요. 아아, 말 놓아도 돼요? 우리 이제 꽤 친해진 것 같은데. 강설표 씨가 매일 우리 집에 와서 한 게임이 열여덟 판. 그중 난 한 번도 못 이기고…… 아아, 그래, 한 번도 못 이겼지."

그러면서 침울한 표정을 짓던 미나가 고개를 푹 숙였다. 이에 설표는 테이블 위에 놓여 있는 안주를 눈으로 훑었다. 500㎖ 사케를 총 네 병 마셨고, 다섯 번째 병이 반쯤 비워졌다. 식은 안주는 돌려보낸 상태였고, 새로운 안주를 하나 더 주문했다. 그의 시선이 다시 미나에게 향했다. 겉으로 보기엔 아주 멀쩡해 보였다. 하지만 묘하게 느른하게 풀어진 눈매는 평소의 그녀와 달랐다.

"말은 편하게 하세요."

설표가 미나와 시선을 마주하며 말했다. 그러자 순간 무감했던 미나의 눈동자가 반짝 빛났다.

"진짜? 그래도 돼요? 그럼 나야 좋지. 동생이 가지고 싶었거든."

헤헤 웃으며 하는 말에 설표는 단호하게 고개를 내저었다.

"말은 편히 하셔도 되지만 동생이 되고 싶은 마음은 없습니다."

"응? 왜?"

미나가 시무룩한 목소리로 물었다. 그러자 설표는 자신의 앞에 놓여 있는 술잔을 기울여 비운 뒤 탁 소리 내어 잔을 내려놓았다.

"요즘은 아침 6시에 일어나서 헬스장에 갑니다. 세 시간 운동을 하고 곧장 씻고 식사를 한 후 캐릭터 구상에 들어갑니다. 두 시간 정도 골방에 박혀 그 일을 마치면 오늘은 작가님과 뭘 먹을까, 고민합니다. 그리고 적당한 음식을 사 들고 작가님 댁에 가 오늘도 작가님을 어떻게든 이기려고 노력합니다. 그리고 작가님 곁에서 책을 읽고 텔레비전을 보고 영화를 보며 시간을 보냅니다. 그리고 집으로 돌아와 작가님과 함께 먹은 음식 칼로리를 태우기 위해 러닝머신 위에서 두 시간을 뜁니다."

"아아, 바쁘네."

미나의 표정이 느른하게 풀렸다.

아아, 이 여자 지금 취했구나.

설표는 이제야 깨달았다. 하지만 말을 멈추지 않았다. 그녀가 내일 일어나 오늘의 일을 기억하지 못한다 해도 상관없다. 멍청하게 느껴질 정도로 둔감한 여자라면 몇 번이고 제 감정을 솔직히 표현해야 한다는 것을 알고 있다. 그리고 그는 기꺼이 그러겠노라, 마음먹었다.

자신의 존재를 그녀에게 각인할 수 있다면, 자신의 상태처럼 그럴 수만 있다면 상관없다.

"네, 맞습니다. 저 바쁩니다. 그런데 제 대부분의 시간을 작가님께 할애하고 있습니다. 이게 단순히 동생이 되기 위해 그러는 거라고 보십니까?"

"……."

"그런 표정 짓지 마십시오. 다 알면서 그러지 말란 말입니다."

눈꼬리를 축 늘어뜨리며 자신의 말에 우울한 표정을 짓는 미나를 보며 그가 일갈했다. 그러자 미나가 자신의 앞에 놓여 있던 술잔을 쭈욱 들이켜더니 다시 잔을 채우고 연거푸 술잔을 기울였다. 꼴깍꼴깍, 그녀의 목울대가 요란하게 꿀렁거렸다. 그녀의 마음처럼.

세 잔을 비워낸 미나는 방금 전까지와는 달리 또렷한 시선으로 설표를 보았다. 마치 노려보는 것처럼.

"난 내일 오늘의 이야기를 하나도 기억하지 못할 거야."

그녀가 선전포고를 하듯 말했다.

"그래도 상관없습니다. 또 말하면 되니까요. 제 마음은 단순히 작가님을 같이 작업을 하는 시나리오 작가 혹은 친해지고 싶은 누나, 이 정도의 위치가 아니라고 몇 번이고 말할 겁니다."

그리고 이에 그는 더욱 강력한 선전포고를 한다.

아직 그는 어렸다. 어리숙했기에 더욱 용기 있었고 뒷일을 생각하지 않고 부딪칠 수 있었다. 하지만 어릴 적부터 거친 영화판에서 나뒹군 미나는 달랐다. 그가 편하고 좋았지만 연인으로선 아니었다.

누구에게나 주목받는 배우 중에 매력적인 사람은 많았다. 하지만 그들에게 마음을 주지 않을 수 있었던 건 그들의 위치와 직업의 특수성을 알고 있었기 때문이다. 하지만 설표와는 그것 말고도 많은 문제가 있었다. 그녀는 그중 가장 마음에 걸리는 문제 하나를 딱 꼬집었다.

"강설표 씨, 그거 알아?"

"뭘 말입니까."

설표가 그녀의 시선을 피하지 않은 채 되물었다. 이에 그녀는 망설이지 않고 말을 잇는다.

"강설표 씨가 태어났을 때 난 말이야, 글을 읽고, 정확하게 언어를 구사했고, 골목길을 뛰어다니며 놀았단 말이야."

그녀의 어린 시절이 실제로 그렇진 않았지만 그녀는 자신이 그때 그만큼 자랐다는 것을 표현하기 위해 그리 말했다. 그러자 설표의 얼굴이 얼음장처럼 굳었다.

어려, 넌.

내가 그럴 때 넌 태어났어.

그녀가 그리 말했다.

그러자 굳어 있던 그의 얼굴이 나른하게 풀렸다.

"어렵네요."

그렇게 말하며 그는 웃었다. 쓰린 웃음이었다.

"뭐가?"

"나이는 아무리 노력해도 따라잡을 수 없으니까요."

"맞아."

그녀가 고개를 끄덕였다. 그리고 또다시 술잔을 비운다. 급하게 들어간 술에 그녀의 정신이 급격히 흐트러지기 시작했다. 하지만 설표는 고개를 숙이고 있어 그녀의 표정을 살피지 못했다.

그가 술잔을 채우고 기울였다. 쓰디쓴 술이 식도를 타고 들어가 온몸 혈관을 훑는다. 몸의 체온이 올라갔고 심장이 급격히 피를 빨아 당겼다 내뱉길 반복한다.

아아, 아프구나.

그가 속으로 그렇게 생각했다. 그리고 여전히 술잔을 내려다본 채 말했다.

"나이를 따라잡을 수 없지만 그래도 노력할 겁니다. 노력하고 또 노력하다 보면 될 겁니다."

쿵!

갑작스런 소리에 설표가 고개를 번뜩 들었다. 그러자 맞은편 테이블에 머리를 박은 채 작렬하게 전사한 미나가 보인다. 그녀의 가지런한 정수리를 바라보던 그가 피식 웃음을 터뜨렸다.

"제 인생이 그랬으니까요."

그가 느낀 사랑 두 번째, 노력이었다.

용기를 내기 위해 노력하고, 그녀에게 닿을 수 있게 노력하리라.

끙, 설표의 입에서 앓는 소리가 나왔다. 미나를 안고 있는 팔이 파르르 떨렸다. 술에 취해 축 늘어진 사람을 안는 일은 생각보다 어려운 일이었다. 그는 그녀의 집 현관 앞에서 안고 있던 미나를 바닥에 조심스럽게 내려놓았다.

"작가님, 작가님!"

입고 있던 옷을 벗어 그녀의 무릎 위를 덮어준 뒤 아무리 흔들어 깨우고 소리쳐 보아도 미나는 꿈쩍도 하지 않았다. 사케 네 병을 그녀 홀로 마시다시피 했으니 정신이 나가지 않으면 그게 비정상이리라.

그는 눈을 감은 채 새액새액 숨을 내뱉는 미나를 보며 허탈하게 웃었다.

"술부터 끊게 만들어야겠네."

이렇게 고주망태가 될 때까지 마시는 망아지인 줄 알았다면 진즉에 더 잔소리를 했을 것이다. 당장 내일이라도 당신은 알코올 의존증이 강하니 술을 입에 대면 얼마 뒤 초로기 치매가 올지도 모른다며 현실을 직시시켜 주리라 마음먹었다.

그는 한숨을 쉰 뒤 미나의 앞에 한쪽 무릎을 굽히고 앉았다. 그리고 팔을 뻗어 그녀의 몸을 흔들었다.

"작가님, 비밀번호가 뭐예요?"

"으음."

몸을 뒤척이며 바닥에 드러누우려고 하는 그녀의 어깨를 겨우 붙잡으며 그가 미간을 찌푸렸다. 일어날 생각을 하지 않으니 어떻게 해야 할지 감이 서질 않았다.

집에 데리고 가야 하나……?

그렇게 생각하던 설표는 함께 지내는 철호를 생각하며 거칠게 고개를 내저었다. 그건 안 될 일이었다.

그럼 숙박업소는……?

거기까지 생각이 닿자 그는 다시 한 번 고개를 내젓는다. 사람들에게 얼굴이 알려진 그가 모텔이나 호텔에 가 방을 잡는다면 다음날 연예란의 메인을 장식할 것이 분명했다.

"후."

깊은 한숨을 내쉰 그는 그녀의 집 현관 도어락을 보며 고민에 빠졌다. 비밀번호가 뭘까? 복잡한 것을 싫어하는 성격과 거의 집에 있는 생활 패턴을 보았을 때 복잡한 숫자로 했을 린 없었다.

그가 천천히 0을 네 번 눌렀다. 그러자 삐릭삐릭 소리가 나며 비밀번호가 틀렸다 울려댄다. 미간을 찌푸린 그가 이번엔 가운데 숫자 네 개를 차례대로 눌렀다.

2580.

그러자 삐리릭— 소리와 함께 문이 열렸다며 알림음이 울렸다.

그가 고개를 숙여 잠들어 있는 미나를 보며 미간을 찌푸렸다. 그녀의 허술함에 웃음마저 터질 지경이었다.

"아, 이 여자를 진짜 어쩌면 좋지?"

잔소리할 것이 하나 더 늘었다.

당장 비밀번호를 바꾸라고 그는 내일 아침 귀에 못이 박히도록 이야기해 줄 것이라 생각한 뒤 미나를 안아 들고 집 안으로 걸음을 옮겼다.

집은 늘 그랬던 것과 같은 모습이었다. 하다못해 각 티슈 자리 하나 바뀌지 않았다. 청소를 깨끗하게 하는 편은 아니었으나 물건을 늘 제자리에 놓아야 하는 습관은 있는 것인지 집은 한 치의 흐트러짐 없이 물건들이 자리 잡고 있었다.

걸음을 옮겨 한 번도 들어가 보지 못했던 미지의 영역으로 향했다. 문을 열자 곧 커다란 벽걸이 텔레비전과 지나치리만큼 넓은 침대가 보였다. 그녀의 방 구경을 하는 것도 잠시 그는 또다시 팔이 저려오자 재빨리 걸음을 옮겨 그녀를 침대 위에 올려주었다.

푹신한 매트리스가 등에 닿자 미나는 저절로 이불 속으로 파고들며 몸을 꼼지락거렸다. 그 모습을 신기한 눈으로 바라보던 설표가 잠자리를 정리해 준 뒤 침대맡에 조심스레 앉았다.

"강설표 씨가 태어났을 때 난 말이야, 글을 읽고, 정확하게 언어를 구사했고, 골목길을 뛰어다니며 놀았단 말이야."

그 말이 계속 머릿속을 헤매었다. 하지만 그는 굳이 그 생각을 떨치려 하지도, 부정하려고 하지도, 원망스러워하려고 하지도 않았다.

그것은 바꿀 수 없는 현실이었고 그가 이겨 나가야 할 문제 중 하나였다.

한 사람을 마음속에 각인시킨 짐승은 오롯이 그 사람만 본다, 평생. 설표에게 그러한 사람이 바로 장미나, 그 여자였다. 발길에 걷어차이고 손바닥으로 두드려 맞으며 구박을 받아도 그 사람을 놓을 수 없는 것은 전부가 되어버렸기 때문이다.

처음 사랑 그리고,

"어디 한번 해봅시다."

그녀를 제 인생의 마지막 사랑으로 만들기 위해 그는 지금부터 내달릴 참이었다.

하나만 보고 둘은 보지 못하는 남자는 오늘도 새벽 여섯 시에 일어나 곧장 헬스장으로 향했다. 머리부터 발끝까지 땀으로 푹 절 정도로 유산소 운동과 근력 운동을 반복한 그는 온몸의 근육이 긴 장하고 나서야 운동을 멈췄다. 운동기구에 걸어둔 수건으로 얼굴을 대충 닦아낸 그가 트레이너를 보며 물었다.

"다음 주부터는 운동 못 나와요."

"왜? 촬영 들어가?"

"네."

"이번에는 어떤 역할인데?"

벌써 2년째 그의 운동을 봐주는 사람이었기에 대화는 편하게 오고 갔다.

"음…… 멍청한 남자요."

사랑에 미쳐 앞뒤 분간 못하고 스스로를 파멸시킨 남자. 그리고 그것을 완벽하게 그려낸 것은 장미나 작가, 그녀이다. 어쩜 그녀의 속에 있을지도 모르는 또 다른 단면들. 그녀가 써 내려가는 것들은 이처럼 사랑이 얼마나 위험하고 사람을 바닥까지 몰고 가는지 보여주는 것들이 대부분이었다.

예전엔 미나의 대본에서 느껴지는 강렬한 느낌과 완벽한 대사, 구성에 마음을 사로잡혔었다. 하지만 지금은 아니었다. 그녀가 적어 내려가는 글들에 '그녀'라는 사람이 궁금해지기 시작했다. 그녀도 정말 주인공들처럼 어두운 면을 가지고 있는 것일까. 그럼 사랑을 모른다던 그녀는 그런 부분이 어디로 발현되고 있는 것일까.

설표는 염세적인 그녀의 생활 패턴과 눈빛을 떠올렸다.

"멍청한 남자?"

"대본은 극비라고요. 아시면서."

설표가 장난스럽게 웃으며 말하자 트레이너가 고개를 끄덕였다. 늘 맡은 역할에 대한 느낌만 말해줄 뿐, 그는 자세한 내용에 대해선 설명해 주지 않았다.

"그래도 영화 찍으려면 몸을 만드는 것이 낫지 않나?"

"지금도 충분하지 않아요?"

"뭐."

트레이너의 눈이 얇은 나시만 입고 있는 설표의 상체로 향했다. 완벽하게 지방을 태운 것은 아니었지만 선명하게 보이는 근육의 결은 화면에서도 완벽할 것 같았다.

"누가 만든 작품인데."

"네, 그러시겠죠."

설표가 일부러 심드렁한 표정을 지으며 장난스럽게 말했다. 그러자 트레이너가 경박하게 깔깔 웃더니 설표의 팔을 찰싹찰싹 때렸다.

"그래, 영화 잘 찍고. 이번엔 완전 대박나라."

"감사합니다."

가벼운 대화를 주고받은 설표가 곧장 탈의실로 왔다. 캐비닛에서 속옷을 꺼낸 설표가 곧장 샤워실로 향했다. 입고 있던 옷가지를 모두 벗은 뒤 샤워기 앞에 선 그는 차가운 물줄기에 몸을 내맡겼다. 몸에 소름이 오소소 돋고, 정신이 번쩍 들었다.

하지만 그는 몸이 얼음장처럼 차가워질 때까지 한참이고 서 있은 뒤에야 옆에 구비되어 있던 샴푸를 짜 머리를 감기 시작했다. 손톱을 세워 박박 소리가 날 정도로 감은 그는 몸까지 깨끗이 비누칠을 하고 씻은 뒤에야 수도꼭지를 돌려 물을 껐다.

수건으로 몸을 닦고 속옷까지 걸치고 밖으로 나온 그는 나오자마자 세워져 있는 전신거울에 비친 제 모습에 걸음을 멈췄다.

"흠."

역할은 엘리트 시사프로그램 PD였다. 리얼리티를 살리기 위해선 제 몸에 자리 잡고 있는 근육 덩어리를 모조리 빼야 했지만 대본을 모두 살펴보았을 때 상의를 탈의하는 신이 몇 곳 있었기에 쉬이 결정할 수가 없었다.

얼마나 힘들게 만든 건데.

설표가 미간을 찌푸리며 한참을 복근과 승모근에 두고 있던 시선을 돌려 캐비닛으로 향했다. 이 문제에 대해선 감독과 한번 상의를 해보는 것이 좋겠다 생각하며.

가장 먼저 휴대전화를 확인한 그는 미나에게서 아무런 연락이 없는 것을 보며 미간을 찌푸렸다. 한숨을 내쉬며 옷을 갈아입은 그가 헬스장을 나와 곧장 앞에서 대기하고 있던 밴에 올라탔다.

오늘은 아침부터 스케줄이 있었다.

"오늘은 잡지 인터뷰가 끝이야?"

"어, 그리고 미래에 들어가 봐야 해."

그가 말하는 미래란 미나가 소속되어 있는 영화사를 말하는 것이었다.

"영화사는 왜?"

"갑자기 베드신을 추가하자고 하잖아. 네 나이가 몇인데 베드신이야."

베드신? 설표의 얼굴이 차갑게 굳었다. 하지만 정면을 주시하며 운전을 하느라 설표의 표정을 살펴보지 못한 철호는 조잘조잘 이야기를 늘어놓았다.

"우린 절대 안 된다는 입장인데, 투자자들 중에선 원탑인 영화라 부담이 되나 봐. 아니, 그럼 널 캐스팅을 왜 했대? 네가 원탑으로 약해 보이면 애초에 다른 배우로 하던가. 나 참, 진짜."

"……장미나 작가도 동의했대?"

"뭘?"

"대본 변경 말이야."

"거기까진 모르겠는데? 일단 들어가 봐야지."

"아아, 실망할 것 같아."

설표가 혼잣말을 하듯 읊조렸다. 그러자 그제야 철호는 룸미러를 통해 뒷좌석에 앉아 눈을 감고 있는 설표를 보았다. 표정은 복잡해 보였다. 하고 싶은 말이 많은 표정이었으나 무겁게 닫힌 입술은 말할 기미가 보이지 않았다.

"뭐가?"

하는 수 없이 철호가 물었다. 뭐가 그렇게 실망일 것 같냐고.

그 물음에 설표는 조금의 시간이 흐른 후 천천히 입술을 열었다.

"장미나 작가가 수정을 하면…… 실망할 것 같다고."

"내 작품 건들지 마요!"

미나가 비명처럼 외쳤다. 그와 새벽에 통화를 한 뒤 그냥 나온 것인지 슬리퍼 차림에 집에서 입는 편한 옷을 입고서 귀신 산발을 한 그녀가 눈에 눈물을 매단 채 연거푸 외쳤다.

"안 그러기로 했잖아, 안 그러기로! 다시는 내 글에 그런 짓 안 하기로 했잖아! 약속했잖아!"

붉어진 눈은 마치 야차 같았다. 슬픔이 가득 묻어나는 목소리로 외친 그녀를 차 대표가 곤란하다는 듯 미간을 세우며 설득하기 시작했다.

"아니, 장 작가, 보라고. 목숨을 던지고 살인까지 계획해서 실행할 정도면 엄청나게 사랑하는 사이 아니겠어? 그럼 잠도 재워야지."

"아니에요, 태호는! 태호는 그렇지 않아요!"

"걘 왜 아닌데? 걔도 극 중에서 남자잖아. 남자는 사랑을 하면 잠이 자고 싶고, 그 여자와 잠자리를 해야 완전히 제 것이라고 생각을 한다고."

"사랑하면 무조건 자야 해요, 그런 거예요? 그런 게 어디 있어!"

발악하듯 그녀가 외쳤다. 그러자 차 대표는 그녀를 설득하려는 것을 포기하고 한숨처럼 말했다.

"그럼 어떻게 해, 영화 엎어야지."

"차 대표!"

"아, 그럼 나보고 어떻게 하라고? 투자자들이 넣으라는데. 베드신 몇 장면 넣는 게 그렇게 힘든가?"

그 말에 결국 미나의 눈에서 눈물이 후두둑 떨어졌다.

"알잖아요, 내 첫 작품이 어떻게 변해갔는지. 난 똑같은 실수를 반복하고 싶지 않아요."

"장 작가……."

그녀의 얼굴이 일그러지자 차 대표는 꿀 먹은 벙어리마냥 입을 꾹 다물었다. 무슨 말을 할 수 있겠는가, 미나에게. 그녀의 전부와도 같은 작품들이 남의 손으로 인해 변질되어 간다는 것은 그녀가 망가지는 것과 같았다. 그걸 차 대표도 알고 있었으나 어쩔 도리가 없었다.

후, 그가 한숨을 내뱉을 때였다. 입을 꾹 다물고 있던 미나는 손을 들어 제 눈물을 닦아내며 말한다.

"꼭 그렇게 바꿔야 할 것 같으면 차 대표 말대로 할게요."

"뭐, 진짜?"

차 대표가 깜짝 놀라 묻자 미나는 흐트러졌던 제 감정을 서둘러 수습하며 고개를 끄덕였다.

"영화 엎어요. 그리고 난 더 이상 차 대표랑 작업 안 해요."

"미나야!"

늘 '장 작가'라 부르던 그가 이름을 부르며 버럭 소리쳤다. 그녀의 말에 날벼락이라도 맞은 듯 멍한 표정이었다. 하지만 미나는 더 이상 재고할 문제가 아니라는 듯 몸을 돌려 문으로 향했다. 서둘러 차 대표가 뒤쫓아가 그녀의 팔목을 잡는 순간 문이 열렸다.

"이게 무슨……."

몇 번이나 노크를 했음에도 아무런 반응이 없자 문을 열고 안으로 들어온 철호는 대표실 안의 분위기에 놀라 눈을 깜빡였다. 뒤에 서 있던 설표는 그녀의 팔을 붙잡고 있는 차 대표의 손을 뚫어져라 쳐다보다가 시선을 올려 미나의 얼굴을 보았다. 붉어진 눈과 코끝. 누가 보아도 울음을 터뜨린 얼굴이었다.

차갑게 차 대표의 손을 털어낸 미나가 뚜벅뚜벅 걸음을 옮겼다. 마치 전쟁터에 싸우러 나가는 장군처럼 굳은 표정에 철호가 깜짝 놀라 뒤로 더듬더듬 물러났다. 그런 철호의 곁을 스쳐 지나간 미나는 설표의 앞에 멈춰 섰다. 날카로운 그의 눈빛에도 미나는 다른 기색 없이 무심한 얼굴로 물었다.

"너 나랑 자고 싶니?"

사랑을 하게 되면, 남자가 여자를 혹은 여자가 남자를 좋아하고 마음에 담게 되면 모두 자야 하는 거냐고 물었다. 아니, 적어도 현실에서 그렇다고 하여 작품에서까지 그 모든 것을 담아내야 한다

면 그녀는 더 이상 자신의 작품 세계를 펼쳐 나갈 수 없을 것 같았
다.

"……."

설표의 얼굴이 굳었다. 마치 시멘트를 발라놓은 것처럼 딱딱하
게.

"장 작가, 지금 무슨 소리를 하는 거야?"

기겁을 한 것은 설표의 곁에 서서 입을 붕어마냥 뻐끔거리고 있
는 철호와 차 대표였다. 차 대표가 소리쳤지만 미나는 여전히 설
표에게 답을 해보라는 차디찬 시선만 보내고 있었다.

설표가 천천히 입술을 열었다.

"원하는 답이 뭐예요?"

거짓을 말해 당신을 기쁘게 해줄까요 아니면 진실을 말해줄까
요? 그가 물었다. 그러자 미나가 할 말을 잃은 듯 입을 꾹 다물었다.

"……."

일그러지는 그녀의 얼굴을 보던 설표가 쓰고 있던 모자를 벗어
그녀의 작은 머리통에 씌워주었다. 그리고 철호를 향해 팔을 뻗는
다.

"돈 좀 줘."

"도, 돈?"

"어, 지갑 두고 왔어."

"아, 아, 어."

철호가 자신도 모르게 제 지갑을 통째로 넘겨주었다. 지갑을 받

아 든 설표는 고개를 푹 숙이고 있는 미나의 손을 잡으며 짧게 말했다.

"가요."

그의 이끌림에 따라 그녀의 걸음이 움직이기 시작했다.

설표는 사람들의 시선이 자신에게 향하는 것을 알면서도 걸음을 멈추지 않았다. 제 얼굴을 가릴 가장 기본적인 장치는 미나의 얼굴을 가리고 있었다. 그처럼 스타는 아니었지만 그녀는 현재 그보다 더 얼굴을 가릴 필요가 있었다.

제작사 건물을 빠져나온 설표는 곧장 지나가던 택시를 붙잡아 미나를 태운 후 자신도 올라탔다. '어디로 갈까요?'라는 택시기사의 물음에 설표는 미나를 보며 물었다.

"어디 가보고 싶은 곳 있어요?"

"아무도 없는데. 사람들이 죄다 없었으면 좋겠어. 다 미워."

가장 믿었던 차 대표에게 배신감마저 들었던 그녀가 그리 말했다. 그러자 설표는 자신 또한 동감한다는 듯 고개를 끄덕인 후 택시 기사에게 말했다.

"양평으로 가주세요."

"양평? 거긴 시외요금에 추가요금까지 있는데."

"상관없으니까 그냥 가주세요."

차가 부드럽게 출발하자 설표는 팔을 뻗어 제 모자를 가져왔다. 아주 작은 공간에 와서야 커다란 창으로 가려진 얼굴이 드러났다. 얼굴은 온통 눈물범벅이다.

"작가님 바보 같아요. 전에는 나보고 어리다고 뭐라 그러더니, 나보다 더 어려."

"알아. 나 멍청한 거."

미나가 입술을 뾰족하게 내밀며 고개를 돌렸다. 그리고 빠르게 변하는 창밖을 보며 입을 굳게 다문다. 그 모습을 보던 설표가 손을 뻗어 이리저리 뻗친 미나의 머리를 정돈해 주었다. 부드러운 손길에 굳어 있던 미나의 마음이 부드럽게 풀려간다.

바쁘게 움직이는 사람들을 보던 미나가 천천히 입술을 뗐다.

"……고마워."

"뭐가요?"

"그냥 다."

사람들 앞에서 펑펑 울며 꼴사나운 모습을 보일 뻔했다. 설표가 아니었으면 아마 그곳에서 대성통곡을 했으리라. 미나의 말에 설표는 그녀가 바라보는 평범한 사람들을 향해 시선을 돌렸다.

"아까 물은 질문, 답해 드려요?"

"……아니."

"왜요, 궁금하지 않으세요?"

그의 물음에도 미나는 한곳을 뚫어져라 보던 시선을 돌리지도, 그의 물음에 답을 하지도 않았다. 이에 그가 느릿한 어조로 힘주어 말한다.

"내가 무슨 생각을 가지고 있는지."

아니, 전혀 궁금하지 않아.

미나는 그렇게 답하고 싶었다. 하지만 말할 수가 없었다. 선술집에서 들었던 뜨거운 고백이 아직도 그녀의 마음을 휘젓고 있었다.

"나이를 따라잡을 수 없지만 그래도 노력할 겁니다. 노력하고 또 노력하다 보면 될 겁니다."

그녀는 항상 시간은 흘러가는 대로, 인생도 흘러가는 대로 두었다.

어떻게든 되겠지, 라며 흘러가는 순리대로 따르며 살았다.

그 순리가 지금 말하고 있었다.

싫으면 지금이라도 택시에서 내려, 라고.

하지만 그녀는 택시에서 내리지도, 자신의 뒤통수에서 느껴지는 뜨거운 시선을 마주하지도 못했다.

아직은 모든 것이…… 혼란스러웠다.

무작정 오게 된 양평. 수많은 카페와 펜션들이 푸른빛을 발하고 있는 산속 여기저기에 자리 잡아 운영되고 있었다. 불륜의 매카로 불리는 곳이긴 했으나 이곳엔 황순원 작가의 대표작인 〈소나기〉 소설 속 마을을 그대로 재현한 소나기 마을이 있었다. 황순원 작가의 문학원은 물론이요, 황순원 작가의 묘역까지 있는 곳이었지만 평일 낮 시간이어서 그런지 개미 새끼 한 마리 보이지 않았다.

커다란 그늘막 아래 벤치, 미나가 멍한 표정을 짓고 있었다. 감정은 수습된 것처럼 보였으나 우울한 감정은 여전한 듯 보였다. 커다란 눈을 깜빡이던 미나가 손을 들어 마른세수를 했다. 피부는 거칠었다. 지금 그녀의 마음결과 같이.

"아까 그런 말 해서 미안해."

"음, 뭐가요?"

끙, 입에서 앓는 소리와 함께 그녀가 고개를 돌려 설표의 눈을 보았다. 사과를 할 땐 상대의 눈을 봐야 한다는 것 정도는 미나 또한 알고 있었다.

"나랑 자고 싶냐는 물음. 내가 잠시 미쳤었어. 아니, 돌았다, 내가. 천벌 받을 짓 했다!"

그렇게 말한 미나가 자리에서 벌떡 일어났다. 그리고 정신 사납게 주위를 서성였다. 설표는 그녀의 사과에 별말을 하지 않은 채 미나의 행동만 시선으로 좇았다. 그녀는 하고 싶은 말이 더 남아있는 것 같았다.

슬리퍼를 질질 끌며 움직이던 걸음이 우뚝 하고 멈췄다. 그리고 여전히 설표는 보지 않은 채 푸르른 산을 보며 말했다.

"난 잘 모르겠어."

읊조리듯 작은 말은 속삭임과 같았다. 말엔 한숨 또한 섞여 있었다. 이에 그는 굳게 다물고 있던 입술을 천천히 뗐다.

"뭐가요?"

"연애가, 사랑이."

만약 그녀가 연애와 사랑에 필요한 것이 '섹스'라는 것을 이해했다면 베드신을 추가하는 것에 이 정도로 큰 반감이 들지는 않았을 것이다. 그래, 자신을 파괴하면서까지 한 사랑에 섹스가 필요하다면 극의 리얼리티를 살리기 위해 추가하는 것쯤, 뭐가 어렵겠는가.

하지만 그녀는 이해하지 못했다. 연애가 사랑이고, 사랑을 하는 사람들 사이에선 당연하다는 그 관계를.

미나가 우울한 표정을 짓자 설표의 눈이 커졌다.

"안 해보셨어요?"

"부끄러운 과거를 들춰내려 하지 마."

고개를 팩 돌린 미나가 또다시 정신 사납게 걸음을 옮긴다. 하지만 방금 전보단 발걸음이 무겁진 않았다. 연신 눈동자를 옮겨 그녀를 좇던 설표가 물었다.

"그래도 궁금해요."

"흐응, 별로 재미는 없는데?"

"아무것도 없는 저보단 재미있겠죠."

그 말에 이번엔 미나가 놀라 버렸다. 이제껏 그 얼굴을 가지고 그것 하나 해보지 않고 뭐 했냐는 표정이었다. 하지만 자신 또한 별반 처지가 다르지 않기에 이 생각을 입 밖으로 내뱉진 않았다.

고개를 들어 눈이 쨍할 정도로 예쁜 파란 하늘을 보았다. 아득한 기억을 더듬으며 한참이나 움직이지 않던 그녀의 얼굴이 순간 종잇장처럼 일그러졌다.

아아, 어찌 이리 아름다운 추억이 하나도 없단 말인가.

입에서 탄식이 터져 나왔다.

"첫 번째 연애는 스무 살 때 대학 선배. 만난 지 이틀 만에 모텔에서 쉬고 가자더라고. 쉬긴 뭘 쉬어, 개뿔. 이러고 걷어찼지. 두 번째 연애는 재작년 여름. 사랑하니까 자고 싶다는 말을 하더라고. 무작정 덮치는 그놈 배를 걷어차 갈비뼈 하나를 부러뜨렸지."

그의 표정이 굳어졌다. 하지만 여전히 하늘을 보고 있는 미나는 이를 알아차리지 못했다.

"덕분에 첫 작품으로 받은 상금은 합의금으로 모두 탕진. 그 뒤론 없어."

어깨를 으쓱인 미나가 시선을 돌려 설표를 보았다. 그의 표정이 멍하게 변한 것을 보며 미나가 킥킥 작게 웃음을 내뱉었다.

"내가 들어도 참 볼품없고 한심한 연애에다가 지나간 남자들을 생각해 보면 내가 무척 이기적이기까지 느껴지니까 그런 표정 안 해도 돼."

미나의 말에 그는 아주 근본적인 것이 궁금해졌다. 그녀의 연애가 제대로 되지 않은 이유는 단 한 가지 때문이었다.

"왜 잠자리가 싫은 건데요?"

이 물음에 그는 답을 예상해 보았다. 그를 진정으로 사랑하지 않았다거나, 결혼하기 전까진 잠자리를 가지고 싶지 않다거나. 이유는 많았다. 하지만 그녀의 입에서 나온 말은 전혀 예상외의 것이었다.

"하고 싶지 않아."

"그러니까 왜요?"

"음…… 굳이 꼽자면 더럽다고 할까. 남의 몸이 내 은밀한 곳에 들어오는 게 싫어."

그 말에 그가 자리에서 일어났다. 행동엔 망설임이 없었다. 성큼성큼 걸음을 옮겨 팔을 뻗은 그가 그녀의 허리를 단숨에 감싸고 오른손으론 그녀의 뺨을 잡은 뒤 거침없이 입술을 내렸다.

뜨거운 혀가 그녀의 입술을 가르고 안으로 들어왔다. 물컹한 혀가 입천장을 훑고 가지런한 치아를 훑는다. 숨을 쉴 수 없는 것인지 미나가 좀 더 입을 벌리자 그 안으로 그가 바람을 후— 하고 불어넣었다. 달콤한 신음이 흘러나올 정도였다.

"이젠요?"

그의 물음에 감겨 있던 그녀의 눈이 천천히 떠졌다. 몽롱한 눈빛이었지만 입술로 흘러나오는 말은 젖어 있는 표정과는 전혀 다른 것이었다.

"아프대."

"뭐가요?"

목소리가 갈라진다. 감출 수 없는 욕망이 묻어나 있는 목소리였다. 이에 미나는 좀 더 정신을 차려 고개를 들며 그의 얼굴을 보았다.

"첫 경험. 무지 아프대."

그의 단단한 가슴을 밀어낸 그녀가 뒤로 천천히 걸음을 옮겼다.

설표에게서 잠시도 시선을 떼지 않은 채.

"아픈 건 딱 질색이야. 정말 싫어."

"초딩이에요?"

"뭐야?"

"초등학생이냐고요."

설표가 콧잔등을 찌푸리며 말했다. 계속해 말도 안 되는 변명을 늘어놓는 그녀에게 화가 났다. 하지만 그녀는 진심이라는 듯 눈을 빛내며 또렷한 목소리로 말했다.

"딱히 그 아픔을 참아내고 싶은 남자를 만난 적이 없었다는 말이야."

"저는요?"

"강설표 씨도 마찬가지입니다만."

뒤로 물러나던 걸음이 드디어 멈췄다. 말소리가 닿을 정도의 거리였지만 두 사람의 마음의 거리처럼 천 리 길을 걸어가야 닿을 수 있을 것만 같았다. 하지만 설표는 그 거리감에도 입술을 부드럽게 휘며 말했다.

"편안히 말 놓는 것 보니까 다 기억하시네요? 선술집에서 있었던 일."

"……."

아아, 예리한 놈.

그녀의 눈빛이 그렇게 말하는 듯했다.

선술집에서 그가 뜨거운 고백을 내뱉었던 그다음 날 아침, 그녀는 '나 온몸을 두들겨 맞은 것 같아. 혹시 네가 때렸냐?' 라는 문자를 보내왔다. 아무 일도 없었다는 듯 구는 문자에 상처를 받지 않았다면 거짓말이었지만 그는 아직 때가 아니라 생각하며 넘겼다.

하지만 지금은 아니다.

"전 작가님이랑 자고 싶어요."

외설적인 말이었으나 그 말이 마치 '전 작가님을 사랑해요'로 들리는 것은 내 귀가 미쳤거나, 내 뇌가 미친 것일까. 미나가 강렬한 그의 눈을 보았다. 진지한 눈빛은 어린아이의 것이 아니었다. 넌 너무 어려, 라며 무시하기엔 너무나 진중한 눈빛에 그녀가 애써 시선을 돌려 소나기 마을을 보며 말했다.

"아름다운 풋사랑이 가득한 소나기 소설 속 마을을 그대로 재현해 놓은 곳에서 말하기엔 과한 언어 선택인데."

아련한 사랑을 그린 소설 속의 배경을 고스란히 옮겨놓은 곳. 낯선 도시소녀를 사랑한 시골소년. 그들의 사랑은 행복하지 않았다. 소녀는 죽었고, 소년은 이를 밤에 부모님이 이야기하는 것을 자면서 듣게 된다. 소나기가 내리던 날 입었던 그 옷을 입힌 후 묻어달라는 소녀. 그 말에 소년은 어떤 기분이었을까.

미나는 왠지 그 기분을 알 것만 같았다.

"너랑 안 자고 싶어, 나."

"그 아픔을 견딜 만큼 날 좋아하지 않아서요?"

"아니."

고개를 내저은 미나가 말을 이었다.

"나중에 그것보다 훨씬 아플 상황이 생길 거니까. 그게 싫어."

"……."

"난 너무 잘난 남자, 싫다."

그는 어리고 잘생겼으며 앞으로 좋은 배우가 될 것이다. 돈도 무지막지하게 벌 것이고 화려한 연예계에서도 주목받으며 많은 여자들의 접근이 있을지도 모른다. 그런 남자에게 자신의 전부를 내어주는 것은 그녀에겐 정신적인 자살을 하는 것이나 마찬가지였다.

미나의 씁쓸한 어조에 설표가 천천히 걸음을 옮겨 그녀에게 다가오며 말했다.

"저한테 작가님은 아주 멋있는 여자예요."

"내가? 설마."

그가 다가온 만큼 그녀가 멀어진다. 그러자 설표는 더 이상 다가가지 못하고 그 자리에 멈춰 섰다. 다가갈수록 그녀는 손가락 사이의 모래알처럼 스르르 사라져 간다.

"자신의 일에 제 모든 것을 걸고 하는 사람, 멋있어요. 그리고 그 결과물이 내 마음을 사로잡았을 땐 더더욱 그렇고요."

"그런 걸로 덮기엔 난 문제가 너무 많아."

"알고 계시네요?"

"……."

피식, 그가 장난스럽게 웃으며 묻자 순간 말을 잃은 미나가 입을 꾹 다물었다. 그 모습이 귀여워 그는 조금 더 밝은 목소리로 말했다.

"그래도 좋아요. 그런 작가님의 모습까지. 전 좋아요. 왜 당신을 이렇게까지 좋아하게 됐는지는 모르겠어요. 하지만 어떻게 해요? 너무 좋아 미치겠는데."

그 말에도 그녀는 한참이나 말이 없었다. 어떠한 말을 해야 할지 몰라 입을 다문 것이 아니었다. 굳은 표정은 이미 모든 결정을 내렸다는 것을 단적으로 보여주고 있었다.

"나도 키스는 좋았어. 하지만 너랑은 잠자리를 가지고 싶은 마음이 들지는 않아."

좋은 배우가 될 아이. 스무 살의 소년. 많은 사람들의 주목을 받으며 살아갈 남자. 무엇 하나 부담스럽지 않은 것이 없는 사람.

답은 이미 정해져 있었다.

"다시 태어나면 우리 진지하게 생각해 보자."

미나의 장난스러운 말에 설표의 얼굴이 굳었다.

명백한 거절, 그럼에도 그는 지금 이 순간에도 뛰는 자신의 심장을 느꼈다.

아팠다.

하지만 놓을 수가 없다.

그가 느낀 사랑 세 번째, 좌절이었다.

4

　제어할 수 없기 전에 모든 것을 멈추는 것이 좋기는 했다. 나중에 가 내가 왜 그때 멈추지 않았나 후회를 하는 것보단 미리 아쉬움이 남더라도 적당한 선에서 멈추는 것, 그것이 정신 건강에도 몸에도 좋으리라, 그녀는 늘 생각했었다. 그리고 그건 지금도 마찬가지였다.

　미나는 대본을 처음부터 끝까지 꼼꼼하게 살펴보았다. 극 중에서 태호가 애영에게 먼저 느낀 감정은 연민이었다. 프로그램을 통해 그녀를 알게 되었고, 친권이란 늪에 빠져, 친족이란 단단한 허울 때문에 지속적으로 친부에게 폭행을 당하는 그녀를 구해내야겠다, 그는 정의의 사도가 되었다. 하지만 감정이란 것이 어디 가만히 있는 놈이던가. 천방지축으로 날뛰며 연민은 곧 사랑으로 바뀌었고, 그의 전부가 되었다.

"명확한 감정 라인이 없는 건가."

미나는 처음으로 돌아가 대본을 보았다. 치열하게 썼다고는 생각하나 지금 와서 보면 이해가 되지 않은 부분들도 있었다. 왜 태호가 애영을 좋아하게 되었는지 결정적인 장면 또한 없었고, 생전 애영이 살아 있을 때의 만남 또한 한 장면도 없었다. 한국식 느와르에 초점이 맞춰져 있는 대본이었고, 화려한 액션 신과 태호의 파멸에만 맞춰져 있어, 볼거린 많았으나 이들의 감정을 이해하기엔 무리가 있었다.

무표정한 얼굴로 대본을 보던 미나가 눈을 깜빡였다. 감정의 소용돌이에 휘말린 눈빛은 여러 색이 뒤섞여 일렁였다. 그녀가 한참 생각에 잠겨 있을 때였다.

띠릭띠릭—

책상 위에 올려둔 휴대전화가 울린다. 휴대전화를 들어 확인하자 문자가 한 통 와 있었다.

「뭐 먹고 싶어요?」

설표에게서 온 문자였다. 하지만 이번에도 그녀는 답장을 보내지 않았다.

양평에서 돌아온 지 일주일. 그사이 그녀는 그의 연락을 습관적으로 피했고, 집 앞에 찾아올 때도 문을 열어주지 않았다. 집 안에 없는 척 소리를 죽이고 인기척을 죽였다. 그리고 그건 이번에도 마찬가지였다.

미나의 시선이 다시 대본으로 향했다. 눈빛은 어느새 날카롭게 변해 있었다. 휴대전화 전화번호부를 열어 차 대표의 연락처를 찾아낸 미나가 통화 버튼을 눌렀다. 통화음이 몇 번 흐르지 않아 끊겼다.

[장 작가, 왜 이렇게 연락이 안 돼? 다들 걱정했잖아.]

"차 대표."

미나의 부름에 그가 다소 긴장되는 목소리로 답했다.

[그래, 장 작가. 영화 엎는다는 소리 하지 말고…….]

"대본, 수정할게요."

미나의 눈빛에 확신이 어렸다.

빠르게 움직이는 손가락이 키보드 위에서 춤을 췄다. 검은색 키보드 위에 적혀 있는 스펠링과 한글 자음 모음은 그녀의 손가락에 지워져 제 형태를 그대로 유지하고 있는 것들이 별로 없었다.

엄청난 집중력으로 키보드를 두드리던 미나가 자리에서 벌떡 일어났다. 그리고 곧장 부엌으로 가 믹스커피 세 개를 뽑아 든 뒤 커피포트를 켜 물을 끓였다. 물이 끓기 전 냉장고를 열어 아이스크림 하나를 꺼낸 미나가 비닐을 뜯어 입안에 넣었다. 아자작, 얼음 알갱이가 부서지는 소리가 들린다.

커피를 타와 다시 자리로 돌아온 미나는 머그컵을 제법 멀찍이 떨어뜨려 놓았다. 몇 번이나 팔꿈치로 컵을 쳤다가 깨먹은 적이 있었기 때문이다.

믹스커피로 허기를 달래며 모니터에 온 집중을 다하는 미나의 눈빛은 또렷했다. 하지만 눈 밑에 내려앉은 그늘은 그녀의 몸에 축적된 피곤을 대략적으로 보여주었다.

커피를 홀짝이며 연신 주린 배를 달래며 글을 쓰던 그때, 휴대전화가 웅웅 울리며 문자가 왔음을 알렸다.

「작가님, 영화 보실래요?」

문자를 보는 미나의 눈빛이 흔들렸다. 아니, 라고 문자를 보낼 용기라도 있으면 좋겠는데 그럴 용기는 없다. 휴대전화를 내려둔 미나가 시선을 멀리 두었다.

그녀의 세상은 글 속에서만 돌아간다. 복잡한 생각은 하지 않았다. 먹고살 만하고, 내가 좋아하는 일만 하고 있으니 생각할 일이 있겠는가. 아니, 그녀는 부러 생각을 하지 않았다.

머릿속에서 뒤섞이는 생각은 곧 악몽으로 변질되는 일이 많았다. 브레이크가 걸리지 않는 생각은 그녀를 좀먹는다. 그런 그녀가 요즘은 '강설표'란 인간에 대해서만은 생각이란 것을 하고 있었다.

"그래도 좋아요. 그런 작가님의 모습까지. 전 좋아요. 왜 당신을 이렇게까지 좋아하게 됐는지는 모르겠어요. 하지만 어떻게 해요? 너무 좋아 미치겠는데."

　그렇게 말하며 우울함에 눈을 빛내던 그의 얼굴을 떠올렸다. 그의 슬픔은 자신의 가슴에 와 닿을 정도였다. 하지만 그 절절한 고백을 그녀는 너무나 산뜻하게 거절을 했다. 거절하는 데까지 생각은 길지 않았다. 표면적인 것들을 꺼내면 아주 쉬이 거절할 수 있었다.

　미래가 촉망되는 배우, 그런 배우와 키스를 하고 섹스를 하는 진지한 관계를 유지하는 것은 그녀에겐 불가능에 가까운 일이었다. 하지만 그를 제 세상 밖으로 축출하여 내던지는 것에는 고개를 내젓게 된다.

　그와 함께한 시간은 길지 않았다. 그녀와 함께 먹기 위해 음식을 가져오고 자신의 집에서 각자의 시간을 보내며 함께 시간만 공유하였다. 열을 내며 가끔 타자 게임을 하기도 하고, 텔레비전으로 영화를 보며 서로의 생각만을 공유할 뿐이었다. 그런데도 왜 난 그 아이에게 더 이상 나에게 연락을 하지 말아라, 라는 말은 하지 못하는 것일까.

　미나의 얼굴이 일그러졌다. 그녀는 멍청하지 않았다. 자신의 상태가 무엇인지는 잘 알고 있다. 그리고 자신이 한 발을 내딛지 못하는 이유 또한 잘 알고 있었다.

　아무도 없는 세상에 고양이가 들어온 것이다. 온기가 그리웠던 때에 온 고양이는 무심하게 자신과 어느 정도 일정 거리를 유지한 채 함께 지내고 있었다. 가끔 자신의 다리를 부비며 만져 달라 머리를 들이밀기만 할 뿐, 자신이 깨닫지 못하도록 조금씩 조금씩 제게 다가왔다. 그리고 이 모든 것을 깨닫는 순간, 작은 고양이를 내보낼 수 없게 된 것이다.

어떻게 하면 좋을까, 어떻게 하면.

딩동—

갑작스런 초인종 소리에 방금 전까지 바쁘게 움직이던 손가락도 생각도 순식간에 멈추었다. 시선은 자연스럽게 인터폰으로 향했다. 그곳엔 그녀에게 고민을 불러일으킨 당사자가 서 있었다.

몸이 떨렸다. 혹독하게 들이닥칠 열병을 예상하기라도 한 것처럼.

말없이 인터폰을 보던 미나는 곧 검은 화면으로 돌아가자 숨을 훅 하고 내뱉었다. 긴장감에 숨을 쉬는 것도 잊고 있었던 것이다.

몸을 조심스럽게 일으키고 발길을 옮겼다. 소리를 죽이고, 인기척을 죽이며.

현관 앞으로 다가간 미나가 문에 귀를 대었다. 바깥의 기척을 살피던 미나의 귀에 들어온 것은 단 하나의 소리였다.

띠리리리— 띠리리리—

재미없는 벨소리. 작업대 위에 올려둔 휴대전화가 몸을 떨며 벨소리를 울리고 있었다.

미나의 얼굴이 창백하게 변했다. 서둘러 걸음을 옮겨 전화를 끄려던 찰나, 도어록을 누르는 소리가 들렸다.

띠. 띠. 띠. 띠.

정확하게 네 자리를 누른 설표가 문을 열고 안으로 들어온다. 그리고 잔뜩 겁을 집어먹고 있는 미나와 눈이 마주쳤다.

"작가님."

"어, 어?"

"피하지 말아요."

"……."

입을 꾹 닫은 미나가 고개를 숙였다.

"피하면 쫓아가서 잡고 싶어지니까."

그 말에 미나가 숨을 삼켰다. 아아, 도망갈 수 없구나. 도망갈 길이 없구나. 늘 그랬던 것처럼 회피할 수가 없구나.

그 경고에도 미나는 더듬더듬 뒤로 걸음을 물렸다. 이에 설표는 들고 있던 봉투는 바닥에 내려둔 뒤 걸음을 옮겨 미나에게 다가섰다. 팔을 뻗어 그녀의 어깨를 감싼 설표가 미나를 자신의 품으로 끌어당겼다. 손으로 그녀의 턱을 위로 올린 그가 입술을 내려 입을 맞췄다.

절망감에 미나의 눈이 질끈 감겼다.

눈물이 날 것 같았다.

그의 키스는 너무나 따뜻했다.

촬영이 들어갔다. 그 후로 설표는 내 집에 오지 않게 되었다. 아니, 오지 못하게 되었다. 촬영 기간은 3개월. 그중 현재 3분의 1의 촬영이 끝났다. 촬영은 어느새 절정을 향하고 있었고, 제작사에선 이번에도 역시나 촬영장을 단 한 번도 방문하지 않는 그녀에게 연락해 한 번쯤은 와보라 말을 하기도 했었다. 하지만 그녀는 오늘도 촬영장을 찾는 대신 부엌을 오고 가고 있었다. 요즘의 그녀는 일상처럼 부엌을 찾고 있었다. 얼마 전에 지른 오븐이 도착한 뒤로 늘 일어나고 있는 일상 중 하나였다.

어제 사고 친 것을 어떻게 수습할까 부엌을 서성이던 미나는 초인종 소리가 들리자 곧장 인터폰으로 향했다. 올 사람이 없었기에 누굴까, 화면을 보던 미나는 뜻밖의 방문에 미간을 찌푸렸다. 현관으로 향해 문을 열어주자 중년 여성이 어색한 얼굴로 서 있었다.

"잘 지냈니?"

그 말에 미나가 피식 웃음을 내뱉었다.

"딸한테 하는 첫 인사가 참 재미있네요."

미나가 비꼬았다. 3년 만에 얼굴을 보는 것이니 이상하지 않을 인사였지만. 심드렁한 얼굴로 먼저 집 안으로 들어선 미나는 엄마의 존재를 신경 쓰지도 않은 채 곧장 부엌으로 향했다. 중년 여인은 들고 있던 가방을 소파 위에 올려둔 뒤 곧장 미나의 뒤를 따랐다. 그리고 부엌에 자신의 딸아이와 참 어울리지 않는 물건 하나가 놓여 있자 의아한 얼굴로 물었다.

"웬 오븐이니?"

"요즘 취미를 붙였거든."

그녀는 이제 글을 쓰는 대신 오븐에 여러 가지를 넣어보고 바로바로 나오는 결과를 즐기고 있었다. 엄마가 신기하다는 듯 미나를 보았다. 하지만 늘 그랬던 것처럼 일정 거리를 둔 채였다. 열 달 동안 자신을 품고 낳은 친모였지만 그 작은 거리감은 영원과 같았다.

하지만 그녀는 늘 그랬던 것처럼 심드렁한 얼굴로 말했다.

"빵값도 줄고, 스트레스도 풀리고, 결과도 바로 보이고."

"그래?"

"삼겹살 구이, 생선구이, 오븐닭구이. 고기와 고기의 향연이 가능. 적당히 쿠키도 굽고, 요즘 자주 만드는 건 스콘. 재미있어요."

그러다 미나가 피식 웃으며 오븐을 열었다. 안은 엉망이었다. 찐득찐득하게 뭔가가 붙어 있기도 했고, 몽실몽실한 정체불명의 무언가가 있기도 했다. 오븐 안을 보던 미나가 한숨을 푹 내뱉었다. 상태는 역시나 어제 그녀가 현실을 외면하던 그때와 마찬가지로 심각했다.

"있으면 뭐든 굽고 싶은 충동이 드는데, 결국 계란까지 굽다가 저 꼴이 난 거지."

"너도 참."

엄마가 웃으며 엉망이 된 오븐 안을 보며 말했다. 하지만 늘 그랬던 것처럼 그녀를 탓하진 않았다. 아니, 탓하지 못했다.

미나가 오븐을 치우는 것을 보던 엄마는 미나가 안을 정리한 뒤 밑 받침대를 들고 싱크대로 향하는 것을 보았다. 언제 이야기를 해야 할지 타이밍을 잡던 그녀가 천천히 운을 뗐다.

"미나야, 할 이야기가 있어."

"알아, 할 이야기가 없었으면 여기까지 친히 납시지도 않았겠죠."

그녀의 말이 끝나자마자 물이 쏟아지는 소리가 들렸다. 할 이야기가 있으면 간단히 하고 돌아가란 말이었다. 딸의 명백한 거절과 무시에 중년 여인의 얼굴에 주름이 졌다. 슬픔으로 일그러진 얼굴로 엄마는 한동안 말을 잇지 못했다. 이에 이상함을 느낀 미나가 고개를 옆으로 돌렸다.

실핏줄이 터져 토끼 눈 같았다, 제 어미의 얼굴은. 미나는 그녀가 아무런 말도 하지 않아도 어떠한 말을 할지 알 것 같았다.

그리고 그 예상은,

"그 남자가…… 출소했어."

조금도 틀리지 않았다.

촬영장엔 수십의 사람들이 모여 있었지만 개미 새끼 한 마리 기어가는 소리도 들릴 정도로 조용했다. 태호의 집 세트장에는 긴장한 얼굴의 설표가 있었다. 그는 촬영감독과 이번 신에 대해 이야기를 나누고 있었다.

그때 관계자 외 출입금지라 붙여져 있는 문이 열리더니 미나가 들어왔다. 그녀는 들어오자마자 작은 세트장부터 둘러보았다.

그녀가 생각했던 것보다 훨씬 잘 만들어진 세트는 태호의 성격에 맞춰 깔끔하고 모던했다. 그의 성격을 고스란히 보여주는 공간에 미나의 입술에 호가 그려진다. 만족스러웠다.

설표는 아직 미나가 온 것을 눈치채지 못하고 있었다. 감독과 심각한 얼굴로 이야기를 나누고 있는 그의 모습을 멀찍이서 바라보던 미나는 곧 촬영이 시작되자 숨을 죽였다.

태호의 침실 위, 애정이 잠들어 있다. 편안한 티셔츠를 입은 채 잠들어 있는 그녀의 얼굴 위로 평온이 흐른다.

그녀는 친부에게 강간을 당했다. 어릴 적부터 시작된 정신적 살인은 어른이 되어서도 마찬가지였다. 그녀는 편히 잠들 수 없었다. 숨조차 쉬며 살 수 없었다. 친부는 가해자이면서 가족이었기에 출소 후에는 늘 그녀의 집 주소를 손쉽게 손에 넣을 수 있고, 찾아와 또다시 똑같은 일을 저질렀다.

사회는 그녀를 지켜주지 못했다. 그래서 그녀는 포기했다. 아무도 자신을 지켜주지 못한다는 사실을 깨닫는 순간 숨을 죽이고, 최대한 가해자의 신경을 거슬리지 않기 위해 노력했다. 죽고 싶던 그 순간 만난 것이 태호였다.

태호를 만난 순간 그녀는 비로소 처음으로 편히 잠들 수 있었다. 그가 만들어준 그늘에선 행복하게 웃을 수 있었고, 자신의 감정을 솔직히 내뱉을 수 있었으며, 휴식이란 것을 알게 되었다.

문이 열리고 곧 태호가 들어왔다. 그는 셔츠를 팔꿈치까지 걷은 상태였다. 김태호는 완벽한 인물이었다. 공부도 잘했고 운동도 잘했으며 돈도 많았다. 불쌍한 애정에게 미나는 완벽한 남자를 붙여주었다. 그 행복은 오래가진 못했지만.

태호가 조심스럽게 이불을 걷고 침대 안으로 파고들었다. 그리고 여전히 곤한 잠에 빠져들어 있는 애정의 얼굴을 양손으로 감싼다. 갑작스런 손길에 애정이 잠에서 깨자 태호는 부드러운 시선으로 그녀를 내려다보며 입을 맞췄다.

쪽, 가볍게 마주하는 입술에 애정과 태호의 얼굴에 행복이 서렸다. 그들은 누가 보아도 행복한 커플이었다. 두 사람을 보는 미나의 눈빛이 슬픔에 번들거렸다.

"컷! 오케이!"

감독의 외침에 정현을 안고 있던 설표가 자리에서 일어났다. 방금 전까지만 해도 달콤했던 표정은 온데간데없이 사라지고 불만스러운 얼굴이 떠올랐다. 무언가 마음에 들지 않는 듯했다.

"감독님, 다시 한 번 가시죠?"

"도대체 이게 몇 번째야? 지금도 좋은데 왜 그래?"

"이게 아니에요."

설표가 고개를 내저으며 말했다. 그는 어제부터 이 상태였다. 답답함에 가슴을 쿵쿵 치고 싶은 표정이었지만 무엇이 어떻게 잘못되었는지는 모르겠다는 얼굴이었다. 이에 스태프들 또한 답답한 노릇이었다. 촬영은 벌써 이틀째 올 스톱 상태였다.

"뭐가 문젠데? 뭐가 문제인지 우리도 알아야 기다려 주든 말든 하지."

"잘 모르겠어요."

고개를 내저은 설표가 구겨진 미간을 손가락으로 꾹꾹 눌렀다. 한번 몰려온 두통은 쉬이 가시질 않았다. 창백한 설표의 얼굴에 마 감독이 한숨을 내뱉었다. 이대로 촬영을 진행한다 해도 진척은 없을 것 같았다.

마 감독이 고민에 잠겼을 때였다. 배우가 감정을 잡지 못해 촬영이 딜레이되는 경우는 있었으나 이번처럼 장기간으로 이어지는 경우는 흔치 않았다. 현재 촬영하고 있는 부분은 미나가 후에 대본을 수정한 곳으로 태호와 애정의 사랑이 깊어지는 장면이었다. 이번 촬영이 끝나면 이틀 후부턴 애정을 잃고 복수에 착수되는 장면을 촬영하기로 되어 있었다. 촬영장까지 모두 섭외해 놓은 마당에 더 이상의 딜레이는 촬영 전반에 문제가 될 터였다. 마 감독이 한숨을 쉬다 말고 설표를 보았다. 그는 어느 한곳을 집중하여 보고 있었다.

"어? 장 작가네?"

마 감독이 때마침 잘됐다는 듯 말했다.

"좋아, 그럼 한 시간 휴식 후에 다시 들어가자. 그때까지 정리 좀 하고. 더 이상 못 기다려 준다, 알지?"

"네."

"식사하고 합시다!"

마 감독의 말에 스태프들이 분주하게 흩어졌다. 3시 30분. 계속된 촬영 딜레이로 인해 점심시간은 훌쩍 지나 있었다. 설표는 여전히 촬영장을 찾은 미나를 보았다. 한 달 만이었다. 그녀를 보는 것은.

마 감독과 심각하게 이야기를 나누고 있던 미나가 고개를 끄덕였다. 언뜻 한숨을 쉬는 듯 입술을 살짝 벌리기도 했다.

미나에게서 시선을 떼지 못하던 설표는 옆에서 누군가 자신의 어깨에 손을 얹자 몸을 움찔 떨며 고개를 옆으로 돌렸다. 정현이 놀란 그의 모습에 오히려 더 놀란 듯 눈을 동그랗게 뜨며 그를 바라보고 있었다. 수수하게 머리를 묶고서 남자 옷을 걸치고 있는 정현은 연약해 보았다. 이전 작품에서 하우스의 도박판 설계자를 연기하며 파격적인 노출신을 선보였던 것과는 180도 다른 모습이었다.

"왜 그렇게 놀라?"

"아, 다른 생각을 좀⋯⋯."

설표가 어색하게 웃으며 그녀의 손을 조심스럽게 떼어놓았다. 그러자 정현의 얼굴이 굳는다. 젊은 생기가 가득한 설표는 그녀의 예상과는 달리 높은 벽을 친 채 그녀를 거부하고 있었다.

"같이 밥 먹을래?"

그녀가 입가에 웃음을 매달며 물었다. 그러자 이번에도 설표는 고개를 저으며 완곡하게 거부했다.

"아닙니다, 선배님. 그리고 죄송합니다. 저 때문에 촬영이 계속⋯⋯."

"아니, 아니야. 이해해."

정현이 양손까지 저어가며 어두운 표정을 짓고 있는 그를 위로했다. 그러자 그가 무심한 표정을 지으며 말했다.

"감사합니다."

"그럼 밥 먹고 보자. NG 없이 한 번에 가자고."

설표는 정현이 매니저와 함께 멀어지는 모습을 보았다.

"김정현, 참 예쁘지 않아?"

갑작스레 옆에서 들려오는 말에 설표의 고개가 옆으로 돌아갔다. 멀어지는 정현의 뒷모습에서 시선을 떼지 못하는 미나가 어느새 다가와 그의 곁에 서 있었다. 미나는 입술을 뾰족하게 내민 채 펑퍼짐한 옷을 입고 있음에도 부해 보이지 않는 정현을 보았다.

"청초하기도 하고 섹시하기도 하고, 참 좋은 배우야."

"……작가님이 더 예쁩니다."

"뭐? 장난하지 마."

남들 앞에선 절대 하지도 말고. 다들 비웃을 거야.

미나가 깔깔 웃으며 말했다. 그러면서 자신을 뚫어져라 보고 있는 설표와 시선을 맞추며 말했다.

"밥 먹자."

"네?"

"밥 먹자고, 밥. 나 배고파."

납작한 배를 손으로 쓰다듬으며 미나가 엄살을 부렸다.

"얼른 맛있는 걸 내놓으라고."

장난스런 그녀의 말에 긴장감에 팽팽해져 있던 신경이 느슨하게 풀린다.

"이 근처엔 맛있는 집이 없어요."

"누구와 먹는 게 가장 중요하지 않겠어?"

촬영을 망친 것 때문에 한 번도 촬영장에서 웃을 수 없었던 그의 얼굴에 드디어 부드러운 미소가 내걸렸다.

"그렇네요."

허름한 간판이 내걸린 백반집에서 간단히 식사를 끝낸 설표와 미나는 가게 한 켠에 있는 200원짜리 싸구려 자판기 커피를 하나씩 뽑아 후식으로 마시고 있었다. 감독이 내준 시간 중에서 반이나 흘러 있었다.

미나는 설표의 얼굴을 보았다. 평소처럼 무감한 표정이었다. 길쭉한 눈매는 날카로워 보였으나 미나 앞에서만큼은 호를 그리고 있어 부드러운 느낌마저 들 지경이었다. 구릿빛으로 태운 얼굴과 매끈하게 면도한 얼굴을 보던 미나가 피식 웃음을 내뱉었다.

"이러고 보니 김태호 같네."

"노력했어요."

자신의 노력을 알아주는 미나의 말이 좋은 것인지 설표의 입술에 미소가 서렸다. 스무 살인 설표는 어느새 스물여덟 김태호가 되어 있었다. 잘생긴 얼굴을 보던 미나가 입술을 크게 벌려 웃었다. 마 감독의 말이 떠오르자 그 웃음은 더욱 진해졌다.

"태호의 감정을 전혀 이해할 수가 없대. 그렇게 아픔이 있는 여자를 어떻게 그런 남자가 사랑할 수 있냐고."

설표의 마음이 이해되지 않는 것도 아니었다. 아니, 백번 이해가 갔다. 엘리트 코스를 밟아온 남자가 어릴 적부터 친부에게 성폭행을 당하고, 지속적인 폭력을 당해온 초라한 여자를 목숨 바쳐 사랑할 수가 있을까. 일반적인 사람이라면 그럴 수 없을 것이다. 그리고 그건 아직은 나이 어린 설표 또한 마찬가지일 것이다.

미나가 턱을 괴며 설표를 보았다.

"마음은 김태호가 아닌데, 그치?"

"……네."

설표가 순순히 인정했다. 이에 미나는 입가에 머금고 있던 웃음을 지웠다.

"왜 갈피를 잡지 못하고 그러는진 잘 알 것 같아. 하지만 촬영은 해야지."

평소의 그녀로 돌아와 아무것도 담고 있지 않은 텅 빈 눈으로 설표를 바라보던 그녀가 입을 다물었다. 표정이 급격하게 어두워졌다. 이를 설표 또한 눈치채고 있음에도 촬영에 대한 걱정 때문에 그러한 것이라 생각한 것인지 작게 고개를 내저으며 말했다.

"제가 납득을 할 수 없는데 어떻게 촬영에 임할 수 있겠습니까."

완벽히 태호가 되지 못한 상태에서 어찌 촬영을 이어나갈 수 있단 말인가. 껍데기만 김태호일 수는 없었다. 배우가 완벽하게 캐릭터를 이해하지 못했는데 이를 본 관객들이 그의 마음을 이해하고 완벽하게 영화에 빠져들 리가 없었다.

설표가 우울한 눈을 깜빡였다. 그녀의 말이 맞았다. 자신은 아직 어렸고, 그녀의 영화를 이해해 내고 소화해 내는 데 부족함이 많았다.

"왜 납득을 못하는데?"

"저라면……."

그가 입을 뻐끔거리며 제 생각을 늘어놓으려 하자 미나가 서둘러 고개를 저으며 그의 말을 막았다. 그의 입에서 나올 말들이 무서웠다.

"넌 애정이가 더럽다고 생각하니?"

그녀가 서릿발 어린 눈으로 묻는다. 눈빛은 날카롭고 차가웠다. 순간 놀란 그가 고개를 내저었다.

"아, 아니……."

그가 미처 말을 끝맺지 못하고 입을 다물었다. 한 가지 사실을 깨달았기 때문이다.

그는 처음 그녀의 대본에 관심이 있었다. 그녀가 이루어가는 세상 속은 완벽한 계산속에 만들어진 것들이었다. 영화는 충격적이었고 때론 아름다웠다. 그의 마음을 설레게 하며 미나에 대한 환상을 키워 나가게 만들었다.

그리고 실제로 미나를 만났을 땐 그녀란 사람이 궁금했다. 그가 수없이 봐왔던 영화 속의 이야기 중 그녀의 모습도 사실 숨어 있을 텐데 어떠한 장면이, 캐릭터가 그녀일까, 늘 궁금해 또다시 영화를 보았던 적도 있었다.

그런데 지금에서야 안 것이다.

아아, 그의 눈이 질끈 감겼다.

"내가 그런 일을 당했다고 해도 넌 더럽다고 생각할 거니?"

미나의 물음에 설표가 자리에서 벌떡 일어났다. 걸음을 옮겨 순간 사라져 버릴 것 같은 미나의 모습에 팔을 뻗어 그녀를 잡아 제품으로 끌어들였다.

"그럴 리가요. 그럴 리가 없잖아요. 왜 그런 말을 해요? 하지 말아요. 나 아파요."

그가 빠르게 말을 읊었다. 눈은 어느새 붉어져 있었다. 절실해진 눈빛에 어린 것은 아픔. 그는 그녀와 공명이라도 한 듯 울렁이는 눈빛을 천천히 깜빡였다.

미나를 안고 있는 손에 힘이 들어갔다. 전에도 느꼈지만 미나는 참 말랐다. 밥을 잘 먹지 않고, 인생을 포기한 사람처럼 시간을 보내고 있으니 어찌 보면 당연했다. 그는 조금만 힘을 줘도 부러질 것 같은 몸 때문에 손에 힘을 뺀 뒤 그녀의 정수리에 뺨을 가져다 댔다. 샴푸 냄새가 훅 와 닿았다.

"좋아, 이제 태호가 되었니?"

끄덕, 그의 고갯짓에 미나가 감췄던 웃음을 띠었다. 그녀는 설표의 가슴을 손바닥으로 밀었다. 그는 생각보다 쉽게 떨어져 나갔다. 미나가 설표의 얼굴을 보았다. 슬픔으로 일렁이는 눈빛에 그녀가 눈살을 찌푸리며 말했다.

"그리고 오해하지 마, 나 그런 일 당한 적 없으니까."

"네……?"

설표가 멍한 표정으로 물었다. 그러자 미나는 싫은 기억들을 떠올렸다. 몇 살이었더라? 다섯 살이었던가? 이젠 희미해진 기억을 떠올리자 순간 온몸이 화끈거리기 시작했다. 각인되어 있는 지난 일들은 여전히 뼛속 깊은 곳까지 새겨져 그녀를 괴롭히고 있었다.

"비슷한 일은 겪은 적이 있는데, 그래도 애정이처럼 바닥 끝까지 끌어내려져서 아픈 적은 없었어. 그러니까 그런 얼굴 하지 마, 놀랐다면 미안해."

"비슷한 일……?"

"넌 나에게 김태호 같은 존재가 아니니까 말 안 할래."

강설표는 장미나에게 백마 탄 왕자님이 아니니까 말 안 할 거야. 넌 날 지켜줄 수 없으니까.

그녀의 눈빛이 그렇게 말하는 것 같았다. 이에 설표는 아무런 말도 해줄 수가 없었다. 그녀의 말이 맞았으니까. 어린 그는 아무것도 해줄 수가 없었다.

"그럼 촬영 열심히 해요, 태호 씨."

인사를 한 뒤 먼저 자리에서 일어나 멀어지는 미나의 뒷모습을 보던 그의 눈빛이 우울하게 변했다.

다시 활기를 찾기 시작한 촬영장은 번잡스러웠다. 하지만 계속

된 NG로 지쳤던 스태프에겐 한 시간의 휴식이 제법 알찼던지 모두 밝은 얼굴이었다. 정현과 설표의 매니저가 다가와 준비가 끝났다는 말을 알리자 마 감독이 자리에서 일어났다. 조연출이 스태프들에게 돌아다니며 소리치기 시작했다.

"촬영 들어갑니다!"

사람들이 일사불란하게 움직였다. 조연출들은 흐트러진 이불을 가지런히 정돈했고 곧 들어온 정현에게 자리를 내어준다. 그녀는 편안 얼굴로 다시 침대에 눕고 곧 은은한 조명만이 켜진 채 그녀의 화사한 얼굴을 밝힌다. 누가 보기에도 사랑받고 있는 여인을 완벽하게 연기하고 있는 정현의 모습에 사람들이 숨을 죽였다.

곧 문이 열리고 설표가 들어온다. 그는 완벽한 태호의 모습을 한 채 조금은 냉철하고 조금은 차가운 모습으로 들어와 정현의 이불 속으로 파고들었다. 그리고 그녀의 머리카락을 사랑스럽게 쓰다듬은 뒤 달콤한 어조로 말했다.

"이제 일어나야지."

차가운 표정과는 달리 목소리는 어느 발라드 가수처럼 따뜻하다. 이에 정현이 몸을 뒤척이며 눈살을 찌푸렸다.

"으음, 조금만 더요."

장난스럽게 인상을 굳힌 정현이 설표의 품으로 파고들려고 하자, 그는 그녀의 입술에 부드럽게 입을 맞춘 뒤 시선을 들어 정현의 얼굴을 따스한 눈길로 쓰다듬는다.

그 순간이었다.

"설표야……?"

카메라가 돌아가고 있는 와중엔 들려선 안 될 말이 들려왔다. 하지만 이런 정현을 탓하는 이들은 아무도 없었다. 여기저기서 웅성거리는 소리가 들렸고, 마 감독이 서둘러 '컷!'을 외친 채 그들에게 달려왔다.

상체를 일으킨 설표가 눈두덩을 눌렀다. 뜨거웠다. 그의 심장처럼.

"왜 그래, 무슨 일 있어?"

설표가 고개를 내저었다. 눈물은 멈출 줄을 몰랐다.

"그런데 왜 울어? 지금은……."

"후에 애정이가 죽을 걸 생각하니까……."

현재 미나가 이런 지옥에 살고 있을 걸 생각하니까…….

"눈물이 납니다."

슬픕니다.

"죄송합니다, 다시 가겠습니다."

설표가 서둘러 사과를 한 뒤 자리에서 일어났다. 그는 현실을 벗어나려는 듯 서둘러 침실을 벗어났다.

애정이 마지막으로 사랑받았던 침실 장면, 이 장면 후 그녀는 죽는다.

집에서 구운 쿠키를 잔뜩 쌓아둔 미나는 연예정보 프로그램을 보며 연신 입안으로 여러 가지가 들어 있는 쿠키를 옮기고 있었다. 초코 쿠키를 막 다 먹은 미나가 이번엔 아몬드가 콩콩 박혀 있는 쿠키를 입안에 집어넣은 뒤 아작아작 씹고 있었다.

그녀의 시선은 잠시도 화면에서 떨어지지 않았다. 화면엔 〈프레데터〉 시사회 현장을 보여주고 있었다. 요즘 강설표가 핫하다는 말이 거짓은 아닌 것인지 수많은 팬들이 극장을 찾아 그들에게 환호를 보내고 있었다. 설표의 모습에 비명을 내지르는 사람들을 심드렁하게 보던 미나가 쿠키 하나를 더 집어 입에 넣었다.

아작.

초콜릿이 통으로 들어가 있는 쿠키는 너무나 달았다. 눈물이 날 만큼.

[네! 그럼 우리의 두 주인공을 만나뵐까요? 요즘 아주 핫하게 떠오르고 있는 스타 강설표 씨와 김정현 씨입니다!]

[안녕하세요, 김태호 역할을 맡은 강설표입니다.]

[안녕하세요, 태호의 사랑을 받는 김애정 역을 맡은 김정현입니다.]

찔끔 난 눈물을 닦는데, 화면이 바뀌고 곧 영화 포스터를 뒤에 병풍처럼 치고 두 주연 배우와 리포터가 높다란 의자에 앉아 인터뷰를 하는 장면으로 넘어갔다.

검은색 셔츠에 검은 바지를 입고 있는 설표는 완벽한 태호가 되어 있었다. 그녀가 상상하던 그 모습 그대로 강하고 냉랭한 인간이 되어 있었다. 태호가 좀 더 완벽하고 사람에 대한 이해가 있는 사람이었다면 아마 그는 애정을 지킬 수도 있었을지도 모른다. 하지만 태호는 애정을 지킬 수 없었다. 현실에서 그 누구도 그녀를 지켜주지 못했듯이.

아작, 아작, 아자작.

쿠키가 부서진다, 입속에서. 알갱이가 된 것은 곧 타액과 만나 흔적도 없이 사라진다. 녹아내린 부스러기는 입속에서 흔적도 없이 사라졌다.

[우와, 설표 씨는 많이 멋있어지셨네요? 이렇게 멋있어진 이유가 뭔가요? 혹시 연애?]

리포터의 짓궂은 장난에 설표의 표정이 살짝 굳었다. 당혹이 잔뜩 어린 표정과 붉어진 뺨에 리포터의 입에서 절로 비명이 터져나왔다.

[와! 정말 뭔가 있는 것 같은데요? 혹시 연애하시나요?]

리포터가 재잘재잘 이야기를 늘어놓는다. 이에 설표는 한참이고 말없이 얼굴만 붉히고 있더니 곧 배우답게 표정을 정갈히 하고선 카메라를 보았다. 또렷한 눈동자는 누군가 한 사람을 향해 있는 것 같았다.

[좋아하는 사람이 있습니다.]

"……."

화면을 바라보는 미나가 멍하니 입을 벌린 채 들고 있던 과자를 뚝 떨어뜨려 버렸다. 그녀가 받은 충격만큼이나 갑작스럽게 잡은 특종에 놀란 것인지 리포터가 자신의 무릎을 손바닥으로 내려치며 말했다.

[어머, 정말요? 간택을 받은 그 상대가 누군가요?]

정현도 놀란 얼굴로 설표를 보고 있었다. 아니, 아마도 지금 이 방송을 보는 그 누구라도 저들과 같은 표정으로 화면을 보고 있을 것이다. 그리고 그건 미나 또한 마찬가지였다.

설표의 얼굴에서 시선을 떼지 못하던 미나가 숨을 허덕였다. 숨을 쉬는 것조차 잊고 있었던 것이다.

조금의 시간 후, 그는 날카롭게 쭉 뻗은 눈을 부드럽게 휘더니 공식 석상에선 움직이지 않던 입술 또한 곡선으로 휘며 말했다.

[……보고 계시죠?]

그 말에 미나가 자리에서 벌떡 일어났다. 빠르게 주위를 둘러보며 그의 이야기를 듣지 않기 위해 리모컨을 찾기 시작했다. 하지만 그녀가 리모컨을 들어 텔레비전을 끄려던 찰나 그의 목소리가 귓가에, 정확히 심장에 날아들었다.

[사랑합니다.]

뚝!

텔레비전을 끈 미나가 소파에 털썩 주저앉았다. 혼란스러운 감정을 숨기지 못한 얼굴로 손을 든 그녀가 손바닥으로 눈두덩을 꾹 눌렀다. 뜨거웠다.

"안 되겠다."

강설표, 너 정말 안 되겠어.

공인 주제에, 대중의 사랑을 받아야 하는 젊은 배우인 주제에 자신의 감정을 숨기지 못한 채 남들에게 털어놓는 그를 어떻게 해야 할까. 지금쯤 난리가 났을 포털 사이트들을 떠올리며 그녀의 입에서 끙, 앓는 소리가 흘러나왔다.

가만히 두면 안 되었다. 그가 고백을 한 그 순간부터 그를 밀어냈어야 했다. 그녀는 그를 받아들이지 못한다. 아니, 그 누구든 남자로서 제 곁에 둘 수 없었다. 자신만의 세계에 유일하게 허락되었던 작은 고양이는 어느새 성장하여 몸집을 불리고 있었다. 불어난 몸집만큼이나 그에게 내준 공간은 상당했다.

"병신."

미나가 거칠게 욕설을 내뱉었다. 다른 누군가를 향한 것이 아닌 자신을 향한 것. 그를 내보내야 한다는 것을 알면서도 그리하지 않은 것은 자신이었다. 자신의 결정으로 나도 그리고 강설표도 더욱 상처받고 오도 가도 못한다는 것을 알고 있었으면서도. 감정은 제어할 수 없이 미친년 널뛰기를 하며 이리저리 뛴다는 것을 알면서도, 그녀는 그리했다. 그를 곁에 뒀다.

하지만, 하지만 이젠…….

미나가 붉어진 눈을 천천히 깜빡일 때였다.

딩동—

집 안을 가득 울리는 초인종 소리에 그녀의 시선이 인터폰으로 향했다. 인터뷰를 마친 그가 온 것일까? 두려움에 사로잡혀 자리에서 일어난 미나가 천천히 걸음을 옮겨 인터폰 쪽으로 향했다.

"……끅."

인터폰까지 한 걸음만 다가가면 열림 버튼을 누를 수 있었으나 미나는 자신도 모르게 뒤로 더듬더듬 걸음을 물렸다. 입에서 새어 나온 소리에 두려움에 입을 틀어막기도 했다.

끅, 끅, 끄윽…….

괴로움에 찬 신음은 진득한 감정을 담고 있었다. 진득한 감정 대부분은 두려움이었다.

털썩, 바닥에 주저앉은 미나는 자신도 모르게 몸을 동그랗게 만 채 팔로 몸을 끌어안았다. 과잉보호 자세는 한 치의 틈도 없이 복부를 숨기고 있었다. 커다랗게 뜬 눈에선 쉼 없이 눈물이 터져 나온다.

와르륵, 마음 깊숙한 곳에서 무언가 무너져 내리는 소리가 들렸다.

쾅쾅!

문을 두드리는 소리에 몸이 떨렸다.

움찔. 움찔.

쾅쾅쾅!

"안에 있는 거 다 알아, 이년아! 문 안 열어?"

협박성이 짙은 목소리에 미나의 몸이 파르르 떨렸다.

"야! 장미나!"

자신을 부르는 목소리에 미나가 더욱 힘주어 몸을 껴안았다. 손이 부르르 떨리고, 얼마나 힘을 주었는지 손등이 하얗게 질릴 정도였다. 하지만 그녀는 힘을 풀지 않았다. 마치 이 지옥 속에서 늘 그랬던 것처럼.

"구해줘……."

구해줘요, 누구라도.

미나가 그렇게 애원했다. 신음처럼 작은 목소리엔 고통이 가득했다.

그러다 순간,

"아아……."

무언가를 깨달은 듯 작은 소리를 낸다.

아, 맞다.

날 구해줄 사람은 아무도 없지?

"멍청이."

미나의 입에서 실소가 터져 나왔다.

"인터뷰는 봤어요?"

설표는 오늘도 집에 오자마자 그녀에게 하얀 봉투를 건네며 가장 궁금한 것부터 물었다.

"아니? 무슨 인터뷰?"

"아, 못 보셨어요?"

"응."

짧은 답에 미나는 안에 들어 있는 것들이 제법 마음에 들었던지 문어 다리를 그대로 말려놓은 것부터 하나 들어 입안으로 밀어 넣었다. 우적우적, 질긴 문어포를 씹은 미나가 곧장 거실로 향했다. 그는 촬영을 하고 무대 인사를 하느라 오지 못했던 동안 많이 바뀐 공간에 놀란 듯 눈을 깜빡였다.

"텔레비전, 거실로 내놨네요?"

"응, 너랑 가끔 보기도 하니까. 거실이 편할 것 같아서."

안방에 있던 텔레비전이 거실로 나와 있었다. 그리고 거실에서 가장 많은 공간을 차지하던 작업대는 그 어디에도 없었다. 설표가 의아한 얼굴로 입고 있던 코트를 벗어 소파에 걸쳐 두며 말했다.

"작업대는요?"

"응? 치워 버렸어."

치워요? 그의 눈이 그렇게 물었다. 그러자 미나는 심드렁한 얼굴로 여전히 입안에서 사라질 생각을 않는 문어포를 우적우적 씹어대며 말한다.

"글 안 써, 이제."

"네?"

"너 나 신변잡기 하러 온 거야? 영화 보자며."

"아…… 그래도요. 글을 안 쓰다니요?"

미나가 리모컨을 들어 설표가 오기 전 합의를 도출해 낸 영화를 선택 후 플레이 버튼을 눌렀다. 동시개봉인 영화라 자그마치 만 원이나 내야 했지만, 영화는 그가 쏘기로 해 거침없이 비밀번호를 눌렀다.

0000.

역시나 바꾸지 않은 간단한 비밀번호였다.

그녀는 영화가 시작되자 자신의 옆자리를 팡팡 두드렸다. 어서 썩 그 기다란 다리를 접고 제 옆에 앉으라는 말이었다.

"말 그대로야. 이젠 더 이상 안 쓸 생각이야. 아, 나 쿠키 구웠어. 먹어봐."

그러면서 미나가 테이블 위 유리 접시에 있던 초코 쿠키 하나를 집어 그의 앞에 내밀었다. 하지만 그는 여전히 굳은 얼굴로 그녀를 바라보고 있었다.

"작가님."

그가 똑바로 말하라는 듯 강경한 태도를 취했다. 이에 그녀가 들고 있던 쿠키를 입안으로 밀어 넣었다. 아작아작. 부스러기가 바닥에 떨어졌으나 그녀는 상관하지 않은 채 마지막 조각까지 입안으로 밀어 넣은 뒤 어깨를 으쓱였다.

"제빵왕이 될 거야, 나."

"……."

"아, 그렇게 심각한 얼굴 하지 말라고!"

"어떻게 심각하지 않을 수가 있겠습니까."

그녀의 세상은 '글' 하나로 돌아갔다. 그녀의 인생에서 영화를 빼면 아무것도 남지 않는다는 것을 가장 잘 아는 이는 강설표, 그였다.

조금의 거리를 둔 채 그녀를 낯설다는 얼굴로 보고 있는 그의 눈빛에 미나가 히죽 웃었다.

"영화 볼 분위기는 아니네?"

"말 돌리지 마세요."

차가운 그의 표정에 미나의 입에서 깊은 한숨이 흘러나왔다. 몇 번이고 천천히 눈을 깜빡인 그녀는 드디어 때가 왔다는 듯 설표의 얼굴을 보았다. 두 사람 사이로 무거운 침묵이 내려앉고 한참 후의 일이었다.

"미안해, 강설표. 나 선봐. 아마 결혼할지도?"

"네……?"

설표의 눈이 커졌다. 이에 미나는 방금 전처럼 히죽히죽 웃었다.

"그렇게 됐어."

설표의 얼굴이 일그러졌다. 개운하다는 듯 웃는 그녀를 보자 심장이 갈기갈기 찢겨져 걸레짝이 되어갔지만, 그는 굳혔던 표정을 풀며 느른한 표정을 지었다.

"거짓말하지 말아요. 갑자기 결혼이라니, 말이 안 되잖아요."

"설표야."

그녀가 처음으로 그의 이름을 친근하게 불러본다. 그가 말을 하라는 듯 고갯짓하자 미나가 부러 만들어낸 표정을 지어 보인다. 그녀는 웃고 있었다. 하지만 그 웃음의 전부가 거짓이라는 것을 그가 모를 리가 없었다. 하지만 이에 대해 그는 지적하지 않았다.

"어른의 세계는 뭐든 다 갑작스러운 법이야. 특히 이런 일은 갑자기 닥치지."

"그럼 정말 믿으란 거예요?"

"믿지 않으면 어떻게 할 건데? 청첩장 나오면 보여주리?"

미나의 말에 결국 설표의 얼굴이 일그러졌다.

손을 든 그가 심장 부근을 지그시 눌렀다. 그도 모르게 아픔에 한 행동이었다. 하지만 그의 기분이 지금 어떠한지 잘 보여주는 행동이었다.

슬퍼하는 남자. 그런 남자를 보면서도 미나는 한 치의 흐트러짐 없는 얼굴로 그를 보았다.

"……저한테 하실 말씀은요?"

그가 힘겹게 물었다. 끊어질 듯 끊어지지 않는 목소리였다. 그의 물음에 그녀는 방금 전과는 달리 진심을 다해 웃었다.

"그러니까 난 잊고, 넌 너와 맞는 여자와 만나."

그 말이 그의 마음을 더욱 아프게 만든다는 것을 그녀는 알고 있을까. 그의 눈에 슬픔이 맺힌다.

"웃기지 말아요."

그의 눈에서 눈물이 흘렀다. 이 아이는 왜 이렇게 날 좋아하는 것일까. 만난 지 얼마 되지도 않았고, 그 시간에 감정을 무럭무럭 키워 나갔다 하더라도 여섯 살이나 많고 보잘것없는 자신을 왜 이렇게 좋아하는지 이해가 되지 않았다. 그러다 그녀는 순간 무언가 깨달았다.

아아, 이 아이는 내 글을 보며 꿈을 키워갔다고 했지? 그래, 내가 생각하는 것보다 나에 대해 훨씬 우상시하고 날 잘나고 대단한 사람으로 보고 있을지도 모른다. 사실은 그게 아닌데. 나의 깊은 내면을 보면 나 같은 것 따위 무섭다고 도망갈지도 모르는데.

미나가 자리에서 일어났다. 그녀의 눈동자가 붉어진다. 실핏줄이 터져 마치 토끼 같았다.

"작가님……"

그가 애절한 목소리로 그녀를 부른다. 미나는 흐트러지려는 표정을 다잡았다.

"강설표."

"네."

그가 애써 떨림을 감추며 짧게 답했다. 그러자 미나는 입꼬리를 비틀어 웃으며 말했다.

"제발 내 인생에서 꺼져 주라."

❖

상처받은 어린 짐승은 제 슬픔에 취해 주위는 둘러보지 못했다. 조금만 주위를 둘러볼 여력이 있었다면 알 수 있지 않았을까? 그녀가 어떠한 표정으로 그 자리를 지키고 있었던지.

설표는 그날 미나의 집을 무작정 뛰쳐나왔다. 그녀와 같은 공간에 있으면 무슨 짓을 할지 몰라, 젊은 치기를 이기지 못해 그녀에게 무릎이라도 꿇고 빌까 봐.

다른 사람들이 자신을 힐끗힐끗 쳐다본다는 것도 모른 채 길을 방황하던 그는 머나먼 거리를 걸어 숙소에 도착했다. 지친 얼굴로 집에 돌아온 설표는 철호의 걱정도 모른 채 방에 처박혔다.

끄응, 끄응.

얼마나 앓았던가.

열병은 순식간에 그의 몸을 덮쳐 정신까지 앗아가 버렸다. 열이 들끓었고, 매일 자고 깨길 반복하며 어느새 자신의 손에 링거를 꽂았다는 사실도 모른 채 아팠다.

그리고 눈을 떴을 때 그가 들은 소리는 청천벽력 같은 소리.

"장 작가님, 오늘 대한호텔에서 선본대."

"그걸…… 형이 어떻게 알아?"

"차 대표님한테 들었어. 네가 요즘 장 작가님 때문에 상태가 그러니까……."

철호의 말이 끝나기도 전에 무작정 밖으로 뛰쳐나갔다. 철호가 그의 뒤를 쫓았지만 그는 이조차도 인식하지 못한 채 지나가던 택시를 급히 붙잡고 그녀가 있다는 대한호텔로 향했다.

1층에 있는 레스토랑부터 시작해 스카이라운지까지 샅샅이 뒤지던 그의 눈에 들어온 것은 서로 마주 보고 있는 남녀 한 쌍. 여자는 그가 잘 알고 있는 인물이었다. 하지만 입고 있는 핑크색 원피스와 화사하게 화장한 얼굴은 그가 모르는 모습이다.

설표의 몸이 흔들렸다. 당장 바닥에 쓰러질 것 같은 몸을 겨우 지탱할 수 있었던 것은 그 순간 두 사람의 눈이 마주쳤기 때문이다.

시선은 한참 동안 마주했다. 그녀의 앞에 앉아 있던 남자가 의아한 표정으로 자신을 돌아볼 지경이었으니까. 하지만 두 사람은 마치 독립된 공간 속에 있는 것처럼 서로만을 바라본 채였다.

그녀가 눈빛으로 말했다.

여긴 어쩐 일이니?

그가 눈빛으로 말한다.

나에게 이러지 말아요.

그러자 그녀가 천천히 고개를 내저었다.

네가 있을 곳은 이곳이 아니야.

그러자 그가 성큼성큼 걸음을 옮긴다. 미나가 앉아 있는 테이블로 온 설표는 그 앞에 있는 남자가 깜짝 놀라 자신의 이름을 부르는 것도 무시한 채 미나에게서 시선을 떼지 않으며 말했다.

"일어나요."

"이게 무슨 예의 없는 짓이야?"

그녀가 설표를 보지도 않은 채 말했다. 그러자 그의 눈에서 눈물이 비어져 나왔다.

"제발 일어나요, 제발."

그의 애원에도 그녀는 냉정하게 고개를 돌려 앞에서 당황함에 어쩔 줄 몰라 하는 남자를 보았다. 그는 오늘 그녀의 부탁 때문에 나온 친구였다. 미나가 친구를 째려보며 자리에서 일어난다.

"자리를 옮길까요? 여긴 조금 시끄럽네요."

내 마음대로 움직이거라, 아바타. 눈빛은 마치 그리 말하고 있었다. 그녀의 눈빛에 주섬주섬 자리에서 일어난 남자가 어색하게 웃었다. 하지만 곧 벼락같은 소리에 몸을 움찔 떤다.

"장미나!"

아아, 이게 무슨 상황이냐고요. 친구는 미나가 자신을 무시하자 설표가 팔을 거칠게 잡아채는 것을 보았다. 이러다 무슨 사달이라도 날 것처럼 보였으나 야차 같은 그의 표정에도 미나는 조금도 쫄지 않은 채 싸늘한 시선을 보냈다.

"강설표, 어린애처럼 굴지 마."

그녀의 완벽한 거절에 그의 세상이 뒤틀렸다. 비틀거리는 몸을 지탱하기 위해 다리에 힘을 꽉 준 그가 미나의 얼굴 위로 정처 없는 시선을 옮긴다.

뭐예요, 정말 선이라도 보는 거예요?

그가 그렇게 묻자 미나가 고개를 돌리며 서늘한 어조로 말했다.

"가, 여긴 네가 있을 곳 아니니까."

그의 커다란 몸이 천천히 뒤로 돌아갔다. 뚜벅뚜벅, 무거운 걸음을 옮기는 설표는 단 한 번도 발길을 멈추지 않은 채 왔던 길을 되돌아갔다. 그의 모습을 보던 미나가 고개를 거칠게 돌리며 읊조린다. 울음이 가득한 목소리였다.

"숭악한 놈, 그러니 얼른 내 앞에서 사라져."

그는 그 마지막 말을 듣지 못했다. 그리고 그녀의 눈물도 보지 못한다.

만약 들었다면 왜 숭악한 놈이냐 물었을지도 모른다. 눈물을 보았다면 왜 울고 있냐 물었을지도 모른다. 하지만 그런 기회조차 박탈당한 채 그는 성큼성큼 걸어 제 슬픔의 원흉인 그녀에게서 멀어지기 위해 애를 썼다.

그리고 도망쳤다.

장미나에게서.

기분 좋은 울림을 선물하던 그녀가 어느새…… 지독한 고통을 주고 있었다.

5

세상은 어느새 또다시 톱스타의 제대 소식으로 시끄러워졌다. 군부대 앞에 진을 친 카메라를 훑는 것을 보던 미나가 다리를 세운 채 화면에서 시선을 떼지 못하고 있었다.

[오늘은 드디어 강설표 씨의 제대 날인데요! 벌써부터 많은 분들이 배우 강설표 씨의 얼굴을 보려고 많이 모여 있습니다! 아시아 팬들부터 시작해 유럽 팬까지. 다양한 나라에서 팬층을 확보하고 있는 강설표 씨의 제대로 인해 연예계는 벌써부터 들썩이고 있는데요!]

입에 발린 멘트를 듣던 미나가 심드렁한 표정을 지었다. 하지만 이런 표정과는 달리 테이블에 올려둔 휴대전화가 웅웅 울리며 그녀의 손길을 기다리고 있었으나 그녀는 화면에서 시선을 떼지 못하고 있었다.

손으로 테이블을 탁탁 두드리던 그녀는 창밖의 맑은 공기가 열어둔 창틈 사이로 스치고 들어오자 그제야 시선을 돌려 작업실 한쪽 바구니에 잔뜩 쌓여 있는 편지봉투를 보았다. 요즘은 흔치 않는 손 글씨 편지는 죄다 한 사람에게서 온 것이었다.

미나가 손을 뻗어 가장 손때가 묻은 편지를 집어 들었다.

—장 작가님, 저에게 한 거짓말은 모두 용서할 수가 없습니다.

첫 문장부터가 협박으로 시작된 편지는 입대한 그에게 가장 먼저 받은 것. 결혼 역시 연극이었다는 사실을 누군가에게 들은 그는 그 후로 틈이 날 때마다 편지를 보내오고 있었다. 이틀에 한 번 꼴로 도착하는 편지에 대한 답은 단 한 번도 하지 않았다. 다만 이사를 온 주소를 설표에게 발설한 인간을 색출해 내기에 심혈을 기울였을 뿐이었다. 그리고 그 인간이 차 대표라는 걸 알게 되는 순간, 그녀는 완벽하게 그와의 연락을 끊어버렸다.

아아, 나쁜 인간 같으니라고. 어떻게 떨궈낸 집고양인데.

들고양이가 되길 바라며 어떻게 보냈는데.

미나가 눈을 끔뻑였다. 두 번째 편지까지 집어 들려던 찰나,

웅웅—

끈질기게 울리는 전화에 작게 신경질을 부렸다.

"귀찮게 누가 계속 전화질이야?"

그녀는 포기를 모르고 울리는 휴대전화에 미간을 찌푸리며 액정을 확인했다. 지난 2년여간 끈질기게 통화를 이어오고 있는 남자에게서 온 전화였다.

"무슨 일이에요, 철호 씨?"

[혹시 설표 장 작가님 댁으로 갔어요?]

철호의 이야기가 끝나기도 전 집 안을 가득 울리는 맑은 초인종 소리.

딩동.

그가 돌아왔다.

Snow Leopard

27
살,

새
끼
범

1

다시 돌아온 그는 망설임이 없었다. 흘러간 시간만큼이나 자라나 거침없이 장미나에게 파고들었다. 예전처럼 조심스러운 기색도 없었다. 자신의 마음을 그녀에게 솔직히 터놓으며 사정없이 뒤흔든다.

강설표, 그는 그녀에게 아무런 데미지도 주지 못했던 스무 살의 고양이가 더 이상 아니다. 스물일곱, 범이 되었다.

"키스해도 돼요?"

미나는 옆에서 들려오는 소리에 콧방귀도 뀌지 않았다. 요즘 들어 심심찮게 그에게서 들려오는 말 중 하나였다. 어느 때는 정말 입술부터 들이밀고 보니 오늘은 양호한 편에 속했다. 하지만 그녀는 늘 그랬던 것처럼 띠꺼움을 숨기지 않았다.

"발정 났니, 너?"

"네, 누구 덕분에요."

뻔뻔해진 설표의 말에 미나의 입에서 한숨이 터져 나왔다. 후악! 거친 숨소리에 설표는 입술을 부드럽게 휘며 매력적으로 웃었다.

7년, 그와 함께 보낸 시간이 자그마치 7년이다. 6년 전 그와의 이별을 위해 푸닥거리를 했다는 것이 믿기지 않을 정도로 지금은 그와 있는 시간이 당연하게 느껴지고 있다. 시간의 흐름은 어찌나 빠른지 눈코 뜰 새 없이 흘러갔다. 아니, 느렸던 시간이지만 4년 전 그가 다시 내 곁으로 돌아오고 난 후부터 멈춰 있던 시간이 이제껏 멈춰 있던 것까지 합쳐 흘러가듯 쏜살같이 흘러갔다.

그는 스무 살에 날 만난 이후로 늘 내 곁을 지켰다. 군 제대 후 스물네 살부턴 아예 끈덕지게 떨어지려고 하지 않는다.

그렇게 우리의 관계는 조금씩 변해간다. 미나의 나이가 스물여섯에서 서른셋이 되고, 그의 나이가 스무 살에서 스물일곱이 된 지금에도.

그를 떠나보낸 후 그녀는 영화판을 떠났다. 떠나기 전 아쉬움은 남았으나 미련은 없었다. 영화판을 떠나고 나서 가장 먼저 한 것은 집을 이사하는 일이었다. 스무 살, 어머니 집에서 나와 독립을 한 이후로 서른셋이 된 지금까지 이사를 수십 번이나 했기에 짐은 간단했다. 늘 그랬던 것처럼 자신의 흔적을 지우고 그림자에게서 도망가기 위해 그녀는 서울에서 바다가 한눈에 보이는 거제로 이사를 왔다. 가장 먼 곳으로 오고 싶어 한 결정이었다.

한동안은 어떻게 먹고살아야 할지 막막했지만 곧 그녀를 찾는 이들이 생겨났다. 그녀가 새로 둥지를 튼 곳은 TV 드라마였다. 체력이 거지 같은 덕분에 꾸준히 운동까지 해가며 여러 편의 드라마를 썼고 곧 성공도 거두었다. 첫 번째 드라마 〈파열〉은 복수극으로 주연 배우가 새삼스레 연기력으로 주목받으며 지금은 중화권을 통째로 집어삼키다 못해 아작아작 씹어 먹는 스타가 되었다. 두 번째 역시 어두운 분위기의 드라마로 막장 코드까지 적당히 섞어 시청자들이 좋아할 법한 스토리를 뽑아낼 수 있었다. 그런 그녀가 바뀐 것은 세 번째 드라마였다. 〈우리 집 고양이〉로 코믹 멜로 드라마였고, 이 드라마를 준비했을 때 설표를 다시 집에 들이기 시작했다. 가장 먼저 시놉시스를 보고 드라마 대본을 본 그는 자신을 이상하게 보기도 했었다. 그리고 뜬금없이 물었다.

"작가님, 나 좋아해요?"

"뭐?"

"나에 대한 사랑이 왜 이 대본에서 느껴지지?"

새끼 고양이에 어리기만 한 그라 생각했다. 예전엔 그가 나한테 입힐 수 있는 데미지는 발톱으로 내는 작은 상처뿐이라고. 하지만 그는 고양이가 아니었다. 고양인 줄 알고 주워왔던 것이 사실은 범 새끼였던 것이다!

미나는 곁에서 생글생글 웃고 있는 설표를 보았다. 냉랭한 얼굴이 늘어지게 웃고 있자 무서움마저 느낄 지경이었다.

"얼굴 저리 치워."

뺨에 숨결이 닿을 정도로 거리가 가까워지자 미나가 손을 들어 설표의 뺨을 밀어냈다. 두 사람의 공간은 바람결 하나 들어올 자리 없이 가까워지고 있었으나 열어둔 창문으로 불어오는 바람은 그 작은 틈을 찾아 이리저리 노닐었다.

뜨거운 바람에 미나가 인상을 팍 쓰며 그의 얼굴을 확 밀어냈다. 하지만 설표는 이번에도 끈질기게 몸을 떼지 않는다. 그의 사랑만큼이나 아주 끈끈하게 치덕거린다.

"더워, 절로 가라니까?"

"더우면 옷을 벗어요."

후덥지근한 여름이었으나 미나는 긴 팔과 긴 다리로 온몸을 칭칭 감싸고 있었다. 그가 미나의 옷차림을 보며 미간을 찌푸리자 그녀는 딱 잘라 고개를 저었다. 점점 가까워지는 그의 얼굴과 점차 자신 쪽으로 기울어지는 몸에 미나가 앉고 있던 의자가 기우뚱 기울었다. 왁, 넘어지겠다 생각하는 순간 설표가 그녀의 등을 커다란 손으로 받쳐 그녀의 몸이 쓰러지지 않도록 지탱해 줬다.

깜짝 놀란 토끼 눈이 된 미나가 자신도 모르게 얕은 숨을 내뱉으며 말했다.

"싫어."

"싫으면……."

그의 고개가 점점 아래로 내려왔다. 그의 자세는 거의 묘기를 부리는 수준이었다. 의자에서 엉덩이를 조금 뗀 그는 기우뚱 기울어 있는 그녀의 입술 위에 쪽 하고 입술을 맞추었다. 눈빛은 여전히 진중했으나 입술을 통해 흘러나온 말은 장난스러웠다.

"시집와요."

아아, 오늘도 나의 멘탈이 부서지는 소리가 머릿속에서 울려 퍼진다. 그는 말을 마친 뒤 다시 한 번 입술을 내려 미나의 입에 쪽 하고 입을 맞췄다. 입술을 벌려 입안으로 혀를 밀어 넣은 그가 달콤하게 치열을 핥았다. 고른 치아를 훑고 굳어 있는 미나의 혀를 톡톡 두드리며 움직이라 말한다. 하지만 미나는 반항이라도 하듯 입 아래에 혀를 축 늘어뜨린 채 가만히 있었다.

설표가 미나를 본다. 여전히 입을 맞춘 상태여서 시야가 확실히 확보되지 않았지만 그래도 또렷이 미나의 눈을 보았다. 이에 그녀도 그의 시선을 무시하지 않는다. 피하지도 않는다. 그들의 관계처럼.

커다란 손이 미나의 뺨을 감쌌다. 7년이란 시간, 그 시간 동안 그는 무럭무럭 자라났다. 그녀가 그녀만의 세계를 구축해 새로운 영역에서 꽃을 피웠듯 그도 아역배우에서 완전히 탈피해 1년에 두세 작품씩 하며 자신의 입지를 단단히 쌓아갔다. 그의 첫 영화 데뷔작인 〈프레데터:포식자〉에 든 관객은 800만, 신인상을 수상한 후 그는 홀연히 군대로 입대하였다. 이에 주위에선 우려가 많았다. 겨우 자리를 잡은 그에게 공백은 치명적이라 생각했기 때문이다. 하지만 이런 주위의 우려를 단숨에 불식시킨 제대 후 첫 작품 〈로딩〉에서 그는 당당히 천만 배우가 되었다. 물론 그가 주연도 아니었고 대한민국에서 내놓으라 하는 배우들이 총출동한 작품이었지만 그는 이로 인해 사람들의 인식에 연기를 잘하는 잘생긴 배우로 자리 잡을 수 있었다.

그리고 그는 배우로서뿐만 아니라 남자로서도 성장하였다. 솜털 뽀송뽀송하던 얼굴은 어느새 굵은 굴곡을 가지고 있었다. 새하얀 피부에 고양이처럼 귀엽고 도도하던 얼굴은 선이 굵은 완연한 남자가 되어 있었다. 지속적인 운동으로 달련된 몸은 그의 너른 품에 안길 때면 고스란히 느껴질 정도였고, 목소리 또한 중저음으로 낮아지며 이젠 가슴이 떨리다 못해 심장이 터질 지경이었다. 가끔 그의 옆모습에 자신도 모르게 가슴이 설레곤 했으니까.

이런 상태의 그를, 그녀는 너무나 용감하게도 또다시 자신의 공간 안에 둔 것이다.

"……성희롱으로 고소할 거야, 너."

그럼 아주 볼만하겠다. 연예면은 네 이야기로 아주 시끄러울 것이야!

그녀가 경고했다. 그러자 설표는 입술을 내밀어 그녀의 입술에 묻은 자신의 타액을 할짝이며 말했다.

"작가님이 절 아주 많이 사랑하고 있단 걸 알고 있어요."

"어딜 봐서!"

그녀가 그의 몸을 거칠게 밀어내며 자리에서 벌떡 일어났다. 그리고 거실 한쪽 벽, 커다란 창이 있는 쪽으로 걸음을 옮겼다. 푸르른 나무와 잔디는 그녀의 마음을 따스하게 만들어주었다. 터질 것처럼 뛰던 심장이 점차 안정되어 가는 것을 느꼈다. 하지만 손가락은 여전히 저릿하게 아팠다.

미나는 뒤에서 천천히 다가오는 발소리에 천천히 눈을 감았다. 곧 커다란 몸이 그녀를 따스하게 안아준다.

"작가님."

설표가 입술을 내려 그녀의 목덜미에 부드럽게 입술을 내렸다. 이에 미나는 어떠한 거부를 하지도 못한 채 입술을 악물 뿐이었다.

"사랑해요."

그녀가 만든 두터운 성벽을 날렵하게 뛰어오른 범은 마지막 보루로 남겨놓은 곳까지 거침없이 침범해 들어왔다. 그의 손길을 피하기 위해 아무리 악을 써도 피할 구멍이 없었다. 견고한 성은 그녀가 만든 것이었으니까. 빈틈없이, 아주 단단하게.

"자고 가도 되죠?"

설표는 아주 당연한 권리를 주장하듯 말했다. 그의 말에 미나는 그에게 뜨거운 커피가 담긴 커피 잔을 건네다 말고 몸을 움찔 떨었다. 커피를 확 그에게 끼얹어주고 싶은 심정이었다.

"스케줄 없어, 너? 왜 이렇게 한가해!"

저런 인간이 대한민국 0.01%에 드는 스타라니. 이해할 수가 없었다. 미나는 소파에 앉아 나른한 얼굴을 하고 있는 설표를 노려

보았다. 한 번 먹이를 주었더니 고양이는 끊임없이 자신의 집을 찾았다. 그리고 그 집이 제집인 양 군다.

아니, 아닌가? 그래, 그는 더 이상 고양이가 아니었다.

성인 남자의 눈을 하고서 자신을 바라보는 그의 모습에 미나가 자신도 모르게 한 발짝 뒤로 물러섰다. 위험 경보가 머리에서 윙윙 울리기 시작한다.

"집에 가."

"싫어요."

"여긴 내 집이야."

"그런가요?"

그러면서 그의 시선이 집 안을 훑기 시작했다. 그의 시선 끝에 닿아 있는 것들에 미나가 숨을 왈칵 들이마셨다.

"그런 것치곤 작가님 물건보단 제 물건이 많은 것 같아요."

그녀는 이사를 자주 다녔다. 집에 대한 애정이 없었고, 짐은 늘 최대한 간소화했다. 글을 쓰기 위해 필요한 컴퓨터와 프린터기 정도. 그리고 그녀가 사 모은 어마어마한 양의 책이 책꽂이에 가지런히 정돈되어 있었으나 책은 늘 이사를 갈 때 그녀의 과거 기억처럼 버리고 떠나는 것이었다.

하지만 이와 반해 설표의 물건은 참으로 많았다. 정원이 있는 이 집으로 이사 온 뒤, 그는 간혹 이 집에 들르면서 자신의 물건을 하나둘 남기기 시작했다. 칫솔처럼 아주 사소한 것부터 시작해 아령 같은 꼭 필요 없는 물건까지. 어느 날은 커다란 트렁크에 짐을 신고 와 뻔뻔스럽게 집에 들이닥친 적도 있었다.

"그게 뭐야?"

"화보 찍고 바로 왔어요."

그의 말에 그녀는 그때 당시엔 별말 없이 고개를 끄덕였으나 트렁크에 담긴 것은 간편한 옷 몇 벌과 외출할 때 입을 수 있는 옷가지 몇 벌 그리고 다섯 개에 달하는 속옷이었다. 그가 둘러댄 말이라는 것을 알았을 땐 이미 늦은 후였다.

미나는 콧잔등에 주름을 잡은 채 설표를 향해 강력한 경고를 남겼다.

"싹 가지고 가."

가져가지 않으면 모조리 불태워 주지! 그녀가 으름장을 놓았음에도 불구하고 그는 입가에 매력적인 미소를 내걸며 말했다.

"싫어요."

아아, 저 뻔뻔스런 자태 좀 보소.

미나는 순간 울화통이 치밀자 그에게 건네려 했던 커피를 테이블 위에 올려놓은 채 팔짱을 꼈다. 185㎝에 달하는 남자를 내려다보는 기분은 썩 좋았다. 마치 그를 거느리는 것 같은 느낌이 들었으니까. 하지만 강설표가 누구인가, 고집불통에 앞뒤 가리지 않는 돌격대장이다.

그녀가 여전히 인상을 굳힌 채 말했다.

"넌 왜 맨날 싫다고만 그래?"

"작가님이 그렇게 만드시잖아요."

그가 곧장 말을 툭 내뱉자 미나의 얼굴이 얼음장처럼 차갑게 변했다. 얼굴은 마치 '내가 왜? 내가 뭐? 내가 뭘 했다고!' 라고 외치는 것 같았다. 하지만 이러한 말을 입 밖으론 내뱉지 않았다. 이말에 돌아올 답을 이미 몇 번이나 들었기 때문이다.

"작가님은 고집쟁이에요. 맨날 도망만 가고. 알고 있으면서도 피하고."

주어가 빠진 말이었지만 그녀는 알고 있었다. 무엇을 알고 있는지, 무엇에서 도망을 가고 있는지. 그를 집 안에 들이고 제 공간을 내어주었음에도 끝을 그에게 내어주지 않은 것은 그를 제 곁에 두고 싶었기 때문이다.

제 속에 있는 괴물은 어떤 식으로 발현되어 위협할지 몰랐으니까.

한 치도 물러섬 없는 그의 모습에 미나의 입에서 한숨이 푹 흘러나왔다. 한숨이 의미하는 바가 무엇인지 잘 알았기에 설표의 얼굴 또한 곧 밝아진다. 모든 감정을 극 중에서만 쏟아내는 그는 평소엔 늘 무표정하고 차가웠다. 가끔 브라운관 속 그를 보았을 때 정말 그게 강설표가 맞을까, 생각한 적도 있었다. 그리고 지금 또한 마찬가지다. 냉랭했던 표정이 순간 밝아지고 얼굴 가득 행복감을 머금은 그의 모습에 그녀 또한 웃음 짓고 말았다.

"침대는 안 돼."

그녀가 자신의 공간을 확실히 말했다. 저번에 자고 갔을 때도, 그전에 자고 갔을 때도 침대를 빼앗겼기에 이번에는 사수하고 말겠다는 얼굴이었다. 하지만 설표는 이런 그녀의 노력을 비웃기라도 하듯 그녀의 말문을 단숨에 막아버렸다.

"그 침대 누가 샀죠?"

"……."

"오늘도 바닥에서 주무실 거예요?"

그러며 웃는 꼴에 미나가 입술을 앙 깨물었다. 그의 눈빛 속에 숨기지 못한 장난기가 가득했다.

"당연하지! 남녀칠세부동석 몰라? 어디 과년한 여자가 남자랑 같이 잘 수 있어?"

미나가 고개를 팩 돌리며 입술을 뾰족 내밀며 투덜거렸다. 그럼에도 그의 따가운 시선이 뺨에 느껴진다.

설표는 어깨를 으쓱이더니 자리에서 일어나 미나에게 다가간다.

"뭐 그러시던가."

그와의 거리가 가까워지자 미나가 더욱 고개를 돌려 버린다. 두근두근, 그의 발과 바닥이 스으스으 스치는 소리가 들리자 온몸이 긴장으로 뻣뻣하게 굳었다. 심장은 뛰고 말도 안 되는 망상으로 속이 울렁거리던 그때, 그가 자신의 어깨를 스치고 지나가자 다리에 힘이 풀려 몸이 휘청거렸다.

아, 깜짝이야.

그녀가 입 밖으로 튀어나오려는 말을 집어삼켰다. 그가 자신의 팔을 스치고 지나가 침실로 들어갔다. 그의 뒷모습을 허망하게 보던 미나가 거칠게 머리를 쓸어 올렸다.

"장미나, 정신 차려."

왜? 날름 그에게 잡아먹어 달라고 애원이라도 하지.

미나가 울렁이는 눈동자로 고개를 바닥으로 뚝 떨어뜨렸다.

"미치겠다, 정말."

눈길이 정신없이 이리저리 헤맨다. 길을 잃은 어린아이처럼 불안함에 사로잡힌 눈망울엔 어느새 포기로 일렁인다.

바닥에 이불을 깔고 누운 미나가 천장을 바라보며 눈을 깜빡였다. 몸은 녹아내린 것처럼 힘 한 자락 들어가지 않았으나, 연거푸 퍼마신 커피로 인해 쉬이 잠이 오지 않았다. 작작 마실걸. 미나는 눈을 감으며 설표가 그만 마시라고 할 때 멈출걸, 하며 후회했다. 그의 잔소리에 괜히 삐뚤어져서 커피를 사약 마시듯 들이켠 게 죄다.

자리에서 일어난 미나가 협탁 위로 손을 뻗었다. 손가락 끝에 담배와 라이터가 만져지자 곧장 새하얀 담배 하나를 꺼내 입에 물었다. 니코틴을 충족하면 조금 나아지리란 생각과 함께 담배 끝에 불을 붙이려 할 때였다.

살과 바닥이 부딪히는 소리가 음산하게 들렸다. 치익, 소리와 함께 라이터 불을 켰으나 그녀는 어둠 속에서 빛나는 눈빛에 그녀의 행동이 멈췄다. 마치 포식자 앞에 선 약한 초식동물처럼 겁까지 집어먹어 버렸다.

스륵, 스르륵. 그가 자신에게 천천히 다가왔다. 불을 켠 라이터가 그녀의 담배 끝을 태우기 전에 빼앗겼고, 입에 물려 있던 담배 또한 그의 손에 두 동강이 났다.

"어린애예요?"

한쪽 무릎을 꿇고서 그녀와 시선을 맞춘 그는 자신의 손 밑에서 일그러진 담배를 다시 협탁 위에 올려놓았다. 손에 담뱃재가 묻었으나 개의치 않는 모습이었다.

"뭐가?"

미나가 낮은 목소리로 물었다. 갑작스레 나타나 자신의 기호식품을 두 동강 낸 그에게 화를 낼 법도 하지만 이미 여러 해 동안 겪어온 일이기에 아무렇지도 않은 얼굴이었다. 자면 담배를 태워야지, 라는 안일한 생각 정도만 하며.

"잠자리까지 봐줘야 하고."

내가 너보다 여섯 살이나 많거든? 이라 따져 묻고 싶었으나 그럴 수가 없었다. 그는 자신보다 더 어른스러운 면이 많았고, 생각 또한 깊었다. 스무 살의 그는 어린아이 취급할 수 있었으나 지금의 그에겐 그럴 수가 없다.

그가 잠자리를 봐줘야 한다는 말은 아마도 잠에 들기 전까지 감시를 해야 하냐는 말일 것이다. 하지만 미나는 짐짓 모른 척 뽀스락 소리를 내며 다시 자리에 누우려 했다. 이를 그는 가만히 두고 보지 않았다. 그가 억센 손길로 그녀의 팔목을 잡았다.

"담배 끊었다고 하지 않았어요?"

"……."

이런.

그에게 거짓부렁으로 담배를 끊었다고 말한 것이 떠올랐다. 습관적으로 담배를 찾은 자신의 주리를 틀어버리고 싶을 지경이었으나 입이 열 개라도 할 말이 없는 그녀는 입술만 악물 뿐이었다.

그가 고개를 천천히 숙였다.

"담배 피다 걸리면 어떻게 한다고 그랬더라?"

"……우씨."

그녀가 신경질을 부렸다. 하지만 그는 답을 기다릴 필요가 없다 판단한 것인지 그녀의 입술에 입을 맞추려 했다. 왜 담배를 피냐는 그의 물음에 '입이 심심해서'란 변명거리를 늘어놓은 것이 실수라면 실수였다. 이에 그는 매력적으로 웃으며 말했다.

"그럼 심심하지만 않게 하면 되겠네요?"

그 후로 그는 그녀가 담배만 입에 물고 있으면 하얀 막대기와 원수라도 지었는지 죄다 부러뜨렸다. 그리고 짧게 입을 촉 맞춘다. 처음에는 몇 번 당황하여 그에게 입술을 내어준 그녀였지만 이젠 눈치란 것이 생겨 둔한 몸을 재빨리 옆으로 틀었다. 그의 입술이 갈 곳을 잃고 허공에서 멈췄다.

"내가 왜 그래야 하는데!"

"손가락 걸고 약속했으니까요."

"그땐 내가 와인에 취해서⋯⋯!"

그는 장미나에 대해서 잘 안다. 술만 취하면 뭐든 Yes를 외치는 예스걸이 된다는 사실도. 미나가 억울하다는 듯 외치자 설표가 한심하다는 듯 눈을 게슴츠레 떴다.

"누가 내일은 없는 사람처럼 마시래요? 그리고 작가님이 손가락 걸고 직접 입으로 약속하신 거잖아요. 한 입 가지고 두말하는 건 어린애들이나 하는 거예요."

"⋯⋯너 지금 나 애 취급하냐?"

"설마요, 제가 어떻게 작가님을 애 취급해요?"

그렇게 말한 설표가 피식 웃음을 내뱉었다.

"작가님은 처음부터 저에게 여자였어요. 이 세상에 단 한 명 있는 여자."

자신이 생각해도 기가 막히다는 듯 웃는 모습에 미나가 입술을 앙다물었다. 무슨 말을 해야 할지 몰라 시선을 피하긴 했으나 그녀의 머릿속에 둥둥 떠다니는 말.

나도.

짧은 답이었으나 그 말이 가질 무게가 결코 가볍지 않음을 알기에 그녀는 오늘도 침묵으로 그의 마음을 밀어냈다.

어느 순간 까무룩 잠이 들었던 건가. 미나가 멍한 눈을 연신 깜빡이며 천장을 보았다. 분명 설표를 보낸 후 바닥에서 잠이 들었는데, 그녀의 시야에 들어오는 것은 자신의 침실 천장 벽지였다.

늘 그랬던 것처럼 그가 자신을 침대로 옮겨놓은 듯했다. 밤에 그의 손길이 어디에 닿았을까, 생각하던 미나가 미간을 찌푸리더니 시답잖은 말을 툭 내뱉는다.

"살 좀 쪘는데."

천천히 눈을 떴다 감은 미나가 피식 웃음을 내뱉는다. 상체를 일으켜 이불을 걷고 멍하니 서 있던 미나가 자신도 모르게 습관적으로 팔을 뻗어 협탁 위를 더듬었다. 당연히 닿아야 할 담배와 라이터가 손끝에 닿질 않는다. 미나의 미간이 찌푸려졌다.

"아아. 강설표가 있지, 참."

집에 설표가 있다는 것은 강제적인 금연을 해야 한다는 말이었다. 지난밤 그에게 몰래 담배를 태우고 있다는 사실이 들통 나 혼쭐이 났으면서도 아침에 습관적으로 담배를 찾는 자신의 모습에 한숨을 내뱉었다.

"끊어야 하나."

니코틴의 노예가 되었다 생각하자 슬슬 기호식품을 멀리할 때가 왔다는 것을 깨달았다. 그러고 보니 나이가 먹으면서 피부도 급격히 안 좋아지는 것 같기도 하다.

서른셋, 오늘이 다르고 내일이 다른 나이에서 그녀는 평생 자신의 친구가 되었던 것들과 이별을 해야 할 때가 왔다는 사실을 깨달았다. 후, 입에서 깊은 한숨이 흘러나온다.

"그래, 강설표, 네가 이겼다."

그녀의 입에서 자조 섞인 말이 나올 때였다.

"뭐가요?"

언제 온 것인지 설표가 문간을 밟은 채 몸을 비스듬히 문틀에 기대어 서 있었다. 아침부터 일어나 그녀의 집 안에 너절하게 늘어놓은 운동기구와 한판 결투라도 벌인 것인지 이마가 땀으로 젖어 있었다.

부지런하기도 하지, 쯧!

그의 땀방울을 본 미나가 혀를 끌끌 차며 말했다.

"배우는 아무나 못하겠다, 너 보니까."

"아무나는 못하지만 작가님은 할 수 있어요. 예쁘니까."

"……."

모공 하나 없는 반반한 낯짝으로 그러한 말을 하니, 방금 전 늙어간다며 신세한탄을 했던 자신을 비웃는 것 같았다. 미나가 미간을 찌푸리며 그가 움직이는 것을 보았다. 그가 가까이 다가오자 땀 냄새가 훅 하고 코끝을 찔렀다. 다른 이들이었다면 그 땀 냄새에 코라도 틀어막았겠지만 그는 달랐다. 그에게서 풍겨져 나오는 아우라와 잘생긴 얼굴 때문일까. 자신의 코가 땀 냄새에 뒤섞여 있는 그의 체향을 기가 막히게 찾아낸다.

페로몬 충만한 냄새에도 미나가 미간을 찌푸리며 몸을 뒤로 물렸다. 그는 어느새 자신의 앞까지 와 있었다.

"발가락 다 없어지겠다. 아, 닭살. 어떻게 할 거야? 내 발가락이 없어졌어."

그녀가 장난 섞인 어투로 말했다. 그러자 설표가 한쪽 무릎을 꿇고 자리에 앉더니 그녀의 팔을 잡아 자신의 쪽으로 잡아당겼다. 그가 하는 행동을 눈으로만 좇던 그녀는 설표가 입술을 내려 자신의 발가락 위에 입을 맞추는 모습에 입을 떡하니 벌렸다.

"여기 있는데?"

그러면서 피식, 웃음을 내뱉는다. 온몸에 소름이 오소소 돋아났다.

그는 다시 입술을 내려 자신의 발등 위에 입을 맞추고 좀 더 입술을 올려 발목에도 입을 맞췄다. 그러다가 긴 바지에 가로막혀 입을 맞출 수 없게 되자 미간을 찌푸린다.

"벗겨도 돼요?"

"……죽는다."

허기진 짐승처럼 매서운 눈빛과 일렁이는 욕망에 미나가 힘을 주어 그의 손길에서 벗어난 뒤 자리에서 벌떡 일어났다. 얼굴이 터질 듯 붉어졌으나 목소리는 까칠했다.

"아직 한참은 멀었다, 아가야."

미나가 심드렁한 목소리를 부러 만들어낸 뒤 흥! 하고 콧방귀를 뀌었다. 예전 같으면 그의 마음에 스크래치를 남겼을 말이었지만 7년이란 시간 동안 단단한 벽을 두르고 있는 그녀의 곁을 맴돈 그는 단단하고 강해졌다.

설표는 자리를 벗어나려는 미나의 어깨를 붙잡아 도망가지 못하게 했다. 그리고 엄청난 키 차이에 시선이 삐뚜름하게 맞닿자, 고개를 내려 미나의 눈길을 옭아맨다.

"아닌데?"

그러면서 입술을 크게 늘어뜨려 웃는 그의 모습에 미나가 도망도 가지 못한 채 그 자리에서 얼어붙었다. 아아, 얼굴이 조금만 못생겼어도, 아니, 그와 함께 있는 시간이 조금만 적었어도 저 잘난 낯짝을 밀어낼 수 있을 텐데.

"조금만 하면 넘어올 것 같은데요?"

마치 정신을 놓은 사람처럼 멍하니 그의 눈빛을 보던 미나는 그의 말에 애써 가출했던 정신을 붙잡아왔다.

"나 그렇게 쉬운 여자 아니다."

"전 쉬운 남자예요."

작가님에게만은.

"……."

"그러니까 눈 감고 한 번만 당겨봐요. 무엇이든 해줄 테니까."

그래, 정말 그의 손만 잡으면 그는 뭐든지 해줄지도 모른다. 그는 이젠 너른 품을 가지고 있었고, 자신의 양손을 다 잡을 수 있을 만큼 커다란 손을 가지고 있었다. 남자가 되었고 성인이 되었으며 나약한 그녀와는 달리 진취적으로 앞을 향해 달려나가는 중이었다.

저 손을 잡을까? 그가 내민 손을 잡기만 하면 무엇이든 다 해결이 되지 않을까?

고민하는 얼굴로 그의 손을 멍하니 바라보던 미나의 낯빛이 어두워졌다.

"……."

그녀는 이번에도 아무런 결정을 내리지 못한다. 자신의 욕심으로 그의 손을 잡기에 강설표는 스무 살의 그때와는 달리 훨씬 높은 위치에 올라 있었다. 그녀의 예상대로였다. 그는 이젠 더 이상 미래가 기대되는 배우가 아닌 잘나가는 탑배우가 되었다. 그녀로 인해 무너져 내릴 그의 인생과 그의 커리어를 생각하면 쉬이 저 손을 잡을 수가 없었다.

손에서 시선을 뗀 미나가 고개를 들어 그의 눈을 보았다. 검은 눈빛은 처음 그녀가 반했던 그때보다 더 단단해지고 많은 색을 담고 있다. 그리고 지금 그 색 중 가장 큰 것이 실망이다.

그는 이번에도 그녀가 자신을 밀어낼 것이란 것을 알고 있었다. 그의 마음에 착착 쌓이고 있는 것은 수많은 거절과 슬픔. 지난 7년을 그녀는 끊임없이 그를 밀어냈고 상처 주었다.

놓아야 해.

그 생각에 미나의 눈빛이 흔들렸다.

놓을 수만 있었다면…… 진즉에 놓았겠지.

"머리 감아야겠다. 간지러워."

완곡한 거절이 아닌 이번에도 에둘러 상황을 모면한다. 그녀의 말에 설표는 한 발짝 뒤로 스스로 물러났다.

"네, 아침 준비해 놨어요. 씻고 나오세요. 나도 씻어야겠어요."

그렇게 말하며 웃는 설표의 얼굴이 슬픔으로 일그러진다.

그 모습을 차마 바라볼 수가 없어 미나가 서둘러 침실을 벗어났다.

뒤로 자신의 행동을 좇는 그의 시선이 느껴진다.

그는 언제나 날 보고 있다.

요즘은 삼색 슬리퍼도 다양한 색이 나온다. 핑크색도 있고 흰색도 있으며 노란색도 있다. 하지만 설표가 신고 있는 삼색 슬리퍼는 미나의 것으로 검은색의 싸구려 고무로 만들어진 한 켤레에 3,000원 짜리였다. 남들 앞에선 늘 한 벌에 수천만 원에 달하는 슈트를 입고 어느 나라 장인이든 수제 구두만 신으며 손목에 걸치고 있는 시계만 해도 수천에서 수억까지 하는 시계를 차는 그에겐 참으로 어울리지 않는 모습이었으나 미나의 집에 있을 땐 늘 이런 차림이었다.

편안한 추리닝을 걸친 그가 삼색 슬리퍼를 질질 끌며 시골길을 걷고 있었다. 한 마을에 서른 가구도 되지 않는 이곳은 그를 알아 보는 이들이 많지 않았다. 영화를 보려면 마음을 먹고 큰 장터가 열리는 곳까지 족히 30분은 버스를 타고 나가야 하는 곳이었기에 TV 드라마에 출연하지 않는 그를 알아보는 일들이 없는 것이다. 그녀가 이곳으로 이사를 올 때 이런 그의 상황 또한 고려해 집을 구했다는 것을 그는 알지 못했다.

그는 한 손에는 검은 봉지를 들고 있었는데 안에서 연신 맥주 캔이 부딪히는 소리가 들렸다. 흔들리면 안에 있는 것들이 맥주 캔을 따는 순간 밖으로 분출된다는 것을 알면서도 그는 갑작스레 전화를 걸어온 철호 때문에 여기까지 신경을 쓰지 못했다.

[야, 내가 조심하라고 했지!]

"뭐가?"

버럭, 소리부터 지르는 철호 때문에 그가 미간을 찌푸리며 물었다. 그의 주위에는 주어를 빠뜨리며 대화의 문을 여는 사람들이 참 많았다.

[오늘 서울 스포츠에서 연락 왔어! 네 스캔들 기사 낸다고! 이게 도대체 몇 번째야?]

철호의 목소리가 제법 뾰족했으나 설표는 신경조차 쓰지 않았다.

"그래서?"

[그래서는 뭐 그래서! 돈 주고 막았지.]

"잘했어."

[후, 내가 정말 너 때문에 못 산다.]

스무 살, 설표가 지금보다는 훨씬 밑에 있을 적부터 미나와 그의 관계를 알아온 철호는 그에게 미나의 집에 가는 걸 자제하라 몇 번이고 말을 했었다. 스무 살 때엔 그도 성인이고 남자라는 생각에 두 사람 관계를 묵인했던 그였지만 지금은 조금 달랐다. 설표의 마음은 잘 알았으나 스캔들은 치명적이니 되도록 나지 않도록 조심에 조심을 기하라 했다.

하지만 설표는 이를 무시했다. 스물넷, 그가 제대 후 데뷔하는 영화 시사에서 그는 사랑하는 사람이 있다 말했다. 이미 스무 살 때 방송에서 공식적으로 좋아하는 사람이 있다 말한 적이 있었기에 사람들의 관심은 더욱 뜨거웠다.

—강설표, '사랑하는 사람이 있습니다.' 7년째 이어져 오고 있는 순애보.

다소 유치한 헤드라이트 밑으로 그가 마음에 품고 있는 여자가 프레데터 때 그 여자라는 것을 자세히 설명한 기사는 순식간에 사람들 사이에서 이슈가 되었다. 보통 남자 연예인의 연애 사실이 알려지면 팬들의 외면을 받는 것과는 달리 그의 순애보는 여성들의 심금을 울렸던 것인지, 그의 팬클럽 숫자는 더욱 늘어났고 그가 사랑하는 사람이 누구인지 찾기에 혈안을 올렸다.

같이 작품을 한 배우의 이름이 거론되기도 하였고, 우연히 같은 촬영지에서 화보를 찍었던 모 아이돌 여가수의 이름도 거론되었으나 미나의 이름이 나온 적은 한 번도 없었다. 만약 그녀의 이름이 거론되었다면 설표는 지금쯤 그녀의 곁에 있지도 못했을 것이다.

[언제 올라올 거야? 너 차기작 안 해?]

"지금은 쉴 거야."

[야! '지금은'이라니! 너 진짜, 계속 탱자탱자 놀면 사람들이 강설표는 까마득하게 잊는다고! 연예계가 얼마나 냉혹한데, 지금 이 자리에서 안주하는 순간 끝이야!]

또다시 그의 잔소리가 이어졌다.

"지금은 장 작가님 곁에 있을래."

[아오, 진짜! 그럼 도미니크 감독이 제안한 거라도 한다고 이야기하던가!]

도미니크 감독은 유명한 SF영화를 내놓은 사람으로 전 세계인의 사랑을 받고 있는 감독이었다. 그런 그가 차기작을 준비한다는 소식은 헐리웃에서도 핫 이슈로 떠오르며 그의 차기작에 대한 기대를 키워 나가는 중이었다. 이번에는 새롭게 준비하는 액션물은 투자액부터 시작해 규모까지 한국의 영화와는 수준이 달랐기에 소속사에선 설표에게 강력히 이번 영화 촬영에 참여하자는 입장이었지만 그는 달랐다.

"싫어. 촬영하면 해외에 오래 나가 있어야 하잖아."

[장 작가님한테 말씀드린다?]

"그 즉시 잠수 탈 거야."

미나의 한마디면 무엇이든 할 설표였기에 철호가 슬쩍 말을 꺼냈다. 하지만 그 말이 설표의 화를 돋운 것인지 그가 차가운 어투로 말했다.

[후, 일단 알았다. 서울 올라오면 보자.]

짧은 통화를 마친 설표는 저 멀리 보이는 미나의 집에 힘껏 걸음을 옮겼다. 비밀번호를 누르고 집 안으로 들어선 그는 귀를 울릴 만큼 커다란 클래식 음악에 조심스럽게 거실로 향했다.

거실 벽에 걸린 커다란 브라운관에선 영화가 나오고 있었다. 그녀를 알게 되면서 그도 세 번이나 본 영화였다.

피아니스트. 아직도 명작으로 꼽히는 작품이었다. 화면에서 시선을 떼지 않고 있는 미나의 곁에 앉은 그는 맥주 캔을 따 미나의 손에 올려주었다. 그러자 영화에 집중을 하고 있으면서도 그녀는 기계적으로 맥주를 마신 뒤 바닥에 맥주 캔을 내려놓았다. 그의 시선이 다시 브라운관으로 향했다.

로만 폴란스키는 수많은 영화를 내놓으며 2014년 39회 세자르 영화제 감독상을 수상한 사람이었다. 그의 많은 필모그래피 중 미나가 가장 좋아하는 작품은 2차세계 대전의 참상을 고발한 영화 중 최고로 꼽히는 피아니스트(The Pianist, 2002)였다. 대한민국이 월드컵으로 뜨거웠던 그 당시, 축구의 축 자도 모르는 그녀는 피아니스트를 보며 뜨거운 눈물을 흘렸다.

나치의 만행은 그녀가 초등학교에 들어가기 전 처음 읽은 〈안네의 일기〉에서 처음 알았고 그 후로 역시나 명작으로 꼽히는 쉰들러리스트(Schindler' s List, 1993)를 통해서도 잘 나와 있어 알고 있었지만 쇼팽의 야상곡이 가장 먼저 떠오르는 피아니스트를 통해선 극한의 허기와 추위, 고독과 공포 속에서 마지막까지 생존을 지켜 나가던 스필만을 통해 적나라하게 알 수 있었다.

화면에선 독일 장교에게 발견된 스필만이 어쩌면 마지막 연주가 될지도 모르는 피아노 연주를 하고 있었다.

생존의 문제는 현실 속에서 뼈저리게 잘 알고 있는 그녀는 벌써 열 번은 더 본 이 영화에서 오늘도 뜨거운 눈물을 흘렸다.

곁에서 티슈를 뽑는 소리가 들렸으나 미나는 화면에서 시선을 떼지 못한 채 그가 건네는 휴지를 받아 들었다.

눈물을 닦고 흔적을 지운다. 끔찍한 기분이 들었지만 영화에선 시선을 떼지 못했다. 뛰어난 연기와 극본, 연출은 오늘도 그녀의 심장을 뜨겁게 휘저었다.

"왜 볼 때마다 울면서 봐요?"

곁에서 들려오는 소리에 미나는 떨림이 가득한 목소리로 말했다.

"그러니까 보고 싶은 거야."

답은 쉽고 간단했다. 하지만 말 그대로를 받아들이기엔 문제가 있었다. 볼 때마다 울면서 보고 싶다. 그건 설표에겐 너무나 어려운 말이었다. 그래서 되물었다.

"그게 무슨 말이에요?"

"울고 싶으니까. 간혹 정말 미치게 울고 싶을 때가 있는데, 눈물이 안 나오거든."

그러면서 미나는 마지막 맥주를 벌컥벌컥 들이켰다. 벌써 500㎖ 맥주 캔을 네 캔이나 비워냈다. 긴 영화긴 했으나 생각이 날 때마다 맥주를 들이켰더니 세상이 어지럽고 속이 울렁거렸다. 하지만 미나는 말을 멈추지 않았다.

"그때 보는 거야."

오늘 울고 싶다는 말이었다. 지금 이 순간, 지금처럼 펑펑 눈물을 흘리고 싶단 말이었다.

"그럼 저한테 말하면 되잖아요."

그녀는 눈물의 흔적을 말끔히 지워낸 뒤 설표를 보았다. 설표의 눈빛이 흔들리고 있었다. 그리고 그건 알코올에 절어버린 그녀 또한 마찬가지였다.

"왜? 위로라도 해주게?"

설표가 고개를 끄덕였다. 그 모습에 미나가 피식 자조 섞인 웃음을 내뱉었다.

"설표야, 위로란 말이야. 상대의 감정을 이해할 때 할 수 있는 거야. 넌 내가 왜 울고 싶은지, 내가 어떠한 생각을 가지고 있는지 전혀 모르잖아."

"……."

찌릿, 가슴이 저려온다. 미나도 설표도.

그녀는 세상 모든 일을 비관적이게 보고 희망이란 말은 세상에서 가장 말도 안 되는 단어라 생각했다. 그녀는 여전히 염세적인 사람이었다. 인생을 포기한 사람처럼 굴었다. 여전히 그녀는 설표가 먹을 것을 가지고 오지 않으면 먹지 않았고, 잠을 자는 시간도 들쑥날쑥했다. 여전히 배가 고프면 커피나 맥주부터 찾았고 이마저 없으면 잠을 잤다.

미나의 곁을 오래 지키면 지킬수록 설표는 불안했다. 그녀와 처음이자 마지막으로 작업했던 프레데터의 애정처럼…… 그녀 또한 사라져 버릴 것 같았다. 가장 행복한 순간에.

"이해할 여지를 주지 않은 건 작가님이에요. 미리부터 겁먹고 절 밀어낸 건 작가님이라고요!"

자리에서 일어난 설표가 거칠게 소리쳤다. 일그러진 얼굴은 끔찍한 그의 감정을 단적으로 보여주었다. 고개를 한껏 치켜들어 그의 모습을 멀뚱히 보던 미나가 어설프게 웃는다.

"넌 나에게 있어 가장 가까운 사람이기도 하지만 가장 먼 사람이기도 해."

냉정한 그녀의 말에 설표의 얼굴이 일그러졌다. 날카로운 눈매가 상처받은 짐승처럼 아래로 처졌고, 그건 입꼬리 또한 마찬가지였다.

슬픔을 가득 담은 얼굴로 그가 말한다.

"사랑해요."

이젠 인이 박힌 말. 지금 이 순간 그는 이 말밖에 할 수 없었다.

"당신을 사랑하니까 당신이 어떠한 상황에 있든 어떠한 감정을 느끼든 모두 이해할 수 있어요. 왜 날 밀어내기만 해요? 왜 이렇게 마음에 거리를 두는 거죠? ……작가님, 난 작가님에 대해 모든 것을 알고 싶어요."

"알면 도망갈 거야."

"왜 그렇게 확신을 하시는 거예요? 절대 그럴 리 없어요."

"세상에 절대적인 건 없어. 특히 사람에게 있어선."

"……."

그녀는 세상 모든 일을 포기한 사람처럼 굴었다. 그게 그는 너무나 마음이 아팠다.

어느새 영화가 끝나고 출연진과 제작진의 이름이 차례대로 검은 화면 위에 떴다가 사라진다. 하지만 설표와 미나는 주위에 무슨 일이 일어나든 상관없이 서로만 바라보고 있었다.

장미나가 만든 세상, 그 속에 있는 두 사람은 시간의 흐름 또한 거슬렀다.

"……믿어주면 안 될까요? 나 아파요."

설표의 말에 그녀가 용기 내어 말했다.

"나도 아파."

한 번도 그의 앞에선 감정 한 터럭 보여주지 않던 그녀다. 한 번 비집고 나온 감정은 소리 소문 없이 감정의 둑을 무너뜨리고 그 속에 담겨 있던 지독하고 더러우며 고약한 냄새가 나는 것들이 쏟아져 나올까, 그녀는 줄곧 입을 다문 채 외면했다.

하지만 술기운 때문일까. 아니면 그의 일그러진 감정 때문일까. 아니, 술 때문은 아니었다. 술 때문이라 하기엔 그녀의 표정도, 마음도, 눈빛도, 말투도, 모든 것들이 올곧고 평온했다.

설표가 가슴을 씨근덕거렸다. 그런 그의 모습에 미나의 고개가 아래로 뚝 떨어졌다.

"너한테서 냄새나."

"……"

알 수 없는 그녀의 말에 설표는 입을 다물었다. 그녀의 뒷이야기를 기다리는 것이리라. 이에 그녀는 입술을 부드럽게 휘며 웃었다. 무언가를 포기한 듯 애달파 보이는 미소였다.

"나랑 똑같은 냄새."

그의 몸에서도 썩은 냄새가 난다. 그리고 그를 이렇게 만들어버리는 것은 그녀 자신이었다.

어쩜 모든 것을 보여주고 진즉에 그가 자신에게서 도망가도록 만들었어야 했는지도 모른다. 아니, 지금이라도 그렇게 해야 했다.

미나가 자리에서 일어났다. 시선은 차마 그를 향하지 못하고 어

느새 검게 변한 브라운관을 보았다. 갈 곳 잃은 시선과는 달리 그
녀는 입고 있던 기다란 카디건 자락을 잡았다. 미나의 행동에 그
가 놀란 듯 눈을 크게 떴다.

"뭐 하시는 거예요?"

그의 말에도 그녀는 손을 멈추지 않았다. 입고 있던 얇은 카디
건을 벗은 그녀가 옆으로 툭 떨어뜨린다. 그리고 여름임에도 불구
하고 팔목까지 모두 가리는 옷을 입고 있었다. 그가 팔을 뻗어 그
녀의 행동을 막으려 했지만 그녀의 손이 더 빨랐다. 그녀는 새하
얀 티셔츠를 올려 제 속을 보여주었다.

음식을 즐기지 않는 몸은 비쩍 말라 있었다. 새하얀 브래지어가 보
였지만 그녀의 몸 위에 남아 있는 상흔에 그것이 눈에 들어올 리가
없었다. 납작한 배 위, 척 보기에도 오래된 상처들이 눈에 들어왔다.

"……"

"……"

두 사람 사이로 침묵이 흘렀다. 꽤 길고 무거운 것이었다.

아아, 다 끝났구나. 그렇게 생각하자 미나의 눈에서 눈물이
툭— 하고 떨어졌다. 무게감을 이기지 못한 눈물이 연이어 후둑후
둑 떨어졌다.

미나의 눈에서도, 설표의 눈에서도 눈물이 흘렀다.

"넌 날 지켜줄 수 있니, 강설표?"

그녀가 물었다. 울음이 섞이진 않은 목소리로. 올곧은 목소리에
그가 더듬더듬 뒤로 물러났다.

"난 도망쳐야 해, 김정호에게서."

김정호는 애정의 친부 역할의 이름이었다.

"……."

설표는 아무런 말도 하지 못했다. 자신을 지켜줄 수 있냐 묻는 그녀의 말에도, 그리고 그녀가 꺼내놓은 끔찍한 현실에도.

"가해자지만 가족이야. 그 사람에게서 벗어나기 위해 평생을 발버둥 쳤어. 그런데 날 또 찾아왔어. 난 세상 속에서 숨어야 해. 하지만 넌 세상 모든 사람들이 알고 있잖아."

날 지켜줄 사람이 필요해.

"그러니까 그냥 가주라. 어쭙잖은 동정심으로 날 감싸기엔 넌 너무나 어리고 미래가 창창해. 날 동경하는 건 알아. 하지만 설표야, 난 나로 인해 네가 망가지지 않길 바라."

"작가님 때문에 망가지다니…… 그럴 리가 없잖아요."

설표가 끊어질 듯 끊어지지 않은 목소리로 말했다. 자리에서 일어난 그가 천천히 그녀에게 다가간다. 이에 그녀는 그와의 거리가 가까워지자 두려움에 걸음을 뒤로 물린다. 다가가고 멀어지길 반복하다 결국 그녀의 등이 거실 한 켠을 가득 채우고 있는 창에 닿고 나서야 술래잡기가 끝난다.

그는 그녀가 눈을 질끈 감자 그 앞에 무릎을 꿇고 앉았다. 그리고 팔을 뻗어 티셔츠가 내려와 가려진 상처를 보았다. 새하얀 배 위, 여기저기 흩어져 있는 상처들은 각기 시기가 달라 보이는 오래된 상처들이었다. 날카로운 것으로 다친 상처도 있고 화상 자국으로 보이는 것들도 있었다. 흉은 아무리 오랜 시간이 흘러도 지워지지 않았다. 마음의 상처와 같이.

천천히 입술을 내린 그는 보기 싫은 흉터 위에 입을 맞췄다. 짧고 보드라운 입맞춤은 살짝 닿았다가 떨어지는 수준이었으나 깜짝 놀란 미나에겐 강력한 한 방이 되었던 것인지 후들거리는 다리를 이기지 못해 바닥에 주저앉아 버렸다.

설표는 미나와 시선을 똑바로 마주하며 물었다.

"나 좋아하죠?"

"……."

후둑, 후두둑…….

그의 물음이 들려오자마자 그녀의 눈에서 또다시 눈물이 쏟아진다.

마치 여름의 소나기처럼 주체하지 못하는 눈물들이 그녀의 뺨에서 바닥에서 손등에서 이지러진다.

"나 사랑하는 거 맞죠?"

"……."

"내가…… 계속 잡아주길 기다렸던 것 맞죠?"

"……."

미나가 눈을 깜빡인다. 눈물을 털어낸다. 입은 본드라도 발라놓은 것인지 떨어지지 않았으나 그녀의 간절한 시선은 그를 향한다.

그래.

그녀의 눈빛이 그리 답했다.

하지만 설표는 오랜 사랑의 확답을 받고 싶었다.

7년, 결코 짧지 않은 시간을 그녀의 곁에 있으면서 힘들고 괴로 웠던 마음을 보상받고 싶어 강력한 한마디를 내던졌다.

"대답해요."

사지가 떨려왔다. 바들바들, 두려운 광경을 보듯 그녀가 숨을 헐떡이고 공포 어린 얼굴로 설표를 보았다.

그는 인정하라 말한다. 그것이 그녀에겐 가장 두렵고 무서운 일 이라는 것을 알면서도.

"어서요."

"그래…… 그래, 그래! 그래!"

그녀가 악을 쓰듯 소리쳤다.

그러자 설표의 입술에 매혹적인 미소가 내걸렸다. 입술을 내린 그가 그녀의 얼굴 위를 굽이쳐 흐르는 눈물을 할짝였다. 그녀의 눈물은 짰다. 인상이 써질 만큼.

"어떻게 해줄까요?"

"……위로해 줘."

미나가 양팔을 벌렸다. 그러자 그가 목을 가져다 댄다. 설표는 자신의 목을 꺼안고 찰싹 붙어오는 미나를 번쩍 안아 들었다. 그 녀의 몸은 깃털처럼 가벼웠다. 성인 여자라고 하기엔 너무나 마르 고 작았다. 힘주어 잡으면 부러질 것처럼.

설표는 조심스레 그녀를 품에 안은 뒤 침대가 있는 곳으로 향했 다. 문을 열고 안으로 들어가자 커다란 침대가 보인다. 이 침대는 그가 그녀에게 이사 선물로 준 것이었다. 무작정 침대를 주문했을 때 화를 냈으나 곧 침대에 누워보고 역시 비싼 건 다르다며 했던 말이 떠올랐다.

침대 위에 조심스레 미나를 눕힌 그는 현실을 마주하기가 무섭다는 듯 눈을 질끈 감고 있는 미나의 얼굴을 내려다보았다. 새하얀 침대 위에 누워 있는 미나는 너무나 연약해 보였고 또 자신의 가슴을 미치게 뜀박질하게 만들 정도로 달콤해 보이기도 했다.

그녀는 설표에게 그런 사람이었다. 여러 가지 감정을 떠오르게 하는 사람. 그런 사람은 그녀뿐이었다. 일평생 살면서.

"눈 떠요."

사르르 녹을 것처럼 달콤한 어조였으나 말이 가진 힘은 강력했다. 미나가 눈을 떠 그와 시선을 맞춘다. 아래에서 바라보는 그는 더 크고 단단해 보였다.

"벗겨도 돼요?"

그가 묻는다. 무드를 깨는 물음이었으나 살결을 남에게 보여주길 극도로 꺼리는 그녀를 배려하는 말이기도 했다. 이에 미나가 고개를 내저었다.

"내가 벗을래."

미나가 옷자락을 부여잡으며 말했다.

"싫어요. 내가 벗길래요."

"왜!"

빽 소리친 미나가 크게 가슴을 들썩였다. 벌써부터 닥쳐오는 공포와 두려움에 사지가 떨렸다.

무섭다, 두려웠다. 볼품없는 나의 몸을 남에게 보여주는 것이 너무나 무섭다.

그는 그녀의 몸을 완전히 보지 못했다. 어릴 적에 난 상처는 몸이 클수록 더욱 커져 갔다. 마음의 상처처럼. 이에 그녀는 독립을 하고 그 남자의 손아귀에서 벗어나는 순간부터 제 몸을 똑바로 바라본 적이 없었다. 보는 순간 어릴 적 자신의 몸에 날아들었던 끔찍한 아픔이 다시 찾아올 것만 같아서.

"그래야 하니까요."

그래야 당신이 온전히 내게 왔다는 걸 믿을 수 있을 것 같으니까요.

확신 어린 어조에 미나의 눈동자가 크게 울렁였다. 강설표, 그는 그녀에게 끊임없이 포기를 하게 만드는 사람이었다. 이번에도 미나는 그의 말에 쉬이 포기를 한다.

"그럼 똑바로 봐줘."

"……."

"그리고 말해줘. 얼마나 끔찍한지."

"……."

"그리고 날 가엽게 여겨줘."

버리지 마.

그 말에 설표는 말없이 팔을 뻗었다. 그녀의 긴 티셔츠 자락을 위로 들어 올려 벗겼고, 아무런 문양이 없는 흰 브래지어도 단숨에 벗겼다. 복숭아뼈까지 모두 가리는 검은색 추리닝 바지도 벗겼고, 가장 은밀한 곳을 가리고 있는 팬티 또한 벗겼다. 그러자 그녀는 실오라기 하나 걸치지 않은 채 그의 눈 아래에 고스란히 드러났다.

집요한 시선에 미나가 팔을 오므려 제 몸을 가리려 했다. 하지만 커다란 설표의 손이 그녀의 행동을 막았다.

"……예뻐요."

그렇게 말하며 설표는 울었다. 삼키지 못한 울음이 계속 비어져 나왔다. 하지만 목소리는 곧았다. 흔들리지 않는 그의 마음처럼.

"웃기지 마."

미나는 차마 자신의 몸을 내려 보지 못한 채 그의 눈을 보았다. 그의 울음을 무심하게 보았다.

죽어버린 그녀의 눈빛에 설표가 입술을 달싹였다. 목이 메어 목소리가 쉬이 터져 나오지 않는다. 하지만 그는 배에 힘을 주어 최대한 똑바로 자신의 마음을 전하기 위해 노력했다.

"진짜예요. 나에게 작가님은 세상 그 누구보다 예뻐요."

"너랑 일한 배우들은 다 나가 죽어야겠다."

그녀의 장난스러운 말이 끝남과 동시에 그의 턱 끝에 고드름처럼 매달려 있던 눈물방울이 아래로 투둑투둑 떨어진다. 그녀의 배꼽에 맺힌 눈물이 찰랑인다.

고개를 내린 설표가 혀를 길게 빼내어 배꼽 바로 옆에 있는 상처를 핥았다. 이때 당시 그녀가 어떠한 고통을 느꼈을지 생각하며, 그루밍을 하듯 핥고 또 핥았다. 눈물이 비어져 나올 것 같으면 고개를 조금 더 이동하여 화상 자국으로 보이는 것을 핥았다. 그렇게 핥다 보면 상처가 없어지기라도 할 것처럼 정성 들여서.

처음에는 간지러웠던 그의 혀가 어느새 위로 올라와 그녀의 소담한 가슴 정점을 핥을 땐 몸이 위로 튕겨 올라갔다. 집요한 입술은 뜨거운 감각을 불러일으키고 있었으나 그는 그녀의 과거를 지우기 위해 흉터가 있는 자리마다 입술을 내렸다.

가슴이 그의 타액으로 질척해졌을 무렵 고개를 위로 든 그가 미나의 입술을 찾았다. 아랫입술을 길게 빨아들이며 달콤하게 핥은 그가 촉촉하게 젖어 있는 눈빛으로 미나를 보며 손을 아래로 내렸다. 그의 손끝이 미나의 검은 숲 근처를 배회했다.

"나 처음인데."

아이고야.

그의 말을 듣는 순간 미나가 얼굴을 일그러뜨렸다.

"네 팬들이 알면 나 진짜 육시랄당하는 거 아닌가 모르겠다."

"최대한 숨겨야죠."

그렇게 말한 그가 피식 웃었다. 손은 어느새 여성을 가르고 작은 구멍 안으로 들어간 채였다. 여성 안을 손가락 끝으로 간질인 그가 여전히 웃음기가 가득한 목소리로 말했다.

"강설표의 첫사랑이며, 첫 키스 상대이며, 첫 경험 상대에다가 7년째 미친 듯이 쫓아다니다가 겨우 당신을 내 품에 안을 수 있단 사실을 알면 난리가 나지 않을까요?"

"으음……!"

미나의 몸이 비틀렸다. 여성은 그가 주는 감각에 천천히 젖어가기 시작한다.

미나의 입술을 다시 한 번 핥은 그가 입술을 내려 그녀의 새하얀 허벅지를 핥았다. 허벅지 위에도 상처가 가득하다. 그녀에게 가해진 폭력이 얼마나 깊은지 보여주는 상흔에 그가 미간을 찌푸리며 그 위를 배회하다 허벅지를 잡아 위로 번쩍 들어 올렸다. 순식간에 미나의 허리가 구겨지고 여성이 그의 시야에 가득 찬다.

"아!"

미나가 깜짝 놀라 눈을 번뜩 떴다. 자신의 은밀한 곳을 짙은 눈으로 바라보는 그의 모습에 그녀의 얼굴이 타오르기 시작했다.

"뭐, 뭐 하려고?"

불길한 마음에 그녀가 물었지만 설표의 행동이 더 빨랐다. 손가락을 뺀 그가 입술을 내려 여성이 가득 머금고 있던 액체를 깊게 빨아들였다.

츄릅.

외설스런 소리에 미나의 허리가 퍼덕였다. 강한 쾌감이 등줄기를 타고 온몸으로 퍼져 나갔다.

"아아……!"

츄릅, 츄릅—

샘처럼 고이는 액체를 끊임없이 빨아들이던 그가 혀를 여성 안으로 밀어 넣는다. 뜨거운 여성이 그의 혀를 옭아맸다.

미나의 몸이 퍼덕이고, 그녀의 소담한 가슴이 들썩인다.

하지만 그는 혀를 안으로 밀어 넣었다 빼길 반복하며 그녀의 몸을 더욱 달구고 있었다.

아랫배가 간질간질하고 더 이상 참기 힘들어져서야 미나는 다리를 뻗어 그의 머리를 뒤로 밀었다. 눈가엔 눈물이 찔끔 맺혀 있었다.

"야, 처음이라며!"

왜 이렇게 잘하는 건데! 아주 미치겠다고!

미나가 눈물을 털어내며 소리치자 설표가 피식 웃으며 어깨를 들썩였다.

"왜요, 그럼 안 돼요?"

처음이라고 다 못하라는 법 있나?

그의 물음에 미나가 미간을 세웠다. 그리고 닭살이 오소소 돋아난 팔을 문지르며 상체를 일으켰다. 엉덩이를 뒤로 물리며 그에게서 멀찍이 떨어지려던 미나는 또다시 그의 손아귀에 붙잡혀 그의 품 아래로 끌려 내려와야 했다.

"어딜 도망가려고."

짧게 말을 내뱉은 설표는 그녀가 도망가지 못하게 허벅지를 무릎으로 누른 뒤 티셔츠를 벗어 던졌다. 곧 탄탄한 그의 가슴에 미나가 몸부림을 하던 것을 멈췄다. 조각상처럼 완벽한 균형이 맞는 가슴은 넓고 단단해 보인다. 그녀를 품어주고도 남을 정도로.

그녀의 반항이 멈추자 그는 바지와 속옷까지 한꺼번에 벗은 뒤 그녀의 허벅지 사이에 자리를 잡았다. 얇은 허벅지를 당긴 그가 꼿꼿하게 고개를 든 남성을 쥔 뒤 여성 위에 살살 문질렀다. 미나의 몸이 또다시 요동치기 시작한다.

귀두 끝에 윤활유가 묻고 남성 또한 여성이 뿜어낸 액으로 충분히 젖고 나서야 그는 천천히 미나의 몸 안으로 진입을 시도했다.

"윽!"

고통에 미나의 얼굴이 일그러졌다.

설표는 깜짝 놀라 미나의 상태를 살폈다. 헉! 소리를 낸 미나가 파들파들 몸을 떨며 눈가에 눈물을 매단다.

"왜 그래요?"

"……아파."

미나가 짧게 말을 내뱉은 뒤 거친 숨을 내뱉었다. 아직 반도 들어가지 않았으나 튼실한 남성의 두께와 길이, 그리고 처음으로 가진 관계에 끔찍할 정도로 엄청난 고통이 닥쳐왔다.

"왜요?"

설표가 물었다. 원래 이렇게 아픈 건가? 처음인 그는 알 수 있을 리가 없었다. 하지만 곧 들려온 그녀의 말에 그의 표정이 밝아진다.

"……나도 처음이야."

"아…….."

"이런 몸을 누구한테 보여줘?"

커다랗게 눈을 뜬 미나가 호흡을 크게 내뱉으며 닥쳐온 고통을 물리기 위해 애를 써보았다. 하지만 생각보다 쉽지 않았다.

그의 남성은 연신 얼른 보드랍고 따스한 여성 안으로 들어가라며 꿈틀거리며 용트림하듯 제 존재를 알렸다. 설표의 몸이 아래로 움직이고 이에 미나가 기겁하며 외쳤다.

"아직 아니야!"

혹여 그가 안으로 밀고 들어올까 싶어 그녀가 말했지만 그는 더 이상 여성 안으로 들어가지 않은 채 입술을 내려 가슴을 훑었다. 그녀의 몸이 다시 뜨거워지길 기다리며 정점을 입안에 사탕처럼 굴리고 살짝 깨물며 장난을 쳤다.

꽃잎처럼 벌어져 있는 여성의 사이에 자리한 클리토리스를 손가락으로 툭툭 건드렸다. 그러자 미나의 몸이 위로 튀어 오르며 순식간에 축축하게 젖었다. 그녀의 표정이 고통 대신 흥분으로 물들자 설표는 초인적인 힘으로 참고 있던 몸에 힘을 풀며 천천히 허리를 움직였다. 그의 남성이 매끄럽게 그녀의 안으로 들어갔다.

"으으."

"아……!"

여성이 남성의 뿌리까지 집어삼키자 두 사람이 동시에 신음을 터뜨렸다. 상체를 아래로 내려 미나의 목덜미에 얼굴을 묻은 그가 짙고 긴 신음성을 터뜨렸다. 그녀의 안은 너무나 따뜻하고 부드러웠다. 힘껏 허리를 놀려 더욱 안으로 들어가고 싶었으나 그러한 욕망을 채우기에 연약했다. 잠시의 시간을 두고 괴물처럼 들끓는 남성을 다독인 그가 조금의 시간이 지나서야 천천히 허리를 움직였다. 부드러운 음률에 맞춰 천천히 허리를 움직이자 미나가 감고 있던 눈을 떠 설표를 올려다보았다.

그의 눈동자에 자신이 비친다. 들썩이는 자신의 가슴을 보던 그가 시선을 들어 그녀의 얼굴을 뜨거운 시선으로 내려다보았다. 젖은 그녀의 표정에 그가 팔을 뻗어 그녀의 발목을 붙잡아 위로 들어 올렸다.

"아아……!"

양다리를 든 그가 자신의 어깨에 걸친 뒤 더욱 깊숙이 제 것을 밀어 넣었다.

찰박찰박, 살결과 살결이 부딪히는 소리와 숨을 헐떡이는 소리가 연이어 들려왔다. 탁하고 거친 눈빛을 오롯이 눈에 담던 미나가 눈을 질끈 담았다. 흐려진 시야 사이로 보이는 것은 흥분에 달뜬 그의 얼굴이었다.

"아앗!"

그가 힘껏 자신의 것을 안으로 밀어 넣었다 빼길 반복한다. 허리가 힘껏 움직이고 그의 손은 그녀의 몸 위를 정처 없이 떠돌다 결국 가슴을 비틀어 잡는다.

그가 주는 폭풍처럼 몰려오는 감각에 신음성을 거칠게 내뱉었다.

"아아…… 아아악!"

콧잔등을 찌푸리던 그의 표정이 부드러워진 순간 뜨거운 기운이 몸 안을 가득 채우고 곧 비릿한 냄새가 집 안을 가득 채웠다.

사정을 한 그는 이마에 맺힌 땀을 닦아냈다. 그는 그녀의 몸 위로 쓰러지지 않았다. 가슴을 들썩이며 게슴츠레 눈을 뜨고 있는 미나의 입술에 부드럽게 입을 맞췄다.

쪽.

짧은 입맞춤에 미나가 힘없이 입술을 달싹여 그가 닿았던 자리를 혀로 핥았다. 달 줄 알았는데 그렇지 않았다.

"괜찮아요?"

그가 따스한 음성으로 물었다. 그러자 미나는 말할 기운도 없다는 듯 고개를 끄덕였다. 여전히 여성 안에 머물고 있던 그의 남성이 다시 부풀어 오르길 기다리던 설표는 다시 뻣뻣해진 남성을 느끼며 장난스럽게 미소 지었다.

"한 번 더?"

"……."

그 순간 미나는 깨달았다.

여섯 살이란 나이 차이가 주는 체력적 한계를.

축 늘어져 있던 미나는 가물가물한 시선에 눈에 힘을 주었다. 조금만 정줄을 놓는다면 곧 잠에 빠져들 것 같았다.

세 번의 사정.

다른 남자와의 관계가 없어 비교할 대상은 없었으나 근 네 시간에 달하는 관계 시간이 흔치 않다는 것 정도는 알고 있었다.

보약이라도 먹을까?

미나는 쓸데없는 생각을 하며 침대에 배를 깐 채 꾸벅꾸벅 졸았다.

끼익―

문이 열리는 소리가 들리자 그녀는 감았던 눈을 떴다. 잠시 나갔던 설표가 수건을 들고 오고 있었다. 실오라기 하나 걸치지 않

은 그는 눈요기하기엔 최고의 몸을 가지고 있었다. 아름답기까지
한 몸을 보던 그녀는 설표가 자신의 몸을 돌려 따끈따끈한 수건을
사타구니로 가져오자 몸을 움찔 떨었다.

"씻을 힘이 없을 것 같아서요."

그렇게 된 게 다 누구 때문인데!

미나는 목소리를 높여 따져 묻고 싶었으나 참았다. 자신에게 힘
이 남아 있다고 그가 판단한다면 또다시 그의 밑에서 엄청난 쾌락
에 몸이 흐물흐물 녹아내릴 테니까. 마지막 사정 후 그녀는 아쉬
움에 입맛을 다시던 설표를 떠올리며 속으로 신음을 삼켰다.

그는 자신과 그녀의 타액으로 엉망이 된 그녀의 여성을 정성껏
닦아주었다. 조심스러운 손길과 뜨거운 수건에 미나의 눈꺼풀이
천천히 감겼다 떠지길 반복한다.

아, 기분 좋다.

그러한 생각이 머릿속을 가득 채웠다.

"작가님, 이름 불러도 돼요?"

"뭐?"

갑작스러운 물음에 미나가 느릿한 어조로 되물었다. 그러자 설
표는 수건을 협탁 위에 올려두며 그녀의 머리를 정성스레 쓰다듬
어 주었다.

"미나야."

"야!"

잠이 홀딱 깼다. 미나가 눈을 번뜩 뜨며 소리치자 그는 여전히

그녀의 머릿결을 쓰다듬으며 말한다.

"왜요? 이젠 여섯 살 어린 강설표가 아니라 작가님의 남잔데?"

"……."

아아, 왠지 코가 단단히 꿰인 느낌이 든다.

가지런히 벗어둔 신발을 보던 설표가 시선을 돌려 잔디를 맨발로 밟고 있는 미나를 보았다. 밤에 비가 왔던지 축축한 잔디를 밟으면서도 기분이 좋은 것인지 미나의 입술에 가벼운 웃음이 걸려 있었다.

발끝을 세워 가볍게 걸음을 옮기는 그녀의 모습을 멀찍이서 바라보고 있던 설표는 마당과 바로 연결되어 있는 문틀에 어깨를 기댄 채 그 모습을 감상하듯 보았다. 그에겐 죽어도 보여주지 않는 편안한 표정은 지난밤 거칠었던 관계를 떠올릴 수 없을 정도로 가볍고 싱그러웠다.

사뿐사뿐, 잔디를 밟으며 걸음을 옮기던 미나가 곧 설표를 발견한 것인지 고개를 돌려 그를 바라보았다.

"일찍 일어났네?"

그녀의 웃음에 설표가 그녀와 똑 닮은 평온한 미소를 입가에 매달며 말한다.

"굿모닝, 장미나 씨."

2

남에게 자신의 속살을 보여주는 일은 단 한 번도 없었다. 자신의 과거를 고스란히 보여주는 상처가 그들의 눈에 어떻게 보일지 잘 알고 있기에. 그래서 그녀는 태어나 단 한 번도 수영장이나 목욕탕 등, 남들 앞에서 홀딱 벗어야 하는 장소는 가보질 못했다. 하지만 지금 그녀는 홀딱 벗은 채 몽롱한 눈을 깜빡이고 있다. 곁에서 인기척이 느껴졌다.

"입 심심해요?"

곁에서 들려온 말에 미나가 입맛을 다셨다. 그러자 옆에서 뽀스락거리는 소리가 들린 후 곧 자신의 입안으로 달콤한 사탕이 들어왔다. 청포도 맛 사탕은 아주 커 입에서 한참을 굴려야 뺨이 아프지 않을 정도였다.

미나가 멍한 눈을 깜빡이며 자신의 어깨를 끄는 그에게 말했다.

"아, 숨을 쉬는데 거기서 술 냄새가 나서 더 취하는 기분 아니?"

어제 얼마나 마셨더라. 그가 경을 치고 나서야 겨우 술잔을 내려놓은 미나가 머리가 아픈 듯 이마를 손으로 짚으며 입안의 사탕을 굴려댔다.

아, 달다, 달아.

늘 과할 만큼 술을 마신 다음날에 으레 찾곤 하던 담배 대신 그녀는 사탕을 먹었다. 요즘 금연을 하느라 설표의 주머니 속엔 늘 주전부리거리가 들어 있었다.

설표가 그녀의 어깨를 끌어 제 품으로 끌어당기며 말했다.

"어디서 주정뱅이 같은 말을."

그 말에 미나가 키득키득 웃음을 내뱉었다.

"술은 한동안 봐주라. 담배로도 손 떨리니까."

"지금 당장 내가 원하는 것을 해주면 봐드릴게요."

난 상식적이고 착한 남자니까.

장난기 어린 그의 말에 미나의 입술이 뾰족해졌다.

그가 원하는 것이라면 굳이 물어보지 않아도 알 수 있었다. 진이 잔뜩 빠져 버린 몸을 뒤척이며 미나가 투덜거렸다.

"너 성 도착증 환자 같아."

시도 때도 없이 자신을 물고 빨고 하는 그 때문에 요즘은 늘 침대에 늘어져 있는 날이 대부분이었다. 제발 자제 좀 하라는 뜻에서 한 말이었으나 그는 그 짧은 시간을 참지 못하고 손을 뻗어 그녀의 가슴을 조물딱조물딱거렸다. 말랑말랑한 느낌이 좋은 것인지 설표가 히죽 웃는다.

"7년을 참았는데요? 흔히들 서른 전까지 한 번도 관계를 가지지 않는 남자를 마법사라고 부르는데 제가 딱 그전 단계까지 갔잖아요."

"그래서?"

그녀가 마치 그게 내 탓이야? 라는 눈으로 바라보며 그의 손등을 짝, 소리 나게 쳤다. 그럼에도 그는 늘 그랬던 것처럼 굴하지 않고서 그녀의 가슴을 만지며 말했다.

"미나 씨 탓이죠. 그러니까 참고 받아줘요. 지난 7년 동안 참은 거, 이자 쳐서 받아낼 거니까."

"······."

"그럼 말 나온 김에 할까요?"

아니, 아니, 아니!

그녀가 고개를 거칠게 내저으며 거부했다. 손가락 끝에 힘 한 자락 들어가지 않는데 그의 손아귀에 들어가는 순간 아마 몸이 산산이 부서지는 느낌이 어떤 것인지 알게 될지도 모른다.

미나가 동그랗게 눈을 뜨며 고개를 내저었건만 그는 단숨에 그녀의 몸 위로 올라온 뒤 양팔로 놀란 토끼가 도망가지 못하도록 가두었다.

"이게 무슨 짓이지, 강설표 군?"

"야한 짓?"

그러며 입술을 늘어뜨려 웃는 그의 모습에 미나가 와자작 구겼던 얼굴을 폈다. 한쪽 입꼬리만 올려 웃던 그녀가 말했다.

"움직일 힘 하나 없으니 알아서 해보시던가."

마치 결투를 신청하는 대단한 승부사처럼 말했다. 그러자 설표의 웃음이 더욱 진해진다.

"그럼 가만히 있어주는 거죠?"

"그래."

심드렁한 얼굴로 그녀가 툭 내뱉자 설표가 믿을 수 없다는 듯 말했다.

"거짓말쟁이."

"뭐야?"

"가만히 안 있을 거잖아요."

그러면서 손가락 끝으로 그녀의 배부터 가슴 밑까지 천천히 그어간 그가 움찔움찔 떨리는 몸을 보며 장난스럽게 말했다.

"이것 봐."

그가 키득거리며 계속 장난을 친다. 간질간질, 목구멍을 타고 웃음이 튀어나올 것 같은 것을 그녀가 애써 꾹꾹 눌러 참다 결국 쿡, 웃음이 입술을 비집고 나왔다. 이에 그가 더 기고만장해져 핑크빛 유두를 손가락으로 쿡쿡 찔러댔다.

그의 장난질에 미나가 미간을 찌푸리며 그의 팔을 붙잡았다.

"아아, 이래서 검은 머리 짐승은 거두지 말라고 했는데……."

하극상이야, 하극상.

그녀의 말에 설표가 고개를 내려 핑크빛 유두를 입에 머금었다. 벚꽃 색과 가까운 젖꼭지를 입에 머금자 향긋한 향이 그의 입에 확 와 닿는 것 같았다. 그녀의 몸에선 좋은 냄새가 났다. 그녀를 품에 안기 전까진 몰랐던 냄새였다.

그가 입안의 사탕처럼 유두를 핥은 후 침으로 번들거리는 가슴을 움켜쥐며 한데 모았다. 가슴골이 생기자 그가 얼굴을 묻으며 푸후후 웃음을 뱉었다.

"연인인데 하극상이 어디 있어?"

"어쭈, 말까지?"

그녀가 그의 뒷머리카락을 쭉 잡아당기며 투덜거렸다. 하지만 기분이 나빠 보이거나 그러진 않았다.

보드라운 피부로 손을 옮긴 그는 이젠 눈을 감고도 한눈에 떠올릴 수 있는 그녀의 몸의 곡선을 따라 손을 내렸다. 갈비뼈가 고스란히 만져지는 옆구리를 지나 한 줌에 잡힐 듯 얇은 허리도 지났다. 조금은 살집이 있는 엉덩이를 만진 후 툭 튀어나와 있는 골반뼈를 지나 까칠까칠한 숲을 이루고 있는 여성까지 차례대로 어루만졌다.

따스한 손길에 미나의 입에서 거친 숨소리가 터져 나왔다. 벌써부터 기대감에 달뜨는 몸에 그녀가 미간을 세우며 투덜거렸다.

"성 도착증은 네가 아니라 난 것 같다."

별걸 하지도 않았는데 벌써부터 숨소리가 흐트러지다니. 이러다간 그가 없는 날엔 쉬이 잠도 이루지 못하는 상태가 되는 건 아닐까 걱정까지 될 지경이었다. 그녀의 말에 설표는 그녀의 입술을 한입에 머금은 후 쪽 빨아 당겼다.

"그럼 나야 좋지요."

"……감당 못할걸?"

자신의 타액으로 번들거리는 입술로 말하는 그녀의 모습에 설표가 아랫도리를 붙잡아 미나의 새하얀 허벅지에 문지르며 심드렁한 표정을 지었다.

"얘를 보고도 그런 말을 하나요?"

"……."

순간 말문이 막힌 미나가 입을 꾹 다물었다. 힐끔 시선을 내려보자 벌써부터 고개를 까딱이는 단단한 남성이 보인다.

역시 젊으니까 좋다. 벌써 며칠째 밤이고 낮이고 가리지 않고 이어지는 관계에 자신은 지치는데 말이다.

"오늘은 어떻게 할까요? 뒤로 해볼까요?"

"……아아."

미나가 눈을 질끈 감았다. 앞으로 하면 어떻고 뒤로 하면 어떠리. 그의 품에서 신음성을 터뜨리며 까무러치는 것은 똑같은데.

미나는 눈을 감으며 자신의 여성에서 느껴지는 그의 입술에 입을 벌렸다.

"아."

설표가 그녀의 입안으로 혀를 밀어 넣어 사탕을 휘감아 빼앗아왔다. 벌써부터 흥분으로 젖어든 그녀의 얼굴을 보며 설표가 말했다.

"아, 달다."

❖

그녀의 집은 그녀의 마음처럼 하나의 요새처럼 보였다. 높은 담벼락은 밖과 안을 완벽하게 구분해 놓고 있었고, 담장 주위론 나이가 많은 나무들이 무성하게 자라고 있어 안에서 무슨 일이 일어나고 있는지 전혀 보이지 않는다.

푸른 잔디가 자라나고 있는 마당 한 켠에 흰 테이블이 하나 놓여 있었다. 이 집에 살던 전 주인이 놓아두고 간 것으로 미나는 이 것을 사용해 본 적이 단 한 번도 없었다. 의자에 앉아 간단히 차를 마실 성격도 되지 못했고, 남들과 바비큐 파티를 열 성격도 되지 못했다.

이 테이블을 처음 이용하게 된 것은 설표 덕분이었다.

"아아, 아악……!"

담을 타고 소리가 새어나갈지도 몰랐으나 미나는 참지 못한 신음을 연신 내질렀다. 다리 밑으로 감각이 느껴지지 않을 정도로 무지막지한 쾌감에 온몸이 푸들푸들 떨렸다. 테이블을 붙잡고 있던 미나의 몸이 결국 앞으로 꼬꾸라지고 말았다. 살짝 벌어진 틈으로 드러나 있는 하얀 가슴이 허공에서 흔들리다가 결국 테이블 위로 쓰러진 후 짓눌렀다. 새하얀 가슴이 그녀의 무게에 뭉개지고 흥분에 꼿꼿하게 선 유두가 자유를 외치듯 비죽 튀어나와 있었다.

"하악, 하악…… 서, 설표야."

미나는 그의 움직임에 맞춰 몸을 흔들며 자신의 엉덩이를 잡고 있는 손의 주인을 불렀다. 강설표는 뒤에서 그녀의 안으로 거칠게 들어왔다가 나가길 반복하며 그녀의 엉덩이를 찰싹 내려쳤다.

짝!

그녀의 여성이 움찔거리며 남성을 꽉 물었다.

"흐으."

흐느낌에 가까운 신음을 내뱉은 그녀의 다리가 후들후들 떨린다. 서 있는 것이 용하다 할 정도로 미나는 테이블에 매달린 채였다. 미나가 울먹이는 목소리로 애원했다.

"나, 나…… 너, 넘어질 것 같아."

울음기가 담겨 있는 목소리에 설표가 팔을 뻗어 그녀의 어깨를 움켜쥐었다. 움직임에 그녀의 여성 안에 있던 남성이 밖으로 튕겨져 나오듯 나왔다. 크르릉, 낮은 분노를 터뜨리듯 꼿꼿하게 선 남성이 연신 고개를 까딱이며 어서 여성 안으로 다시 들어갈 것을 종용했다.

설표는 미나의 허리를 잡아 단숨에 테이블 위로 올린 후 웃었다.

"그럼 누우면 되죠."

"……."

테이블에 누운 미나가 새파란 하늘을 보았다. 하늘은 청명했다. 참 예쁜 색이다, 라고 생각하며 또다시 자신의 안으로 밀고 들어오는 남성에 눈을 질끈 감았다.

어떻게 해, 어떻게 하지……?

미나는 거칠게 신음성을 터뜨리며 그의 목을 향해 팔을 뻗었다. 흐려진 시야로 자신과 마찬가지로 열락으로 얼룩진 그의 얼굴이 보인다. 자동적으로 숙여진 그의 고개에 미나가 까칠하게 수염이 자라난 그의 턱에 입을 맞췄다.

쪽.

달콤한 입맞춤과 아래에서 느껴지는 강렬한 쾌감이 한데 어울려 그녀의 정신을 뒤흔들었다.

"강설표…… 하앗!"

하악, 하아……!

끊임없이 자신을 몰아붙이는 감각에 시야가 뿌옇게 변해간다. 그녀의 시선에 오롯이 담기는 것은 강설표, 그뿐.

"사랑해요, 사랑해요……."

"하아, 하아!"

"사랑해요, 사랑……."

자신의 귓가에 아름다운 노랫말처럼 들려오는 그의 목소리에 미나가 눈을 질끈 감았다. 눈물이 나올 것만 같았다. 그가 끝없이 내뱉는 질척한 음성에 방울진 눈물이 또로로 흘러내렸다.

그녀는 오늘도 그로 인해 느낀다.

아아, 내가 살아 있구나.

손가락 끝까지 전해주는 절절한 느낌에 미나가 눈을 떠 설표의
얼굴을 보았다.

"강설표……."

어쩌면 좋지?

그녀는 자신의 안에서 뜨겁게 내뿜어지는 정액에 눈을 감았다.

"사랑해……."

나…… 살고 싶어져.

❖

설표는 미나가 깨끗하게 비워낸 접시를 뿌듯한 얼굴로 보았다.
요즘 그녀는 있는 솜씨, 없는 솜씨를 부려 밥을 차려주면 밥풀 하
나 남기지 않고 깨끗하게 먹어치웠다. 지난 7년 동안 그가 사가는
음식의 대부분을 남겼던 그녀가 바뀐 것은 일주일 전의 일. 그는
깨끗하게 비워진 그릇을 보며 놀란 듯 물었었다.

"웬일이에요?"

"몰라. 금연했더니 집 나갔던 식욕이 돌아왔나?"

그렇게 말하며 웃는 그녀의 모습에 설표는 손을 뻗어 그녀의 머
리를 부드러운 손길로 쓰다듬어 주며 말했다.

"참 잘했어요."

그 후로 그녀는 단 한 번도 음식을 남기지 않았다. 고칼로리 음식으로만 대령을 했기에 비쩍 말랐던 미나의 몸엔 점차 살이 붙기 시작했고, 늘 흐느적하게 바닥에 눌어붙어 있던 그녀의 체력도 조금씩 좋아져 이젠 그와 하루 종일 침대에 있어도 스스로 화장실을 찾아들어 갈 정도였다.

설표는 싱크대에 담아둔 그릇들을 깨끗하게 닦은 후 한 켠에 있는 건조대에 넣었다. 그리고 몇 가지 만들어놓은 반찬을 반찬통에 예쁘게 담아 냉장고에 넣어둔다.

오늘은 그가 서울로 올라가야 하는 날이었다. 되도록 스케줄을 잡지 않겠다 말해둔 그였지만 장기 계약된 CF의 경우엔 어떻게 할 수가 없었다.

다행히 스케줄 조정을 할 수 있어 한꺼번에 몰아 찍긴 했지만 그녀와 떨어져 있을 일주일을 어떻게 보내야 할지 눈앞이 캄캄해 질 지경이었다.

"후."

벌써부터 그리움이 몰려오자 설표는 미나가 들어간 욕실 문을 힐끗 보았다.

그냥 쳐들어가 버릴까?

문득 떠오른 생각을 실행하기 위해 설표가 걸음을 옮길 때였다.

띠리리리—

재미없는 벨소리에 그의 고개가 거실로 향했다. 미나의 전화가 불을 반짝이며 진동을 하고 있었다. 평소 그녀의 인간관계를 잘 알고 있었기에 설표가 의아한 마음으로 걸음을 옮겼다. 휴대전화 액정을 보자 저장되지 않은 번호가 떠 있었다.

스팸 전화인가?

그가 고개를 기울이자 곧 전화가 끊기더니 문자메시지가 왔다.

「장 작가, 계약금 5억 입금했어요.」

"……."

말없이 액정을 보던 그가 과거 문자내역을 확인했다. 대리운전에서 온 스팸 문자 몇 건, 오빠 오늘 한가해요, 라고 성별을 무시하고 온 문자 몇 건을 제외하고선 모두 방송국에서 온 것들이었다.

「왜 이렇게 연락이 안 돼, 장 작가? 차기작 우리 작품 써야죠.」
「이번에 KOV 방송국 계약 안 했다며? 우리랑 할 거죠?」
「계약금 보내요?」
「장 작가, 요즘 무슨 일 있어? 왜 차기작 소식이 없는 거야?」

여러 방송국들에서 온 문자들은 온통 차기작에 대한 이야기뿐이었다. 새삼 그녀가 잘나가는 드라마 작가라는 사실이 상기되었다. 피식 웃으며 휴대전화를 원래 있던 자리에 내려둔 그가 걸음을 옮기자 욕실 문이 열리고 미나가 나온다. 오늘도 살갗이 빨갛게 익을 정도로 뜨거운 물로 샤워를 한 것인지 온몸에서 김이 뿜어져 나오고 있었다.

담배도 끊게 만들었고, 밥도 잘 먹게 만들었으니 다음엔 자학에 가까운 저 샤워 습관을 고쳐야 되겠다 마음먹으며 설표가 나른한 미소를 지었다.

"미나 씨, 전화 왔어요."

"전화?"

"네, 문자도 왔고요."

미나가 의아한 얼굴로 휴대전화를 집어 들었다. 촉촉하게 젖은 머리카락에서 물방울이 떨어져 내려 연신 그녀의 어깨를 적시자 설표가 그녀의 어깨에 걸쳐져 있던 수건으로 머리를 탈탈 털어주었다.

"……."

미나가 문자를 보며 아무런 말도 하지 못하자 설표가 조심스러운 어조로 물었다.

"차기작 할 때도 되지 않았어요?"

그 또한 그녀의 차기작을 기다리는 사람 중 하나였다. 물론 그녀가 집필에 들어가는 순간 미나의 인간성을 고스란히 알게 되긴 하였지만 그래도 그녀는 글을 쓸 때가 가장 멋있고 가장 그녀다웠다. 하지만 미나는 아직 컴퓨터 앞에 앉을 생각이 없는 것인지 머리를 말려주는 그의 손길을 느끼며 말했다.

"⋯⋯때가 되었다고 막 하나?"

심드렁한 얼굴로 말한 미나가 휴대전화를 소파 위에 던져 버리더니 설표를 곁눈질하였다. 완벽하게 외출 준비를 마친 그는 다른 사람 같았다. 그녀의 집에선 늘 헐렁한 옷을 입고서 남들의 시선 따위 신경 쓰지 않았으나 그는 이 집, 이 마을을 벗어나서는 대한민국 국민 대부분이 사랑하고 아는 배우였다. 머리부터 발끝까지 올 블랙인 그를 보던 미나가 한숨을 푹 내뱉었다.

차기작⋯⋯ 차기작이라⋯⋯.

마지막 드라마가 1년 전이니 할 때도 되었으나 아직은 강설표, 그에게 집중하고 싶었다. 행복해지니 지지고 볶고 감정싸움을 하는 글은 쓰고 싶지 않았다.

"은행 가야겠다."

"은행은 왜요?"

"돈 고스란히 부치게."

"그럼 찾아온다고 난리 아닐까요?"

대충 물기를 닦아낸 그가 미나의 팔을 잡아 이끌었다. 그녀의 과거를, 그녀의 상처를 고스란히 보여준 뒤로 그녀는 더 이상 자신의 앞에서 긴 옷을 입고 있지 않았다. 드러난 그녀의 살결을 만지자 또다시 자신의 속에 숨 쉬고 있는 짐승이 꿈틀거리는 것을 느꼈으나 시간이 없었다.

또다시 그녀와의 이별에 아쉬움이 왈칵 몰려왔다.

그녀를 변기통에 앉힌 설표가 드라이어를 가져와 콘센트에 연결했다. 우우우웅, 귀를 먹먹하게 울리는 소리에 미나가 미간을 찌푸렸지만 그는 그녀가 뜨겁지 않도록 조심하며 머리를 살랑살랑 말려주었다. 얇은 머리카락이 공중에서 나부꼈다.

"네가 내 아지트를 발설하지 않는 이상, 내가 지금 어디에 사는지 아무도 몰라."

특히 내 피를 빨아먹으려는 모기들은 더더욱 모르고 말이지.

기분 좋은 그의 손길에 미나가 한숨을 푹 내뱉는다. 그러다 속에서 무언가가 울컥 올라오자 빽 소리를 내질렀다.

"내가 녹즙긴가? 쥐어짜면 나오게!"

"그건 아니지만 막상 닥치면 또 다 하시잖아요."

"……그래. 그게 문제였어."

다 해주니까 이 꼴이 난 거라고.

후, 깊은 한숨을 내뱉은 미나가 지그시 눈을 감으며 묻는다.

"CF 뭐 찍는 거야?"

"대헌 자동차랑 루루 커피, 베이 화장품 그리고 또 뭐더라……."

다 우리나라에서 알아주는 기업의 것이었다. 이번에 일주일 동안 서울에 올라가면 다섯 편의 CF를 찍고 중간에 짬이 날 때 화보 촬영도 있다 들었다. 그녀는 듣기만 해도 지치는 강행군에 걱정스러운 마음이 들면서도 한편으론 벌써부터 그가 없는 집을 생각하자 외로움이 밀려와 시무룩한 목소리로 물었다.

"언제 와?"

"수요일요."

"수요일에도 뭐 찍는다고 하지 않았어?"

"촬영 끝나고 바로 올 거예요."

설표의 말에 미나가 고개를 끄덕였다. 그날 촬영을 끝내고 바로 내려온다는 말까지 들었으나 아쉬움은 쉬이 가시질 않았다.

울상인 그녀의 표정에 설표는 드라이어를 선반 위에 올려놓으며 무릎을 굽혀 그녀와 시선을 마주쳤다. 옅은 갈색의 눈동자에 가득 들어찬 외로움에 그가 그녀의 양 뺨을 감싸 쥔 채 입술에 촉하고 소리 내어 입을 맞춘다.

"그런 표정 지으면 내가 발이 안 떨어지잖아요."

미나가 얼굴을 일그러뜨렸다.

"집이 너무 넓어."

"……미나 씨."

"무척 넓다고. 나 혼자 있기엔."

우울함에 목소리가 가라앉았다. 그를 붙잡지 않아야 한다고, 일 열심히 하고 오라고 이야기를 해야 한다는 것을 알면서도 미나는 계속해 그의 마음을 무겁게만 만드는 말만 늘어놓았다.

미나가 입술을 깨물었다. '장미나, 어른이면 어른답게 굴어'라고 자신을 다독여 보아도 곧 '내가 무슨 어른이야?'라는 답변이 날아들었다.

입술이 하얗게 질리도록 악무는 그녀의 모습에 설표가 손을 뻗어 그녀의 입술 사이로 엄지손가락을 밀어 넣었다. 입술 상해요,

라고 읊조리자 미나가 반항하듯 그의 손가락을 힘주어 깨물었다.
아플 법도 한데 그는 손가락을 빼는 대신 눈살을 찌푸리며 말했다.

"정말. 적응 안 되게 왜 이래요? 이럼 내가 너무 가슴이 뛰잖아요."

그 말에 미나가 손을 들어 물고 있던 그의 손가락을 뺐다. 그의 손은 아주 컸다. 그리고 거칠었다.

"예전부터 그랬어."

미나가 또렷하게 그의 눈을 보며 말했다.

"예전부터 그렇게 말하고 싶었어."

계속 내 옆에 있었으면 좋겠어, 그렇게 말하고 싶었어. 하지만 그러질 못했어. 난 겁쟁이니까.

그녀의 말에 그가 고개를 끄덕였다. 그리고 말한다.

"맞아요, 당신. 겁쟁이예요."

평소 같으면 굳이 상기시킬 필요 없다며 그녀가 악을 썼겠지만 오늘은 달랐다. 그녀는 불안한 시선으로 그를 보며 말했다.

"예전부터 네가 오래 머물다 가면 집이 너무 넓어서 혼자 있을 수가 없었어."

"……."

장난기 어린 그의 표정이 순식간에 굳어졌다. 그를 향한 자신의 마음이 아주 예전부터 시작되었다는 말에 설표의 입술이 놀라움에 벌어졌다.

"미나 씨……."

"그러니까 빨리 돌아와야 해, 알았지?"

"알았어요."

"약속."

미나가 오른손 새끼손가락을 내밀며 말하자 그가 고개를 저었다.

"손 말고요."

고개를 들어 그녀의 입술에 쪽 하고 입을 맞춘 그가 입술을 한 껏 늘어뜨리며 웃었다. 그림처럼 예쁜 웃음은 그녀의 가슴을 시리 게 만들었다.

"자, 도장."

"⋯⋯."

"집 잘 지켜요."

그는 참 잘난 사람이다. 대중의 사랑을 먹고사는 그는 온전히 자신의 곁에만 있어주지 못한다. 그렇다면 조금 강해질 필요가 있 었다.

"똥개 가출하기 전에 얼른 와."

결국 마지막엔 그가 좀 더 편한 마음으로 일하길 바라며 그녀가 장난스럽게 말했다.

여기로 시선을 돌려도, 저기로 시선을 돌려도, 집 안 곳곳에 남 아 있는 설표의 흔적에 미나의 시선이 흔들렸다. 어두운 저녁이 찾아오고 잠을 잘 시간이 되었으나 그녀는 쉬이 잠에 들지 못했다. 잠을 잘 적마다 자신에게 체온을 전해주던 사람이 없어졌기 때문이다.

불안한 시선을 옮기던 미나가 무릎을 끌어안고 얼굴을 묻었다.

"강설표, 우씨."

미나가 투덜투덜거렸다.

"이게 다 너 때문이야. 잠이 안 오잖아."

이래서 무서웠던 거다. 그를 받아들이는 순간, 자신의 꼴이 이렇게 될까 봐.

그리고 걱정했던 그대로 그녀는 그가 없인 아무것도 하지 못하는 멍청이가 되어버렸다. 아무도 없는 외딴섬 위에 홀로 살아가던 그녀에겐 어찌 보면 당연한 결과였다. 한 번 맛본 달콤한 감정과 그녀가 그렇게도 바라던 의지할 수 있는 상대를 만나자 그녀는 정신을 차리지 못하고 있었다.

일상이 모두 마비가 되었다.

얼굴을 무릎에 묻은 채 한참이나 있던 그녀는 창밖의 세상이 밝아질 때까지 그대로 있었다. 숨만 쉬며 아무것도 하지 않은 그가 고개를 들어 벽에 걸린 시계를 보았다.

8시 10분.

그가 자신을 깨울 시간이었다. 하지만 설표는 그 어디에도 없었다.

한참 움직이지 않던 몸을 움직이자 온몸이 삐그덕 소리를 냈다.

피가 통하지 않았던 다리가 찌릿찌릿해지며 뜨끈뜨끈한 피가 통하기 시작하자 그녀는 또다시 그 자리에 앉아 있어야 했다. 조금의 시간이 흐른 후 자리에서 일어난 미나는 곧장 욕실로 들어가 깨끗하게 세안과 양치를 마치고 밖으로 나왔다. 부엌으로 가 냉장고 문을 열자 그가 해둔 반찬거리가 보였다. 그의 흔적을 이곳에서도 발견하자 미나의 입술이 슬프게 비틀렸다.

"아무튼, 징한 놈."

냉장고에 있는 반찬을 죄다 꺼낸 미나는 역시나 그가 해두고 간 밥을 퍼 식탁에 앉았다. 입안이 꺼끌꺼끌해 밥 생각은 들지 않으나 애써 숟가락으로 크게 한술 뜬 그녀가 입이 터져라 밥을 밀어 넣었다.

"끅, 끅……!"

목이 막히자 주먹을 쥐어 가슴을 퉁퉁 내려친 미나가 힘겹게 말했다.

"설표야, 나 무울……!"

말을 내뱉고 나자 그제야 그의 부재가 떠오른다.

자리에서 비척 일어난 미나가 냉장고로 가 생수통을 꺼냈다. 그리고 물을 벌컥벌컥 들이켠 후 한숨처럼 숨을 내뱉었다.

목이 간지럽자 미나가 눈을 동그랗게 떴다.

"딸꾹, 딸꾹……!"

갑작스레 딸꾹질이 몰려오자 그녀가 숨을 꾹 참는다.

"딸꾹!"

하지만 그에 대한 그리움을 숨기지 못하듯, 딸꾹질은 한참이고 계속되었다.

"보고…… 딸꾹! 싶다! 딸꾹!"

수많은 스태프들 가운데서 멋들어진 포즈를 취한 채 시선을 멀리 두던 설표가 플래시가 터지자 다른 포즈를 취하며 사방에서 터지는 강렬한 빛에도 눈 하나 깜짝하지 않았다. 오랜 시간, 사람들의 시선에, 카메라 세례에 익숙해진 그는 프로페셔널하게 촬영에 임하고 있었다.

화보촬영도 아니었건만 그는 옷을 다섯 벌째 갈아입으며 피곤한 눈을 손가락으로 꾹꾹 눌렀다. 혹여나 메이크업이 지워질까 조심스러운 손길이었다. 계속된 강행군에 피곤한 것도 있었지만 그를 지금 더 힘들게 만드는 것은 계속되는 철호의 잔소리 때문이었다.

"아, 이 작품 하자니까?"

"싫어."

철호는 이번 기회를 놓치기 싫은 듯 그에게 징징거리고 있었다. 도미니크 감독의 캐스팅 제안을 아직도 거절하지 않은 모양이었다.

설표가 단칼에 잘라내자 철호는 발을 쾅쾅 굴리며 답답한 마음을 주체하지 못했다.

"아, 왜 싫은데? 이 작품만 하면 네 활동 영역을 헐리웃까지 넓힐 수 있는데!"

왜 싫은지 철호도 잘 알고 있었다. 촬영에 들어가게 되면 짧게는 6개월 길게는 1년까지 세계 각국의 촬영지를 돌아다녀야 한다. 아직 대본을 자세히 보지 않아 모르지만 제작비가 상상을 초월하니 족히 3개국은 돌아다닐 것이다. 어디 그뿐인가, 영화 촬영이 끝이 나고 본격적으로 홍보에까지 들어가면 더 긴 시간이 소요될 것이고, 만약 제작사 측에서 완벽한 몸매를 원하고 트레이닝까지 받아야 한다면 반년은 더 소요된다.

그 긴 시간 미나와 떨어져 있을 수 없는 설표는 다시 한 번 고개를 내저었다.

"절대 싫어. 안 해."

"지금보다 더 유명해지기도 싫고, 돈도 많이 벌고 있잖아. 지금이 좋아."

"하아, 진짜 이 답답한 자식! 도대체 왜 이 좋은 기회를 마다하는 건데? 장 작가님한테 말하고 촬영하고 오면 딱 좋겠구만."

답답함으로 시작된 말은 투덜거림으로 끝이 났다. 분명 미나에게 말한다면 그녀는 미래를 위해 잠시의 이별을 택할지도 모른다. 그것이 그를 위한 길이라 생각하며. 하지만 설표의 생각은 달랐다. 그의 미래는 헐리웃이란 곳에서 화려한 레드카펫을 밟는 것보단 미나의 곁에서 함께 군것질거리를 하며 함께 잠을 자고 깨어나는 것이었다. 그가 설핏 웃음을 내뱉으며 말했다.

"그 건은 거절해 줘."

"후!"

철호가 거칠게 한숨을 내뱉으며 고개를 돌렸다. 아직 완전히 포기를 한 상태는 아닌 것처럼 보였으나 그도 곧 마음을 접게 될 것이다. 배우가 촬영에 임하지 않겠다 하니 별도리가 없을 테니까.

설표는 촬영이 임박했는지 부산스러웠던 스태프들이 제자리를 찾아가는 것을 보았다. 설표는 잘 닦인 구두를 신고 있는 발을 옮기다 말고 고개를 돌려 물었다.

"열애설 건은 어떻게 됐어?"

"아, 안 그래도 말하려고 했다. 한국 스포츠는 틀어막았는데 그 사진을 연예부 기자가 찍은 게 아니라더라? 전문 파파라치가 찍은 모양이더라고."

"흠……."

"다른 곳들도 다 연락 돌려놨으니까 그쪽에서 곧 연락이 올 거야."

"……알았어. 계속 주시해 줘."

가볍게 말한 설표가 고개를 돌려 다시 화려한 세상 속으로 걸음을 옮긴다.

"수고하셨습니다!"

생각보다 촬영이 오래 걸렸다. 자그마치 여덟 시간 동안 카메라 앞에서 웃고 있어야 했던 설표가 피곤한 얼굴로 가면극 무대 위에서 내려왔다. 곧장 자신에게 다가오는 스타일리스트에게 운동화를 받아 든 그가 불편한 구두를 벗어 신을 갈아 신었다. 발이 편해지자 한결 숨통이 트인다.

"바로 집으로 갈 거지?"

다가온 철호 역시 피곤한 얼굴로 물었다. 데뷔 초반, 어리고 관리가 많이 필요하다는 이유로 철호와 같이 생활했던 그이지만 군 제대 후 독립해 현재는 홀로 넓은 집에서 지내고 있었다.

서늘한 공간을 떠올리던 설표가 고개를 내저었다.

"형 집에서 잘까?"

"그 좋은 집 냅두고 왜? 우리 집 더러워."

"아니면 형이 오던가."

그 말에 설표가 '자식, 외롭구나?'라며 낄낄거렸다. 예전이라면 미간을 찌푸리고 무시했을 말이었지만 오늘은 조금 솔직해져 답했다.

"어."

"뭐? 야, 다른 사람들 앞에서 그런 이야기하지 마. 강설표가 외롭다고 말하면 대한민국 남자들이 뒷목 잡고 쓰러진다."

"나도 사람인데, 뭐."

연인이랑 헤어져 지내는 건 역시나 힘들고 외로워.

그의 말에 철호는 단단히 미쳤다며 혀를 끌끌 찼다.

탈의실로 가 곧장 편한 옷을 갈아입고 밖으로 나온 설표가 차가 세워져 있는 주차장으로 향할 때였다. 밖으로 나오자마자 가슴에 커다란 카메라를 건 남자가 성큼성큼 걸어와 설표 앞에 섰다.

"강설표 씨? 잠시 이야기할 수 있을까요?"

"누구십니까?"

철호가 낯선 남자와 설표 사이에 끼어들며 거리를 벌렸다. 마치 든든한 방패처럼 막아선 철호는 미간을 찌푸리며 신경을 세웠다. 늘 사람들에게 둘러싸여 사는 설표였지만 그럴수록 더욱 예민해질 수밖에 없었다. 어떤 사건사고가 터질지 모르니까.

그의 물음에 남자는 피식 웃음을 내뱉으며 USB를 허공에서 흔들며 말했다.

"아, 재미있는 사실을 하나 알아내서요."

"재미있는 사실이 뭡니까?"

설표가 날카로운 어조로 묻는다. 가슴에 걸려 있는 카메라와 그가 짓고 있는 당당한 표정. 이 남자가 왜 자신을 찾아왔는지 알 것 같았다.

"은하 마을에 애인을 숨겨두셨더라고요?"

설표의 얼굴이 굳어졌다. 은하 마을은 현재 미나의 집이 있는 곳이었다.

"재미있는 사진을 찍었는데 말입니다……."

그가 목소리를 낮춰 하는 말에 설표가 철호의 어깨를 잡아 옆으로 밀쳤다. 그는 철벽이라도 뚫을 듯이 날카로운 눈으로 남자를 노려보며 말했다.

"원하는 게 뭡니까?"

"하하하, 이제야 좀 대화가 되겠네. 잠시 시간 내주실 수 있으십니까?"

은밀한 곳에서 이야기를 좀 하고 싶은데.

남자의 말에 설표가 고개를 끄덕였다.

"좋습니다. 얼마든지요."

아무런 일도 하지 않은 채 미나는 제 앞에 휴대전화만 놓아둔 채 바라보고 있었다. 언제나 저제나 그에게서 전화가 걸려올까, 시선을 떼지 못하던 그녀는 웅웅 몸을 떨며 울리는 전화에 손을 뻗어 재빨리 휴대전화를 낚아챘다. 액정을 보자 기다렸던 전화가 아니었다. 우울한 얼굴로 02 지역번호가 찍혀 있는 휴대전화를 한참이나 보던 미나가 전화를 받았다.

설표, 그에게선 이틀째 연락이 없었다.

"여보세요?"

많이 바쁜가? 그리 생각하며 미나가 말하자 곧 상대가 기분 좋은 음성으로 답했다.

[장미나 씨 휴대전화인가요?]

"그런데요?"

[정말 다행이네요. 몇 번이나 연락을 시도했는데 안 되어서 이번에도 잘못된 번호인가 했어요.]

상대의 말이 심상치가 않았다. 미간을 찌푸린 까칠한 음성으로 물었다.

"무슨 말씀이시죠?"

[아, 죄송합니다. 여기 종로 2가 경찰서입니다. 이번에 친아버지 장호연 님께서 친족 찾기 서비스를 신청하셨어요. 지금 노숙자로 지내시는데 따님과 꼭 연락을 하고 싶다고 하셔서요.]

"……."

장호연, 꿈에서도 잊지 못하는 그 이름에 미나의 몸이 얼어붙었다. 손가락이 파들파들 떨리고 사지육신이 오그라든다. 두려움에 눈을 동그랗게 뜬 미나가 꺽꺽, 소리를 냈다.

"끅……! 끄윽……!"

딸꾹질 같기도 하고 숨을 참는 소리 같기도 했다. 공포에 질린 그녀의 소리를 알아듣지 못한 상대가 놀란 목소리로 물었다.

[여보세요? 장미나 씨?]

"그 사람, 아버지 아닙니다."

[네……? 하지만 데이터엔 분명…….]

미나는 상대의 말이 끝나기도 전에 재빨리 답했다.

"우리 아빠 아니야! 내 가족도 아니야! 아니야, 아니라고!"

우리 아빠였다면, 진짜 날 가족으로 생각했다면 그 사람이 날 그렇게 지옥 속에 가뒀을 리가 없다. 그 사람은 내 인생을 파괴하고, 내 정신을 가루로 만들었으며 육체에 수많은 상흔을 남긴 끔찍한 괴물일 뿐이었다.

"그러니까 나 찾지 말아요."

제발.

❖

사진을 보는 설표의 입술에 부드러운 미소가 걸렸다. 사진은 그와 그녀가 처음 5일장에 갔을 때 찍힌 것이었다. 편안한 차림의 설표가 사진 속에서 해맑게 웃고 있다. 이때 당시에 그는 모자를 더푹 눌러쓰라는 그녀의 잔소리에 반항하듯 제 모자를 벗어 그녀에게 씌워주고 있었다. 다음 사진으로 넘긴 그는 다른 옷차림으로 함께 집을 나서는 그와 그녀의 모습에 설표가 행복하게 웃었다. 다음 장으로 넘기자 두 사람의 포즈가 조금 바뀌었다. 그녀가 자신을 보며 화사하게 웃음 짓고 있는 모습은 그 당시엔 그가 알지 못했던 것이었다. 설표는 반대편에서 오는 차에 그녀를 자신의 품으로 끌어당기고 있었고, 미나는 그의 품에 안겨 행복하게 웃고 있었다.

"넌 지금 웃음이 나오냐?"

사진을 한 장 한 장 넘겨보며 웃는 설표의 모습에 철호가 표정을 굳히며 말했다. 방금 전 파파라치의 협박에 못 이겨 수천만 원을 송금했으면서도 그는 팔불출처럼 사진 속 미나의 얼굴을 손으로 쓰다듬으며 미소 짓고 있었다.

"그러고 보니 미나 씨랑은 사진을 한 번도 찍은 적이 없어. 잘 간직해야지."

"아이고, 이 얼빠진 놈, 진짜!"

좋지 못한 용도로 찍혔으나 그래도 좋았다. 나란히 걸으며 산책을 하고 있는 모습도, 장에서 쪼그리고 앉아 야채를 함께 고르고 있는 모습도, 같이 얕은 언덕을 산책하듯 오르며 손을 잡고 있는 모습도, 그에겐 모두 영원히 기억하고 싶은 추억들이었다.

"미나 씨한테 전화해야겠다."

"그래, 그래라! 그래도 짧게 끝내! 내일 또 새벽부터 촬영 있으니까."

"알았어, 잔소리 그만해."

짧게 툭 내뱉은 설표가 사진을 주섬주섬 챙긴 뒤 파일에 잘 넣어두었다. 미나를 만나게 되면 같이 사진을 꺼내 볼 참이었다.

철호가 문을 닫고 나가자 설표는 곁에 두었던 휴대전화를 가져와 미나의 번호를 눌렀다. 그녀는 수시로 전화번호를 바꾸긴 했으나 그의 직업이 암기에도 특화되어 있지 않은가. 아니, 딱히 그것이 아니더라도 그는 그녀가 번호를 바꿀 때마다 늘 그녀의 번호를 외웠다. 익숙한 번호를 누른 설표는 한참이 지나서야 미나가 전화를 받자 미간을 찌푸렸다.

"여보세요?"

[서, 설표야?]

"목소리가 왜 그래요? 무슨 일 있어요?"

조급한 그녀의 목소리에 설표의 낯빛이 더욱 어두워졌다. 말까지 더듬는 것을 보면 분명 무슨 일이 있는 것이리라. 하지만 그녀의 말은 그의 예상과는 전혀 정반대의 것이었다.

[네가 너무 늦게 전화해서 그렇잖아. 얼마나 기다렸는데.]

"사실대로 말해요."

그녀의 목소리에서 기가 막히게 거짓을 찾아낸 그가 강력한 어조로 말했다. 그러자 미나가 잠시 뜸을 들인 후 한숨처럼 말한다.

[……그 남자한테서 전화가 왔어.]

"……."

그 남자라는 말에 설표의 얼굴이 얼음장처럼 굳었다.

[아니, 정확히 말하면 그 남자가 날 찾는다는 전화가 왔지. 그 인간은 어떻게 112에 친족 찾기 서비스를 신청할 수가 있지? 양심이 있다면 절대 그럴 수가 없을 거야.]

빠르게 흘러나오는 목소리는 어느새 안심되어 있었다. 그의 목소리가 만들어낸 놀라운 마법이었다.

"괜찮…… 아요?"

그렇게 묻고 난 후 설표가 인상을 찡그렸다. 괜찮을 리가 없지 않은가? 괜한 물음이었다. 하지만 그녀의 답은 전혀 의외의 것이었다.

[안 괜찮으면? 강설표, 난 놀랍게도 말이야. 너로 인해 많은 것이 변했어. 예전에 혼자 있을 땐 감당하지 못했는데 지금은 놀라울 정도로 아무렇지도 않아.]

그녀가 힘 있는 목소리로 말했다. 혹여 그녀의 목소리에 거짓이 있나 날카롭게 신경을 세웠으나 다행히도 그녀는 정말 아무렇지도 않은 모양이었다.

어떻게 그럴 수가 있지? 그녀의 몸에 남아 있는 상흔을 떠올려 보면 그조차도 쉽게 떨쳐 내지 못할 과거였다.

"정말요?"

[그래.]

짧게 답을 한 후 그녀가 말을 이었다.

[지금 내게 있어선 너와 나, 둘 사이의 문제가 아니면 아무런 타격도 주지 못해. 왜인고, 생각해 보니 내가 너에게 첫 주연을 주었을 때와 같은 모험을 하고 있는 상태거든. 놀라운 모험엔 많은 용기가 필요하고, 그 용기를 생각해 보니까 과거의 일은 아무렇지도 않게 되었어. 다만 가해자가 단지 가족이란 이후로 몇십 년이 지난 이후에도 친부에게 전화를 받게 하는 이 나라의 시스템에 열이 조금 받았을 뿐이야.]

숨도 쉬지 않고 긴 말을 늘어놓은 미나가 뒤늦게 숨을 몰아쉬었다. 이성적인 말속에 그가 미처 발견하지 못한 그녀의 흥분이 섞여 있었던 것 같았다.

그가 앞으로의 일정을 떠올렸다. 취소할 수 있는 것이 있으면 당장이라도 취소를 하고 내려가고 싶었으나 불행하게도 미룰 수 있는 일은 단 한 건도 없었다. 미루고 미루다 올라온 것이니 당연했다.

설표가 우울한 목소리로 말한다.

"당장 내려가야 하는데……."

[무슨 소리야? 강설표, 내가 친부가 날 찾는다는 말보다 더 무서운 게 네 펑크 소식이야. 철호 씨가 나한테 전화하기만 해봐. 주리를 틀 거야.]

그렇게 말한 미나가 쿡쿡 웃음을 내뱉었다. 가벼운 웃음에 걱정으로 굳어 있던 그의 얼굴도 부드럽게 풀린다.

"그럼 올라올래요?"

나랑 같이 있어요, 그가 달콤하게 말한다. 그러자 미나는 잠시 뜸 들인 후 신음을 터뜨렸다.

끙!

마치 똥 마려운 강아지처럼 소리를 낸 미나가 아쉬움이 가득한 목소리로 말했다.

[미안하지만 방송가에 포획 경보 내려진 몸이라 그건 불가능해.]

그의 말에 설표는 아쉬움에 입맛을 다셨다.

우울한 이야기가 끝없이 이어지자 미나가 애써 밝은 목소리로 말길을 돌렸다.

[촬영은 잘 끝났어?]

"네."

[힘들진 않았고?]

"엄청 힘들었어요, 얼마나 까다롭던지. 카메라를 다 부술 뻔했어요."

[네가 잘도.]

"나 지금 무시해요?"

[무시하기는. 엄청 대단하게 생각해서 하는 말이야. 너처럼 감정 컨트롤 잘하는 인간도 없으니까.]

그래, 지난 7년간 자신의 마음은 꾹꾹 누른 채 그녀의 곁을 지켰던 그다. 아마 자기 관리와 감정 관리로 치자면 대한민국에서 최고로 꼽힐지도 몰랐다.

몇 번이고 가벼운 웃음을 흘린 미나가 물었다.

[내일은 무슨 촬영인데?]

"화보요. 머리를 잘라야 해요."

설표가 기다란 머리카락을 쭉쭉 잡아당겼다. 머리카락은 어느새 묶을 수 있을 정도로 자라나 있었다. 머리카락으로 그녀의 가슴을 간지럽힐 때마다 까르르 웃는 미나의 표정이 좋았는데. 내일 자르게 된다면 한동안은 보지 못할 모습이었다.

그녀의 모습을 떠올리자 설표가 아쉬움에 숨을 집어삼켰다. 손을 뻗으면 늘 닿을 거리에 있었는데 지금은 족히 400㎞는 떨어져 있는 거리에서 통화를 하고 있었다. 손을 뻗어 허공을 만지던 그가 손가락을 동그랗게 말아 쥔다.

"보고 싶어요."

[……나도.]

"정말요?"

[그래, 지금 네가 보고 싶어 미치겠어.]

강렬한 고백에 설표가 눈을 지그시 감았다. 이젠 눈만 감아도 그녀의 모습이 자연스럽게 떠올랐다.

중증이다, 중증.

이러다 상사병이라도 걸리는 것은 아닐까, 걱정까지 될 지경이었다.

"열심히 일하고 내려갈게요."

[응, 내일도 연락해, 알았지?]

설표가 피식 웃음을 내뱉었다.

"네."

바뀐 그녀의 모습이 싫지가 않았다.

그녀는 그로 인해 강해졌고 네 발 달린 짐승이었던 아기가 두 발로 서며 인간 구실을 하듯 홀로서기를 하고 있었다. 그는 그녀가 혼자서 걷고 뛸 수 있도록 곁을 지킬 것이다. 그 모습을 보는 재미도 아주 쏠쏠할 테니까.

"사랑해요."

[미 투.]

무심한 말에 그가 결국 참다못한 웃음을 흘렸다. 그러자 밖에서 자신의 속도 모르고 웃는 설표가 얄미웠던 것인지 철호가 문을 쾅쾅 두드리며 외쳤다.

"잠이나 자!!"

늦게 배운 도둑질이 날 새는 줄 모른다더니.

설표와 미나가 딱 그 짝이었다.

미나는 저 멀리서 다가오는 설표의 모습에 걸음을 멈췄다. 눈가를 가릴 만큼 길었던 머리카락이 댕강 잘려 나가 있었다. 짧은 머리카락은 마치 3년 전, 그가 제대 후 자신을 찾아왔을 때처럼 낯설어 보였다.

"작가님, 작가님이 도망간다고 해서 제가 쫓아가지 못할 거라고 생각했습니까?"

"……."

"지구 끝까지라도 쫓아갈 겁니다. 작가님이 계신 어느 곳이든. 찾아갈 겁니다."

3년 전 그날이 떠올랐다. 그때도 지금처럼 후덥지근한 여름이었다. 초인종이 울리고 문을 열자 서 있는 그의 모습에 뒤로 나자빠지지 않았던 것은 그가 당연하게 자신을 찾아올 것이라는 믿음과 철호의 전화 때문이었다. 그리고 그날, 그녀는 다시 그를 제 마음속으로 들였다.

그날은 그 혼자 걸음을 옮겼지만 오늘은 달랐다. 미나가 뽀로로 빠르게 뛰어 그가 벌린 양팔 사이로 점프해 착지했다. 그의 단단한 허리에 허벅지를 두르고 고목나무의 매미처럼 매달렸다.

그는 제법 묵직해진 그녀의 몸무게에 설표가 눈을 동그랗게 떴다. 한 2kg쯤 쪘나? 한 번 들어본 것만으로도 그녀의 체중 증가를 수치까지 정확하게 알아낸 설표가 물었다.

"살쪘어요, 미나 씨."

"알아. 그래서 싫어? 나 뚱뚱하다고 막 구박하는 건 아니겠지?"

그녀의 엉덩이를 커다란 손으로 단단하게 받친 그가 힘든 기색 하나 없이 걸음을 옮겼다. 그러면서도 그의 입술은 어느새 그녀의 입술을 찾은 뒤였다.

"그럴 리가 있나."

"한 입 가지고 두말하기 없기다?"

"그건 내가 하고 싶은 말이에요."

높다란 담벼락의 유일한 출입구인 문을 열고 안으로 들어갔다. 푸르른 잔디가 그의 눈앞에 펼쳐진다. 서울 강남에 위치한 고급 오피스텔보다 이곳이 더욱 자신의 집으로 느껴진다. 고개를 옆으로 틀어 입술을 쪽 하고 맞췄다. 설표가 그녀의 입술에 발려 있던 립글로스가 자신의 입에 묻자 혀로 할짝였다. 아아, 달다. 딸기 맛 인가? 아, 아니다. 이건 장미나 맛이다.

"뭐가?"

미나가 눈을 동그랗게 뜨며 물었다. 자신이 무를 말이 있던가? 살짝 옆으로 고개를 기울이는 그녀의 모습을 보자 설표가 괜히 엄히 표정을 지으며 말한다.

"이 입으로 사랑한다고 했던 말, 무르면 내가 무슨 짓을 할지도 모른다고요."

"얼씨구?"

"안 믿기면 시험해 보던가?"

시험해 보기엔 그의 표정엔 너무나 무서운 확신이 서려 있다. 미나는 멍청하지 않았고 냅다 고개를 저었다.

"아니야, 믿어."

"정말요?"

"그래, 강설표 말이면 난 다 믿어."

드디어 설표의 사랑이 완성되었다. 불안과 좌절, 두려움을 떠나 믿음으로.

그는 미나를 통해 사랑을 배웠다.

그 사랑 중 가장 큰 것은 믿음.

그녀에 대한 믿음이었다.

그리고 그건 장미나, 그녀 또한 마찬가지였다.

그가 여름 햇살보다 더욱 뜨겁고 찬란한 눈으로 그녀를 올려다 보았다. 팔이 저릴 법도 한데 그는 그녀를 대롱대롱 든 채 어느새 열려 있는 현관문 안으로 들어가고 있었다.

"서울에서 재미있는 사진을 가지고 왔어요. 같이 봐요."

재미있는 사진? 그녀가 물었다. 그러자 설표가 고개를 끄덕이 며 답한다.

"평소 제가 세상에서 미나 씨가 가장 예쁘다고 하면 안 믿었죠? 근데 그 사진을 보면 미나 씨도 믿을 거예요. 당신의 미소가 얼마 나 예쁜지."

그리고 그 미소를 난 평생 보고 살고 싶어요.

"에에? 그 사진이 어디서 났는데?"

"수천만 원이나 주고 산 사진이니까 못 나왔다고 찢어버릴 생각일랑 접어요."

그의 으름장에 미나가 낄낄 웃으며 그의 목덜미에 얼굴을 묻었다.

"아, 내 꼴이 어떻게 나왔는지 알 만하다."

아마 얼굴을 잔뜩 일그러뜨리고 웃고 있겠지.

그런 표정은 그의 앞에서만 지었다.

욕실은 평범한 가정집의 것처럼 썩 넓지 못했다. 작은 욕조는 성인 한 사람들이 들어가면 가득 찰 정도였고, 샤워부스도 따로 놓을 공간이 없어 욕조 위 벽에 달려 있는 것이 전부였다.

두 사람만 들어가도 복작거려 답답하게 느껴질 것 같은 공간이었으나 미나와 설표는 뭐가 그리도 즐거운지 연신 하하하 웃고 있었다.

미나는 홀딱 벗은 채 욕조 안에 몸을 담그고 있었다. 새하얀 살결 위로 자리 잡은 흉을 고스란히 드러낸 채 그녀는 설표에게 등을 내어주고 있었다. 검은색 브이넥 티셔츠에 반바지를 입고 있던 그는 샤워폼에 뭉게뭉게 거품을 낸 뒤 정성스레 미나의 몸을 닦아주고 있었다.

그는 마치 깨끗하게 씻어내면 그녀의 몸에 남아 있는 흉들을 지울 수 있을 것처럼 세심하게 몸을 닦아주었고, 미나는 그의 손길이 간지러운 것인지 까르르 웃음을 터뜨렸다.

"악악, 간지러워!"

미나가 그의 손길이 닿은 옆구리를 손으로 가리며 버럭 외쳤다. 그녀가 몸을 돌리자 수면이 요동치며 물방울이 사방으로 튀었고, 설표의 바지 자락 또한 젖었다.

"너무해요. 서비스에 대한 대가가 물세례라니."

설표가 젖은 자신의 바지를 난감하다는 듯 내려다보았다. 치열하게 일을 하고 돌아온 것은 그였으나 정작 적당하게 따뜻한 물에 몸을 담그고 있는 것은 그녀였다.

미나가 잔뜩 젖은 그의 바지를 보더니 장난스럽게 눈을 빛냈다. 미나가 손바닥에 물을 모아 그에게 뿌렸다.

"기왕 젖은 김에 들어와."

으악, 갑작스런 힘에 설표의 입에서 놀란 음성이 터져 나왔다. 연신 자신에게 뿌려지는 물을 피하기엔 역부족인 것인지 머리부터 발끝까지 홀딱 젖고 나서야 정신을 차린다.

"아이같이 이러기예요? 장난꾸러기."

"음? 같이 씻자는 게 왜?"

"그래도 오늘은 내가 씻겨주기로 했잖아요."

설표가 입술을 내밀며 투덜거렸다. 하지만 어느새 젖은 티셔츠를 벗으며 탄탄한 상체를 드러낸 뒤였다.

"아무리 정성 들여 닦아도 안 지워지는 상처 붙잡고 있지 말고 다른 걸로 잊게 해달란 말이야."

"……지금 유혹하는 거예요?"

순간 말문이 막힌 설표가 입을 꾹 다물었다가 말을 이었다. 그러자 미나가 깔깔 웃음을 터뜨리더니 고개를 끄덕였다. 그녀의 고갯짓에 그의 손길이 더욱 빨라졌다. 반바지와 팬티를 동시에 벗어던진 그가 욕조 속으로 들어왔다. 가득 차 있던 물이 넘쳐흘렀고, 좁은 욕조 속에 두 사람의 몸이 바짝 밀착되었다. 설표는 그녀의 등을 끌어 백허그를 했다. 목덜미에 남겨져 있는 상처에 입을 쪽 하고 맞춘 그가 웅얼거리듯 말했다.

"물에서 하는 건 어떤 기분일까요?"

"늘 말하지만 해보면 되지."

고개를 돌린 그녀가 설표의 입술을 찾았다. 아랫입술을 장난스럽게 물어뜯고, 손은 슬금슬금 그의 남성으로 향하고 있었다. 흐물흐물 물결에 따라 움직이던 그의 남성에 그녀의 손끝이 닿자 순간 움찔거렸다.

"움직여."

갑작스럽고 강렬한 반응에 미나가 눈을 동그랗게 뜨며 물었다. 그러자 설표가 곤란한 듯 한쪽 눈살을 찌푸리며 웅얼거렸다.

"그거야 당연하죠."

당신이 만지니까.

그 말이 끝남과 동시에 설표가 미나의 허리를 잡아 자리에서 일으킨 뒤 뒤돌려 앉혔다. 드디어 마주 보는 자세가 됐다. 자신의 허리를 감싸는 허벅지를 느끼며 설표가 눈을 감는다. 말랑말랑한 여체는 언제나 늘 그의 기분을 좋게 만든다. 그녀가 온전히 자신에게 왔다는 느낌에 한 사람으로 인해 세상이 얼마나 아름다워질 수 있는지 놀라운 경험을 하게도 만든다.

문득 든 행복감과 충족감에 바쁘게 그녀의 몸 위를 떠돌던 손길이 순간 멈췄다. 그녀가 남성을 꽉 쥔 채 놓아주지 않았다. 힘주어 잡은 손길에 아프기까지 하자 설표가 입술을 떼며 그녀를 올려다보았다. 그의 허벅지에 앉아 있던 시선이 평소보다 높은 곳에 있었다.

"아파요."

"안 아프게 해줄게."

그러면서 미나가 손가락을 동그랗게 만든 뒤 귀두 부분이 쓸리도록 손을 움직였다. 찰박이는 소리가 청각을 자극하고, 움직임에 따라 들썩이는 그녀의 가슴이 시각을 자극한다.

"윽."

설표의 입에서 신음성이 터져 나왔다. 빨라지는 그녀의 손길에 그의 허리가 움찔거리고 엉덩이가 들썩거렸다. 설표가 그녀의 손을 붙잡으며 고개를 내저었다.

"그냥 보낼 작정이에요?"

"……음, 우리 설표 자존심에 금이 가겠지?"

"알면 그러지 말아요."

설표가 경고하듯 짧게 말을 내뱉었다. 그러자 미나는 물 위를 둥둥 떠다니는 향기로운 냄새의 거품을 곁눈질하며 말했다.

"너도 서비스해 줬으니까 나도 해줘야지."

그렇게 말한 미나가 자리에서 일어났다. 순간 그의 시야에 그녀의 나체가 가득 차오른다.

소담한 가슴은 밥그릇을 뒤집어놓은 듯 예쁜 모양을 하고 있었다. 벌써부터 꼿꼿하게 서 있는 정점이 향긋한 꽃 내음을 풍긴다는 것도 검은 숲에 가려져 있는 그녀의 여성이 얼마나 보드랍고 따스한지 그는 너무나 잘 알고 있었다. 상상만으로도 남성이 불뚝 솟아오르더니 고갯짓을 하기 시작했다. 툭 건드리기만 해도 제 속에 있는 것들을 모두 뿜어낼 것처럼 잔뜩 흥분한 상태였다.

미나가 고개를 치켜들며 도도하게 명령한다.

"일어나서 앉아봐."

"……뭐 하시게요?"

"야한 짓."

언젠가 그가 그녀에게 장난스럽게 했던 말을 고스란히 따라한 미나가 빠릿하게 움직이라는 듯 고개를 까딱였다. 결국 설표가 불안한 얼굴로 자리에서 일어나더니 욕조 난간에 엉덩이를 붙이고 앉았다. 근육들이 꿈틀거리며 벌써부터 긴장하기 시작했다.

그의 앞에 무릎을 꿇고 앉은 미나가 남성을 조심스럽게 잡은 뒤 고개를 내렸다. 입안 가득 차는 남성의 크기에도 미나는 고개를 내려 뿌리까지 집어삼킨 후 빠르게 뺐다.

움찔움찔.

설표의 몸이 요동쳤다. 하지만 미나는 턱이 뻐근해질 때까지 남성을 빨았다. 쪽 소리를 내며 귀두 부분에 입을 맞춘 미나가 혀를 길게 빼내 달콤한 사탕을 핥듯 맛보았다. 참다못한 설표가 그녀의 머리카락을 잡아 고개를 뒤로 젖혔다. 거친 그의 행동에 미나의 입술이 벌어졌다. 설표가 거칠게 입을 맞췄다. 미나의 입속을 휘젓던 설표의 혀가 뱀처럼 휘어들어 와 그녀의 윗입술을 빨았다. 입술을 뗀 설표가 거친 목소리로 말했다.

"해도 돼요?"

"물론이야."

그녀의 허락이 떨어지자 설표가 자리에서 일어나 방금 전까지 자신이 앉아 있던 자리에 그녀를 앉혔다. 손으로 그녀의 여성이 충분히 젖었는지 확인한 그는 준비를 끝마친 달콤한 여체를 확인하곤 자리 잡는다. 빳빳하게 선 남성을 붙잡은 그가 익숙하게 꽃잎을 문지르더니 곧 부드럽게 안으로 밀어 넣었다. 커다란 남성이 묵직하게 그녀의 몸속에 자리 잡는다. 매끄럽게 들어가긴 했으나 부담스러운 크기에 미나의 얼굴이 일그러졌다.

"아파요?"

그가 걱정스레 물었다. 그러자 미나는 고개를 약간 뒤로 젖히며 말한다.

"난 거친 게 좋더라."

그 말은 그에게 흥분을 일으키기에 충분한 말이었다.

두 사람의 몸이 하나가 되었다. 여체 안에서 끊임없이 꿈틀거리는 남성은 자신의 존재를 확인시킨 후 빠르고 강렬하게 그녀의 안을 파고들었다 나오길 반복했다.

찰박거리는 소리와 두 사람의 신음성이 욕실 안을 가득 채웠다.

그의 앞에 새하얀 나체를 고스란히 드러낸 채 누워 있던 미나는 자신의 옆구리를 손가락으로 쿡 찌르는 그의 행동에 고개만 내려 상처를 보았다. 예전에는 차마 바라보지 못했던 자신의 몸. 하지만 그가 자신의 곁에 있으면서 놀라울 정도로 빠르게 바뀐 지금의 장미나는 과거의 끔찍한 기억 따위 사뿐히 즈려 밟을 수 있을 정도로 강해졌다.

"이 상처는 언제 난 거예요?"

그의 물음에 미나는 곰곰이 생각하지도 않은 채 말했다. 옆구리에 피부가 눌어붙은 것처럼 까맣게 변한 자국은 초등학교에 입학하고 얼마 되지 않아 생긴 것이었다.

"여덟 살 때 정수기 뜨거운 물을 받아 그대로 들이부었어."

"이건요?"

그가 이번엔 손을 들어 어깨에 있는 상처를 가리키며 묻자 미나가 심드렁한 목소리로 답했다.

"그건 그것보다 그 이전에 시험 한 문제 틀렸다고 몽둥이로 두들겨 맞았지."

그녀는 놀랍게도 자신의 상처가 언제 난 것인지 다 기억하고 있었다. 그만큼 인에 박힌 기억이란 말이었다.

상처에 대해 물을 때마다 그는 그 위에 입을 맞추었다. 쪽 빨아들여 붉은 흔적을 남긴 그가 낮은 목소리로 속삭이듯 말했다.

"그럼 앞으로는 오늘 내가 키스해 준 날로 떠올려요."

"그래, 그래야겠다."

그러면서 미나가 키득키득 웃음을 터뜨렸다. 장난스러운 대화와 가벼운 입맞춤. 그건 놀랍게도 미나의 얼굴에서 늘 웃음을 떠나지 않게 만들었다. 늘 염세적인 눈으로 포기를 입에 달고 살며 어떻게든 되겠지, 가 좌우명이었던 그녀를 평범하게 바꾸어놓고 있었다. 좋은 생각만 하려 노력했고 그까짓 것, 이라고 말하며 가볍게 넘길 수 있는 일들도 제법 생겼다. 그런 그녀의 변화를 가장 크게 보여주는 것은 늘 아래로 처져 있던 입술 끝이 위로 올라간 것이었다. 누군가가 양쪽 입가에 낚싯바늘을 걸어놓고 위로 잡아당기는 것마냥 예쁜 호를 그리고 있었다.

"휴대전화 번호 언제 바꿀 거예요?"

"음? 번호는 왜?"

"그 사람…… 연락 왔다면서요."

설표의 말에 미나의 고개가 옆으로 기울었다. 왜? 라고 묻는 얼굴이었다.

"이번엔 안 바꾸려고."

"왜요?"

"경찰에서도 알리지 않겠다 했지만 설사 알게 되어 연락 오게 되더라도 다음에 안 받으면 그만이야."

"……."

"왜? 걱정돼? 갑자기 사람이 바뀌면 죽으니까?"

그렇게 말한 미나가 다시 까르르 웃음을 터뜨렸다. 그러다 여전히 웃음이 남아 있는 얼굴로 그의 너른 가슴에 뺨을 기댔다. 콩닥콩닥, 그의 심장이 힘차게 뛰었다.

"그냥 이렇게 흘려보내는 게 인생이 아닐까, 생각했을 뿐이야. 그 사람의 피가 내 몸에 반이 흐르고 있고, 날 지키려다가 결국 혼자 튄 엄마란 사람도 결국은 날 10달 동안 품었다가 세상 밖으로 꺼내준 사람이니까. 그 사람들이 너무 밉긴 하지만 그래도 지금은 널 만나서 이렇게 행복하잖아? 그럼 됐어."

"……고마워요."

"뭐가?"

미나가 몸을 데구루루 굴려 그의 몸 위로 올라가며 물었다. 그가 순간 장난스럽게 '윽!' 하며 소리를 내자 그녀의 손이 매섭게 그의 가슴을 쳤다. 탄력적인 가슴과 손이 맞아 제법 큰 소리가 났지만 설표는 아무렇지도 않은 얼굴로 말했다.

"강해져서, 그렇게 생각해 줘서, 내 곁에 있어줘서, 다 고마워요."

"……그건 내가 할 말인 것 같은데?"

그렇게 말한 미나가 다시 고개를 내려 그의 가슴에 귀를 가져다 댔다.

콩닥콩닥.

예쁘게 뛰는 심장 소리.

이 심장이 자신을 향해 뛰기 시작한 것은 7년 전이었다.

그때의 그녀는 '어차피 안 될 사이'라며 지레 포기부터 했다. 그를 향한 자신의 마음이 심상치 않다는 것을 알면서도 그랬다. 차라리 용기 내어 빠르게 그를 받아들였다면 그 기나긴 시간 동안 설표와 미나 모두 마음고생 따윈 안 했을 텐데.

뒤늦은 후회에 기분이 급격히 가라앉았다. 신음처럼 작은 목소리가 그녀의 입술을 비집고 밖으로 흘러나왔다.

"고마워, 설표야."

난 네가 아니었으면 아직도 아무것도 못하는 상태로 그 자리에 서 있었을 거야. 그냥 내가 세상에서 젤 불쌍한 년이니까, 이렇게 살아도 아무도 욕 안 할 거라고 생각하고 있었을지도 몰라. 아니, 어쩜 그냥 그렇게 살다가 죽으면 그만이라고 생각했을지도 몰라.

그녀의 말에 그는 커다란 손으로 작은 등을 쓰다듬었다.

한참 속닥거리며 이야기를 나누던 그 사람은 갑작스레 울리는 휴대폰 소리에 미간을 찌푸렸다. 음률이 조금 들어가 있는 벨소린 설표의 것이었다.

자리에서 일어난 설표가 곧장 거실로 향했다. 미나의 집에선 늘 꺼두었던 휴대전환데 미처 꺼두지 않은 자신의 실수였다. 분위기가 깨졌다는 생각에 거친 손길로 휴대전화를 든 그가 액정을 살폈다. 철호였다.

"이 시각에 무슨 일이야?

[야, 강설표! 지금 그렇게 천하태평하게 있을 때가 아니다.]

다급한 철호의 목소리에 설표의 눈이 위로 치켜 올라갔다.

"뭐?"

[인터넷 기사 봐봐! 스캔들 터졌어!]

"전화 끊어봐."

짧게 말한 설표가 인터넷 창을 열어 거대 포털 사이트에 접속했다. 그러자 메인에 자극적인 제목으로 실려 있는 자신의 기사가 보였다.

—강설표의 연인? 상대는 오랫동안 짝사랑했던 일반인으로 밝혀져!

차마 기사를 클릭해 확인할 용기는 나지 않는다. 다행히 미나가 방송계 쪽에 있는 사람이란 것은 아직 밝혀내지 못한 것인지 '일반인'이라 표현되어 있는 부분에서 안도의 한숨을 내쉬었다.

크게 숨을 들이켠 설표가 용기를 내어 기사를 클릭했다. 그러자 미나의 얼굴이 교묘하게 가려진 사진이 뜬다. 대헌 자동차 CF 촬영 현장에 나타났던 남자가 보여준 사진 중 하나였다.

"필름은 정말 이게 답니까?"

"아, 진짜 장사 하루 이틀 하시나. 정말 그게 답니다."

"만약 남은 사진이 있다면 무슨 수를 써서든 당신을 찾아 콩밥을 먹일 겁니다."

"걱정하지 말라니까 그러네."

마지막, 파파라치가 빈정거리며 했던 말이 떠올랐다. 걱정하지 말라고 했던 것과는 달리 그가 자신과의 약속을 어긴 것이다. 필름까지 모두 받아 처분했다 생각했으나, 자신에게 일부 사진만 넘겨준 것이 분명했다.

그에게 건넨 돈 수천만 원이 허사였다는 사실보다 이 기사로 인해 미나가 받을 충격이 더욱 걱정이 되었다. 설표의 몸이 뻣뻣하게 굳는다.

"철호 씨야? 무슨 일이야, 이 시간에?"

그가 한참이나 돌아오지 않자 미나가 어느새 얇은 흰색 이불을 둘둘 만 채 거실로 나와 있었다. 고개를 돌려 미나의 얼굴을 멀뚱히 바라보던 설표가 천천히 입술을 뗐다.

"미안해요……."

"응?"

미나가 눈을 동그랗게 뜨더니 다시 한 번 물었다.

"뭐가?"

아무런 걱정 근심도 없는 그녀의 눈빛에 설표의 안색이 더욱 어두워졌다. 그녀가 세상에서 가장 무서워하는 것이 사람들의 시선이라는 것을 그 누구보다 잘 알고 있는 설표였다. 그런 그녀에게 자신과의 스캔들을 알려야 하는 이 상황이 죽기보다 싫었다.

처음으로 배우가 된 것이 후회가 되었다. 그녀에게 가까워지고 싶어 선택했던 직업이 이제 와 자신의 발목을 붙잡았다.

설표는 자신의 팔이 천근만근 무겁게 느껴졌음에도 힘겹게 손을 뻗었다. 그리고 휴대전화를 보라는 듯 허공에서 흔든다. 심상치 않은 분위기에 미나가 서둘러 휴대전화를 받아 떠 있는 화면을 살폈다. 스캔들을 보는 그녀의 눈빛이 어둠에 무겁게 가라앉는다.

"……."

"조치를 취한다고 했는데……."

미나의 입에서 앓는 소리가 흘러나왔다. 얼굴이 흐릿하게 나오긴 했으나 미나를 아는 사람이라면 누구나 그녀의 존재를 알 수 있을 정도는 되었다. 후, 한숨을 내뱉은 미나가 들고 있던 휴대전화를 설표에게 건네며 말한다.

"이미 각오한 거야. 대한민국에서 가장 잘났고 유명한 배운데 이 정도도 각오 안 했을까 봐? 너 잊고 있나 본데 나 작가다? 머리에서 얼마나 많은 망상들이 떠도는데. 이것보다 더한 것도 상상해 뒀으니까 걱정하지 마."

그리고 그렇게 얼굴을 드러내 놓고 다녔는데 스캔들이 없을 거라 믿는 것이 어쩜 더 멍청한 것인지도 몰랐다. 언젠가 이런 일이 일어날 것이라 생각은 늘 해왔고, 그 시기가 조금 빨라져 놀랐던 것뿐이었다.

그녀의 말에 굳어졌던 그의 얼굴이 조금 느른하게 풀렸다. 하지만 여전히 불편한 기색이 가득했다. 하지만 그것도 잠시. 설표는 지금 그녀를 안심시키고 그녀를 세상 사람들의 이목에서 지키기 위해선 누구보다 자신이 강해져야 한다는 사실을 깨달았다.

지켜야 해. 그녀가 다치지 않도록.

불특정 다수에게 시달릴 그녀를 지킬 수 있는 건 지금 나뿐이야.

설표가 팔을 뻗어 그녀의 앞으로 내밀었다. 손을 잡으라는 듯 손바닥을 보여주던 그가 입가에 여유로운 미소를 매달았다. 역시나 천상 배우인 그의 미소는 순간 현실을 잊게 할 만큼 멋있었다.

"가요."

"어딜?"

"어디든요."

짧게 말한 그는 그녀가 아무런 말도 하지 못하자 다시 한 번 힘 주어 말했다.

"사람들이 아무도 없는 곳으로 가요."

"그런 곳이 있을 것 같아?"

미나가 피식 웃었다. 그러자 설표는 벌써부터 기자들이 몰려올까 싶어 창밖을 힐끗 보았다. 아직 기자들이 이곳까진 정확하게 알아내지 못한 듯 세상 밖은 잠잠했다. 하지만 평화는 짧을 것이다.

"적어도 이곳보단 안전할 거예요."

부드러운 미소에 전염되듯 미나 또한 웃었다.

"아, 강설표의 여자친구가 나처럼 후진 인간이라고 사람들이 욕하면 어떻게 하지?"

"그럴 일 없으니까 걱정 말아요."

확신에 찬 어조로 말한 설표가 장난스럽게 미간을 세웠다. 그 모습에 미나가 팔을 뻗어 주름진 자리를 손가락으로 꾹꾹 눌러 펴 주었다. 배우가 미간에 주름이라니, 안 될 일이라고 잔소리를 늘어놓으며.

설표가 그녀의 손목을 잡으며 우울한 목소리로 말한다.

"오히려 내가 후졌다고 당신 팬들한테 혼날지도 몰라."

"내 팬?"

"네, 제가 장미나 작가 팬클럽 회원이라는 건 몰랐죠?"

"……정말?"

"진짜예요. 5년 정도 활동한걸?"

헐, 그녀가 턱을 떡 벌렸다. 하지만 설표는 당혹스러워하는 그녀의 표정에도 아주 비밀스러운 이야기를 하듯 작은 목소리로 말을 이었다.

"거기 아주 무서운 동네예요. 그러니까 혹여 나중에 나 없어지면 경찰에 꼭 신고해 줘요."

누군가 날 잡아갔을지도 모르니까.

장난스러운 말에 그녀의 입에서 깔깔깔 웃음이 터져 나왔다.

심각한 분위기는 순간 느른하게 풀린다.

모두 스물일곱, 어른이 된 강설표 덕이었다.

3

집의 아주 작은 소품들만 보아도 그가 이 집에 애정이 있는지 없는지 알 수 있다. 미나의 집은 설표가 애정을 채워 넣었다. 몇 개 되지 않는 가구에 늘 썰렁해 보이던 집에 작은 소품을 들여놓고, 자신의 흔적을 남겼으며 함께 음식을 만들어 먹으면서부턴 부엌에도 생기가 돌기 시작했다.

그녀의 마음을 채워주듯 설표는 그녀의 집도 채웠다. 하지만 미나는 설표의 집엔 아무것도 놓아두지 않았다. 그의 집에 온 것은 처음이니까.

보안이 확실해 다른 곳보단 안전할 것이란 생각에 미나와 설표는 곧장 강남에 위치한 그의 오피스텔로 왔다. 다행히 그녀가 도착할 때쯤엔 기자들이 없어 지하 주차장에서 곧장 설표의 집까지 올라온 미나는 화려한 외관과는 달리 썰렁한 그의 집을 천천히 둘러보고 있었다. 넓이에 비해 구경은 단 3분 만으로 끝이 났다. 그 정도로 가구 하나 제대로 들어와 있지 않은 집이었다. 오피스텔이라고는 하나 아파트를 하나로 터놓은 것처럼 넓은 공간은 좁은 느낌 하나 없이 깔끔해 보였다.

천천히 걸음을 옮기는 그녀의 걸음이 어느 순간 멈추었다. 썰렁해도 너무나 썰렁한 느낌에 미나는 자신의 뒤를 졸졸 따르던 설표를 힐끗 바라보며 말했다.

"돈 벌어서 다 어디에 썼기에 집이 이래?"

"딱히 집에 올 일이 없었으니까요. 늘 미나 씨 집에 있었잖아요."

그러며 웃는 얼굴에 미나가 고개를 끄덕였다. 아마 집에 너무 과하게 많은 물건들이 있었다면 잘 들어오지도 않는 집에 무슨 세간이 이리도 많냐고 했을지도 몰랐다.

미나가 기다란 가죽 소파에 앉았다. 허리를 움직이자 소파가 자연스럽게 펼쳐져 침대 형태가 되었다. 눈을 감은 채 한숨을 내뱉는 그녀를 보며 설표가 곁에 앉아 미나의 손을 잡았다. 슬쩍 눈을 뜬 미나가 곁눈질로 바라보자 설표가 힘주어 잡은 손을 들어 그녀의 머리카락을 부드럽게 쓰다듬어 주었다. 간질간질한 그의 손길에 미나의 입술에 느른한 미소가 걸린다.

"피곤해요?"

"007 작전이라도 펼친 기분이거든."

미나가 눈을 감은 채 말했다. 끊임없이 철호와 통화를 하며 주위 사람들의 시선을 피해 이곳까지 왔던 긴 여정이 떠올랐다. 철호의 논리에 의하면 사진이 찍힌 미나의 집이나 사람들의 시선이 흔히 닿을 다른 곳보단 등장 밑이 어둡다는 논리를 들어 설표의 집이 가장 안전할 것이라 말했으나 미나는 그 말에 동의하지 못했다. 하지만 그녀가 이곳에 온 것은 단순히 설표의 집이 궁금했기 때문이다. 그녀의 예상과는 달리 아무것도 없는 그의 집을 보자 그녀는 안쓰러운 마음이 들었다. 그녀의 집은 그가 가득 채워주었는데. 그녀는 해준 것이 없었다. 모든 세태가 조금 안정이 된다면 그가 그랬던 것처럼 그녀 또한 이곳을 자신의 흔적으로 가득 채우고 싶었다.

눈 밑에 짙은 그늘을 드리운 채 눈을 감고 있는 미나를 보며 설표가 걱정스러운 기색이 가득한 목소리로 말했다.

"그럼 침대에서 자요."

"으음."

짧게 소리를 낸 미나가 눈을 떠 설표를 보았다.

"설표야."

"네?"

부드러운 그녀의 부름에 설표가 그녀의 머리 위를 맴돌던 손길을 멈추었다.

"아마 작품이 떨어질 거야."

"아……."

"나 같아도 스캔들에 휘말린 주연 배우, 원하지 않거든. 괜한 사설에 오르내릴 수도 있으니까."

무슨 말을 하고 싶어 포석을 까는 건가 싶어 그가 미간을 찌푸렸다. 왠지 그녀의 입에서 나올 말들이 썩 좋지 않을 것 같다는 느낌이 들었다. 그가 우울함에 가라앉은 얼굴로 그녀에게 물었다.

"무슨 말이 하고 싶은 건데요?"

"그래서 스무 살의 너도 밀어냈던 거고."

"그래서요? 스물일곱의 강설표도 밀어낼 건가요?"

날카로운 어조에 미나가 입을 꾹 다물었다. 시선은 늘 그랬던 것처럼 무심했다. 그녀는 배우 강설표에 대한 이야기를 할 때면 꽤나 심각한 표정을 짓곤 했다. 지금처럼.

"스물일곱의 강설표는 달라요. 전 말이에요. 미남 배우로 만인의 연인이 되고 싶지 않아요. 배우가 되고 싶지 스타가 되고 싶은 건 아니라고요. 그러니까 걱정 안 해요."

그의 말은 자신감에 가득 차 있었다. 그의 말을 돌려서 생각해 보면 자신은 단순히 미남 배우가 아닌 연기를 하는 배우란 말이었다. 스캔들로 흔들릴 인기라면 단호하게 내던질 각오도 되어 있는 얼굴이었다. 심드렁했던 미나의 얼굴이 점차 펴졌다. 그녀는 웃으며 짧게 말을 내뱉었다.

"믿어."

이 정도의 흔들림에 네가 나가떨어지지 않을 것이란 것을, 그녀는 믿고 있었다. 그녀의 말에 설표는 용기를 낸 것인지 그녀의 집에서 서울로 올라오는 내내 생각했고 계획했던 이야기를 솔직히 털어놓았다.

"내일 기자회견 할 거예요."

"……뭐라 말할 건데?"

"그건 내일 기사로 확인해 줘요."

굳건한 그의 눈이 부드럽게 휘어졌다.

"꼭 지켜줄게요. 세상 그 누구도 미나 씨 상처 입히지 못하게 단단히 지켜줄게요."

그는 약속했던 대로 세상에서 가장 단단한 울타리를 쳐준다. 아주 넓고 큰 것은 아니었지만 작았기에 더욱 따스한 체온을 느낄 수 있고 가까이에서 숨결을 느낄 수 있다.

미나는 자신의 어깨를 쥐고 감싸 안는 그의 품속에서 눈을 감았다. 숨을 크게 들이마셨다가 내뱉었다.

"강설표."

신음처럼 그녀가 그의 이름을 불러본다. 그녀가 세상에서 가장 사랑하는 이름이었다. 그리고 바람을 말해본다.

"좀 더 단단한 사람이 될게. 다음엔 내가 널 이렇게 따스하게 안아줄 수 있도록. 그런 사람이 될게."

미나가 손을 들어 그의 등을 끌어안으며 말한다. 그러자 설표가 그녀의 목덜미에 코를 묻었다. 그녀의 몸에서 달콤한 냄새가 난다. 가라앉았던 마음이 붕 뜬다.

"이미 날 구원해 줬어요, 그러니 노력하지 않아도 돼요."

내 곁에만 있어줘요, 미나 씨.

난 그거면 돼요.

❖

연예가 방송에선 가장 먼저 설표의 소식부터 전했다. 보통 열애설이 터지면 회피를 하거나 소속사에서 보낸 서면으로 답을 대신하는 다른 이들과는 달리 강설표는 당당히 카메라 앞에 섰다. 녹화방송이었지만 그의 등장부터 시작된 화면은 유려한 몸짓으로 의자를 끌어다 앉는 그의 얼굴을 클로즈업했다.

평소 딱딱한 슈트 차림으로 공식 석상에 주로 나타났던 것과는 달리 오늘의 그는 편안한 차림으로 카메라 앞에 섰다. 공식회견장은 그의 소속사 내에 마련되었고, 그 덕에 생각보다 평온한 분위기에서 진행될 듯했다.

그의 열애설에 대한민국이 들썩였다. 그리고 그 사실을 단적으로 보여주듯 기자회견장에 찾은 기자들의 수 또한 상당했다. 무서우리만치 많은 기자들에도 설표는 눈 하나 깜빡하지 않은 채 천천히 입술을 달싹였다.

[열애설 상대는 제가 아주 많이 사랑하는 사람입니다. 기사에도 났듯이 그분을 좋아하기 시작한 것은 7년 전부터고, 교제를 시작한 것은 최근입니다.]

[질문 있습니다! 대온 신문 강철지 기자입니다! 상대가 일반인이 아니라 방송가 종사자라는데 사실입니까?]

한 기자의 질문을 시작으로 기자회견장은 순간 도떼기시장으로 변했다. 가감 없이 전해지는 영상에 미나의 미간이 찌푸려졌다. 브라운관을 바라보는 미나의 눈빛이 불안함에 떨렸다.

"어떻게 해……."

굳어진 그의 얼굴을 보자 미나가 안절부절못하며 말을 내뱉었다. 그가 많이 당황하고 있을 것이라는 그녀의 예상과는 달리 곧이어 흘러나오는 그의 목소리는 또렷했고 흔들림이 없었다. 오랫동안 그녀를 품었던 마음처럼.

[전 그분을 아주 많이 사랑합니다. 하지만 절 향한 대중의 사랑이 그녀에게 날카로운 생채기를 남길까 봐 겁이 납니다. 힘겹게 내게 온 사랑이기에 그녀가 아파하지 않길 바랍니다. 지금 이 순간에도 기자회견을 보며 제 걱정을 하고 있을 그녀를 너무나 사랑합니다.]

[답을 해주십시오! 방송가 사람이 맞습니까? 작품으로 만났다는 소문…….]

설표가 그녀에 대한 개인적인 정보까지 줄줄 읊는 기자를 날카로운 눈으로 보았다.

[제 사생활이 국민들의 알 권리로 인해 세상에 알려져야 한다면 저에 대한 것만 알리십시오. 그녀는 일반인에 가깝습니다. 많은 분들이 궁금해하신다는 것 압니다. 하지만 그녀에 대한 이야기는 일절 하지 않겠습니다.]

분위기가 순식간에 얼어붙었다. 그리고 미나의 얼굴 또한 얼어붙는다. 저러다가 그가 혹여나 사고라도 칠까 싶어 걱정하던 찰나 화면이 스튜디오로 바뀌고 곧 MC들의 얼굴이 가득 들어찼다.

[핑크빛 소식을 전한 강설표 씨의 연인에 대해선 일절 이야기를 하지 않으셨는데요. 연신 그녀를 아주 많이 사랑하고 있으며, 오랫동안 마음에 품은 사람이라 강조했습니다. 완벽한 강설표 씨의 사랑을 받는 분! 아, 너무 부러운데요?]
[연인에 대한 이야기는 결혼 소식으로 전할 것이라는 말까지 했는데요, 설표 씨의 팬들의 마음이 많이 아프겠는걸요?]

밝은 어조로 이야기를 하는 두 MC를 보던 미나가 한숨을 내뱉으며 테이블 위에 올려둔 휴대전화를 보았다. 지금쯤 인터넷은 난리가 났을 것이다. 차마 확인해 보기 두려울 정도로 머릿속에 완벽하게 반응들이 떠올랐다. 아마 강력한 그의 어조에 악플이 달렸을 수도 있고, 열애설이 난 그의 미래가 끝이 났다며 비관적인 이야기를 늘어놓은 사람들도 있을 것이다. 혹은 그의 열애를 칭찬해 주는 마음씨 착한 이들도 있을 것이다. 하지만 그 무엇이든 미나는 볼 수 없었다. 그것들을 실제 눈으로 확인했을 때 자신이 어떤 충격을 받을지 아직은 예상하지 못하겠다.

리모컨을 들어 텔레비전을 끈 미나가 천천히 눈을 깜빡였다. 달칵, 조심스럽게 리모컨을 내려놓으려 했으나 결국 소음이 난다. 미간을 살풋 찌푸린 미나가 소파에 등을 편히 기댄 뒤 천장을 보았다. 깜빡깜빡, 미나가 천천히 눈을 감았다 떴다. 속이 쓰리다.

소리 없이 시간이 흐른다. 시계 하나 걸려 있지 않은 집은 시간의 흐름조차 잊게 만들었다. 한창 그녀가 만들어낸 세계 속에서 빠져나오지 못해 허덕이던 미나가 갑작스런 소음에 깜짝 놀라 몸을 일으켰다.

딩동—

설표는 CF 관계자들과 미팅이 있다 했다. 열애설은 그의 커리어 전반을 뒤흔들었고, 그것을 수습하느라 바빴다. 앞으로 대중이 어떻게 반응하는지 보기도 전에 벌써부터 클라이언트들이 난리였기에 미팅은 상당히 길어질 것이라 했다.

그럼 누구지?

미나가 미간을 찌푸리며 인터폰으로 향했다. 웬 중년 남자가 서 있었다.

혹시 기자는 아닐까, 한참 화면을 보던 미나는 액정에 자신의 명함을 가져다대는 남자를 보았다.

―도하 매니지먼트 김상중 대표.

설표가 속해 있는 매니지먼트의 대표였다.

곧장 현관으로 향한 미나가 문을 열었다. 그러자 말끔한 차림의 남자가 서 있었다. 그의 소속사 대표를 만난 것은 처음이었다.

"역시 여기 계셨군요."

중저음의 목소리가 듣기 좋았다. 몇 년 전까지만 해도 배우로 활동했으니 당연할지도 모른다. 미나가 어색한 표정을 지으며 말했다.

"무슨 일이시죠? 절 만나러 오신 것 같은데."

그가 왜 이곳까지 자신을 찾으러 온 것인지 알고 있으면서도 짐짓 모른 척 물었다. 그러자 상중이 제법 매력적인 웃음을 지으며 말한다.

"장미나 작가님께서도 잘 알고 계시지 않습니까? 설표 이야기를 하러 왔습니다."

"⋯⋯."

미나가 말없이 그의 얼굴을 보았다. 그의 표정에선 그 어떠한 생각도 읽어낼 수가 없었다. 후, 한숨을 내뱉은 미나가 몸을 옆으로 틀며 말했다.

"이야기가 길어질 것 같은데 들어오세요."

상중은 자신의 앞에 놓이는 찻잔 대신 미나를 보았다. 미나는 곧장 테이블을 돌아 맞은편 자리에 앉았다. 얼굴엔 긴장한 기색 하나 없었다. 대한민국 최고의 매니지먼트를 운영하고 있으며 배우로서도 높은 커리어를 쌓은 상중을 앞에 두고서도 말이다.

이 여자가 강설표의 여자란 말이지.

설표가 아주 오래전부터 그녀의 집에 들르고 있다는 사실을 알고 있으면서도 상중은 내버려 두었다. 그건 설표의 마음이 얼마나 깊은지 알고 있었기 때문이다. 강설표처럼 진중한 남자는 하나밖에 모른다. 만약 그녀를 떨어뜨려 놓으려 한다면 배우를 때려치우겠다는 말부터 할 것을 알고 있었기에 그는 이를 묵인했었다. 하지만 사람들에게 비밀이 알려진 이상 그냥 둘 수는 없었다.

"마치 집주인 같군요."

찻잔을 향해 있던 미나의 시선이 상중을 향했다. 그녀는 늘 그랬던 것처럼 염세적인 눈으로 상대를 응시하고 있었다. 그녀가 오롯이 생기를 담은 눈으로 보는 상대는 강설표뿐이었다. 현재 갑의 위치에 있는 상중이라 할지라도 그녀에겐 그 어떠한 감정을 불러일으키진 못했다.

"하고 싶은 말이 무엇이죠?"

미나의 물음에 상중의 입에서 고저 없는 목소리가 흘러나왔다.

"설표가 방송에서 헛소리를 했다는 건 알고 있을 겁니다."

"헛소리가 아니라 그의 마음이죠. 소속사 건물에서 기자회견을 했습니다. 이는 소속사에서도 허락을 한 것 아닙니까?"

미나의 물음에 상중이 어깨를 으쓱였다.

"허락은 했습니다. 다만 이번 일로 인해 설표에게 일어날 일들에 대해선 허락하지 않았죠."

그의 제스처처럼 확실하지 않은 말이었다. 앞뒤가 맞지 않는 말에 미나가 무심한 상중의 눈을 보았다. 그는 계속해 말을 이었다.

"설표는 도하의 가족이기도 하지만 주요한 수입원이기도 합니다. 아마 이번 일로 인해 설표의 인기는 하락세를 타겠죠. 그럼 자연스레 도하의 수입 또한 줄 것입니다."

"설표를 10년 동안 케어한 회사에서 하는 말치곤 제법 냉혹하네요."

"그게 연예계라는 것쯤은 장 작가님도 잘 알고 있으리라 생각합니다. 설표의 연인이기 이전에 이 바닥에서 11년이나 있었던 중견 작가로서 말이죠."

"……."

그의 말에 미나가 입을 다물었다. 동조한다는 뜻이었다.

"그게 아니더라도 그가 이제껏 노력해 온 것들이 모두 허사가 되겠죠. 설표는 겨우 스물일곱입니다. 아직은 장래가 기대되는 배우고 더 높이 올라갈 수 있는 놈입니다."

그 말에 그녀의 가슴이 저려왔다. 그녀를 흔들 수 있는 것은 아무것도 없었다. 단 하나 예외를 두고 있는 것이 있다면 설표에 관한 것이었다. 흔들리는 눈빛으로 상중을 바라보던 미나가 입술을 달싹이다 결국 다물어 버린다. 묻고 싶은 말이 많았으나 그의 입에서 흘러나올 답들을 뻔히 알았기에 물을 수 없었던 것이다. 그녀의 반응에 상중이 더욱 몰아붙였다.

"우리나라 배우 수명이 얼마나 짧은지 알고 계시지 않습니까? 높은 곳에 오른 배우들이 얼마나 쉽게 내려오는진 장 작가님도 잘 알고 계시지 않습니까? 강설표는 끝났습니다."

"……."

강설표는 끝났다.

젊은 남자 배우는 많은 여성 팬들을 확보하고 있다. 그들은 배우를 먹여 살리는 지갑이었고, 그들의 원동력이었다. 그들의 사랑이 있었기에 드라마를 찍고, 영화를 찍었으며, 그 외의 CF와 화보도 찍었다. 팬들이 떠나간 배우는, 대중의 사랑을 받지 않는 배우는 이 모든 일들을 할 수가 없다.

확신 어린 말에 어두운 표정으로 상중을 보던 미나가 순간 입술을 비틀어 웃었다. 그녀의 표정 변화에 상중이 눈을 동그랗게 뜬다. 완벽한 사업가의 얼굴이 무너졌다.

"그래서요?"

짧게 되물은 미나가 계속 말을 이었다.

"강설표가 끝났다고요? 김상중 대표님, 뭔가 단단히 착각하고 있는 게 있으십니다."

"그게 뭡니까?"

상중이 곧장 물었다. 그러자 미나는 피식 웃었다.

"강설표가 연예계에 끼치는 영향은 잘 알고 있습니다. 하지만 내 영향도 설표에 비할 바 없이 대단하죠. 강설표가 끝났다고요? 그럼 내가 먹여 살리면 됩니다. 저 아직도 영화판이랑 드라마 판에서 끝빨 날려줍니다. 내가 쓴 대본에 그를 주연으로 세운다 하더라도 아무도 절 욕하지 못할 겁니다. 강설표는 대단한 배우니까."

그녀의 말에 상중이 한 방 먹었다는 얼굴로 그녀를 보았다. 그러다 그녀를 따라 웃었다.

하하하, 대단한 자신감이었다. 그리고 그 자신감은 모두 사실이다. 허세가 아니란 말이다.

강설표가 그리도 목을 매는 여자니 쉽게 흔들어놓을 수 없으리란 것은 이미 어느 정도 예상한 바. 하지만 이제부터 그가 꺼내놓을 말에도 그녀가 흔들리지 않을 수 있을까?

"도미니크 감독에게서 스카웃 제의가 왔습니다."

역시나 상중의 예상대로 그녀의 입술 위에 자리 잡고 있던 미소가 사라졌다.

미팅 룸을 나오는 설표의 표정은 제법 가벼웠다. 스캔들이 난 것은 그에게 딱히 문제가 되지 않았다. 자신의 열애설로 인해 떨어져 나갈 팬들은 그쪽에서 먼저 사양이었고, 그녀가 세상 사람들에게 자신의 연인으로 알려지는 것에 꺼리지 않는다는 것을 알게 된 순간 더 이상 숨기고 싶은 마음도 없었다. 장미나가 내 여자다.

오랫동안 내 마음을 뒤흔들었던 그녀를 드디어 자신만의 사람으로 만들었다며 자랑하고 싶었다.

하지만 전혀 생각하지 못한 곳에서 문제가 터져 나왔다. 그는 현재 여덟 건의 장기 CF 계약이 되어 있었다. 그중 다섯 군데의 계약서에서 열애설이 날 시 서로 협의하여 계약유지에 대한 이야기를 나누기로 되어 있었고, 그중 몇 곳은 열애설이 날 시 을인 강설표와 도하 매니지먼트에서 위약금을 물기로 되어 있기도 했다.

이에 몇 업체와 긴 릴레이 미팅까지 나눈 그들은 우선 스캔들에 대한 국민들의 반응을 보고 결정하기로 하며 서로 한발 물러서는 데 합의를 도출했다. 도하 측의 설득이 성공한 것이다. 한결 밝은 얼굴로 걸음을 옮기는 설표를 보던 철호가 머리를 거칠게 쓸어 올렸다. 남들은 지금 발을 동동 굴리며 촌각을 세우고 있는데, 설표만은 천하태평 해 보였다. 저런 놈을 지난 십여 년간 곁에서 돌보고 케어를 했다니. 속이 뒤집어질 노릇이었다. 내 젊음, 내 시간! 입에서 절로 앓는 소리가 나왔다.

"끙!"

"왜 그래?"

설표가 여전히 웃는 낯으로 물었다. 그러자 더욱 배알이 꼴리기 시작한다. 그래, 이젠 그를 내려놔야 할 때다. 이젠 누군가를 관리할 직급도 아니었고, 회사 사무실에나 앉아 실무가 아닌 책상이나 지키며 편히 일할 때도 되었다. 철호가 마음먹은 얼굴로 잘난 설표의 얼굴을 보며 말했다.

"너 차 대리한테 넘겨야겠다."

"공후한테? 갑자기 왜?"

설표가 아무것도 모르겠다는 듯 고개를 기울이자 결국 참다못한 울화가 입 밖으로 터져 나왔다.

"내 직급이 실장이다! 내가 아직도 네놈 뒤꽁무니나 따라다녀야겠냐?"

버럭 소리친 철호가 읊조리기 시작했다.

"진즉에 났어야 했어. 그래야 오늘 같은 꼴 안 당하는 건데."

"쓸데없는 이야기 하지 마."

복도에서 마주친 직원들이 철호와 설표에게 인사를 건네자 그들도 간간이 고갯짓하며 인사를 받아주었다. 남들의 시선이 그들에게 닿자 철호가 목소리를 낮추어 말했다.

"얼씨구, 쓸데없는 이야기라니? 나 완전 진심이다?"

하지만 이를 들은 설표는 여유로운 웃음을 지으며 되받아쳤다.

"지금 하는 이야기들, 사장님이랑 이야기된 것 맞지?"

"그걸 왜 사장님이랑……."

철호가 말을 채 다 하기도 전에 설표가 말을 가로막았다.

"계약 연장할 때 추가했던 문구, 기억 안 나나 보지?"

"……."

말문이 막힌 철호가 입을 꾹 다물었다. 몇 해 전 한 연장계약의 내용이 떠올랐기 때문이다. 철호의 얼굴이 와자작 일그러진다. 마치 종잇장을 구겨놓은 것처럼 엉망이 된 얼굴로 철호가 다리를 쾅쾅 굴렀다. 다른 이들의 시선 따위 잊은 듯한 모습이었다.

"아 놔, 진짜 강설표! 나 좀 놔줘!"

"싫어."

마치 사랑하는 연인이 하는 대화 같은 말에 사람들이 속닥거리기 시작했으나 철호와 설표, 그 누구도 신경 쓰지 않았다. 철호가 다시 한 번 말을 덧붙이려고 할 때였다. 지원팀 직원이 설표의 모습을 발견한 것인지 투명한 유리문을 열며 말한다.

"설표 씨, 팬클럽에서 온 선물 있는데, 어떻게 할까요?"

"가지고 갈게요."

"그래요? 양이 꽤 많은데……."

지원팀 여직원이 문을 널찍이 열어 한 켠에 쌓여 있는 선물을 보여주었다. 저번 주에 한 번 선물을 그의 집으로 보냈던 것을 생각해 보면 엄청난 양이었다. 스캔들이 터져도 그를 향한 팬들의 사랑은 식지 않았다.

"아. 그럼 편지만 가지고 갈게요."

설표가 가장 작은 박스를 들며 말했다. 그러자 여직원이 나머지 선물은 택배로 보내주겠다며 말한 뒤 자신의 자리로 돌아간다.

편지만 들어 있었지만 제법 묵직한 상자를 든 설표가 뒤에서 인상을 찌푸린 채 서 있는 철호를 힐끗 보며 말했다.

"나 집에 간다. 기자들이 기다리고 있을 텐데 잘됐네. 안 그래도 내 사랑이 얼마나 큰지 더 이야기하고 싶었는데."

"……데려다 줄게."

늘 승자는 강설표였다.

❖

"봤어요?"

설표가 들고 온 박스를 현관 앞에 놓아두며 말했다. 웃으며 고개를 끄덕인 미나가 박스 앞에 쪼그려 앉으며 종이가 가득 쌓인 안을 힐끗 보며 물었다.

"이건 뭐야?"

"팬레터요."

"오, 요즘도 손으로 편지 쓰는 사람이 이렇게나 많아?"

미나가 신기하다는 듯 눈을 깜빡였다. 귀여운 그녀의 모습에 설표도 자리에 쪼그려 앉은 채 팔을 뻗어 머리를 쓰다듬어 주었다.

"아니요. 보통은 팬 카페에 올려요. 프린트된 팬레터가 대부분일 거예요."

박스 안으로 손을 뻗지는 못한 채 눈알만 데굴데굴 굴려대던 미나는 가장 위에 보이는 손 글씨에 신기하다는 듯 말했다.

"나이 많은 팬들도 많나 봐?"

더욱이나 글씨만 봐서는 중년 남성의 것 같았다. 획의 꺾인 부분을 정확하게 그어 내린 것이나 이응의 윗부분에 정확히 꼭지를 단 것을 보면 연령을 쉬이 추정해 낼 수가 있었다. 이에 설표가 고개를 끄덕였다.

"많지는 않지만 있어요."

"오오, 국민 배우네?"

미나가 자신의 무릎에 뺨을 대며 장난스럽게 말했다. 반짝이는 눈에 장난기가 가득했다. 그녀의 모습을 보던 설표가 팔을 뻗어 그녀의 뺨을 쓰다듬으며 조심스레 쓰다듬었다.

"그 국민배우가 지금 많이 급하다는데, 어때요?"

은밀한 목소리는 낮고 음흉했다. 미나의 커다란 눈이 연신 깜빡인다.

장난스러운 눈빛은 다정한 빛으로 빛난다. 잘생긴 강설표. 음흉한 얼굴도 참 멋있다. 날카로운 턱 선도, 길쭉한 눈도, 오똑한 콧날도, 도톰한 입술도 너무나 잘생기고 멋있다. 이런 남자가 자신에게 사랑을 속삭인다. 함께 침대로 가자며 유혹한다.

행복한데, 너무나 행복한데…… 왜 눈물이 나려는 걸까?

"뭐가 급한데?"

미나가 조용히 물었다. 그러자 그는 일말의 망설임 없이 말을 잇는다.

"알면서."

"잘 모르겠는데?"

계속 이어지는 말장난에 설표가 한쪽 무릎을 꿇으며 팔을 뻗었다. 그녀의 오금 밑으로 손을 찔러 넣은 그가 단숨에 미나를 번쩍 안아 올리자, 짧게 비명을 내지른 미나가 설표의 목에 팔을 두르며 붕 떠오른 몸에 다리를 동동거렸다. 그녀는 귀에 닿는 입술에 몸을 움찔 떨었다. 온몸에 소름이 오소소 돋아났다.

"모른다면 직접 알게 해주죠, 뭐."

벌써부터 흥분에 팬티가 젖어가는 기분이었다.

힘주어 잡으면 부러질 것 같은 미나의 얇은 발목을 움켜쥔 설표
가 입술을 내려 그녀의 엄지발가락을 물었다. 장난처럼 이로 깨물
고 뱀처럼 혀로 핥자 미나의 몸이 요동치기 시작했다. 간질간질,
미나의 허리가 비틀렸다.

"간지러워."

미나가 입술을 뾰족하게 내밀며 말했다. 그러자 설표가 그녀의
발가락 사이로 혀를 찔러 넣어 맛보았다. 장미나는 맛있었다. 핥으
면 핥을수록 달았고, 맛보면 맛볼수록 중독성이 있었다. 정성스레
발가락을 핥던 그의 입술이 발등에 촉 하고 닿았다가 떨어졌고, 곧
이어 길게 빼낸 혀가 그녀의 종아리뼈를 따라 위로 올라왔다.

몸의 라인을 그리고 그 라인 위에 붓질을 하듯 맛을 보고 제 흔
적을 남기던 설표는 마지막 종착지에 입술을 내렸다. 꼿꼿하게 선
핑크빛 유두를 혀로 옭아매고, 새하얀 가슴을 주무르던 그가 가슴
골 사이에 숨을 불어넣으며 말했다.

"그냥 간지럽기만 해요?"

미나의 고개가 거칠게 내저어졌다. 단순히 간지럽기만 하면 당
장에라도 그를 걷어찼을 것이다. 하지만 그가 주는 느낌은 단순히
간지럼만은 아니었다. 아랫배가 들끓고 사타구니 사이가 뜨거워졌

다. 지글지글 끓기 시작한 몸에 미나가 숨을 허덕거렸다. 참았던 숨을 내뱉자 히끅, 히끅, 요상한 숨소리와 함께 숨이 터져 나왔다.

눈을 질끈 감은 미나는 자신의 사타구니에 닿는 입술에 몸을 떨었다. 곧 닥쳐올 끔찍한 쾌감을 떠올리자 벌써부터 여성이 움찔거리며 자신을 채울 남성을 원하기 시작한다.

츄릅 소리를 내며 그가 게걸스레 여성을 핥기 시작했다. 윤활유가 그의 얼굴을 적실 정도로 흘러나왔지만 그는 더욱 완벽한 결합을 위해 여성의 꽃잎을 빨아들였다 내뱉었다.

미나의 몸이 비틀리며 입술에선 연신 애원의 말이 흘러나왔다.

"그만, 그만해……."

이미 자신은 준비를 마쳤다고 그녀가 말했으나 설표는 커다란 손으로 새하얀 허벅지를 붙잡아 움직이지 못하도록 만들었다. 침대 시트가 누구의 것인지 모를 액체로 젖기 시작하고 남성의 끝에도 찔끔 정액이 맺혔다. 하지만 그의 혀는 여성이 얼얼해질 정도가 되어서야 겨우 떨어져 나왔다.

"으으, 으으음……."

미나의 허벅지가 파들파들 떨렸다. 자신도 모르게 떨리는 몸에 미나가 살짝 벌어진 입술 사이로 웃음을 내뱉었다.

"어떻게 할 거야? 사지가 다 떨리잖아."

"좋은 것 맞죠?"

그래서 싫냐, 라는 말을 되돌려 그가 물었다. 그러자 피식 웃음을 내뱉었다.

"감당 못할 정도로 네가 좋…… 아아!"

허덕이며 겨우 힘겹게 말하던 미나가 갑작스레 제 안으로 파고 드는 남성에 눈을 질끈 감아버렸다. 몸을 가득 채우는 느낌에 미나의 허리가 활처럼 휘었다. 눈가에 눈물이 맺힌다.

"괜찮아요?"

뿌리 깊은 곳까지 남성을 밀어 넣은 설표가 짙은 신음을 뱉은 후 물었다. 그러자 미나는 괜찮다는 말 대신 팔을 뻗어 단단한 그의 목을 감싸 안았다.

"강설표……."

그녀의 몸짓에 몸을 내린 그의 귓가에 미나가 한숨처럼 속삭였다.

"사랑해."

눈가에 맺혀 있던 눈물이 아래로 흘러내렸다. 커다란 손으로 미나의 손을 감싼 그가 새하얀 목덜미에 입을 맞췄다.

"사랑해요, 미나 씨."

그의 다정한 손길에 눈물이 멈추질 않는다.

세상에 또다시 빛이 찾아왔다. 어둠이 물러난 자리를 차지한 볕은 그전의 암흑 때문일까, 더욱 찬란하게 느껴졌다. 피곤에 곯아 떨어진 설표를 보던 미나가 손을 뻗어 그의 머리카락을 쓸어주었다. CF 때문에 짧게 잘랐던 머리카락이 어느새 조금 자라 있었다.

그와 함께 있는 시간이 느껴진다. 그 시간은 미나에게 특별한 것들이었다. 늘 슬픔만 가득했던 그녀의 인생에 그는 찬란하게 찾아온 빛과 같았다. 어두운 과거를 덮어버린 빛은 강력했다. 그 빛을 그녀는 지키고 싶었다.

조심스럽게 자리에서 일어난 미나가 걸음을 옮겨 창가로 향했다. 창가 앞에 놓여 있는 협탁에 올려둔 휴대전화를 든 그녀는 꺼뒀던 전원을 켰다. 그러자 한꺼번에 수많은 문자가 쏟아졌다.

「이번에 설표랑 열애설 난 애, 장 작가지?」

「헐, 장 작가! 설표랑 사겨?」

「이게 어떻게 된 일이야?」

「어머, 장 작가 땡잡았다!」

무심한 눈으로 문자를 읽던 미나는 답장을 보내지 않았다. 인맥이 좁은 축에 속한다 생각했는데 수십 통이나 온 문자를 보자 생각이 바뀌었다. 인터넷 창을 연 미나는 포털 창을 켰다. 설표와 자신의 기사가 메인에 떠 있었다.

―강설표, '많이 사랑하고 있습니다.'

―핑크빛 열애, 7년간 계속되었던 사랑이 드디어 이루어졌다.

―연인은 결혼 기사에서 밝히겠다.

자극적인 제목은 없었다. 강설표의 열애설 기사라는 것만으로도 사람들의 클릭을 이끌 수 있었기 때문이다. 그녀는 기사 중 가장 덧글이 가장 많이 달린 기사를 클릭했다. 그의 기자회견에 대한 소식이 간단하게 적혀 있는 기사를 빠르게 읽은 그녀가 덧글을 클릭했다. 덧글은 수천 개에 달했다.

　─누군진 모르겠지만, 설표가 고자가 아니라는 사실이 드디어 밝혀졌다.
　─7년이나 좋아했다잖아. 그럼 어쩔 수 없지, 뭐.
　─나 같음 진즉에 사귀었겠다!!

　호의적인 반응들도 있었다.
　하지만,

　─아, 이걸로 내 사랑도 끝이구나.
　─이렇게 한 분이 또 떠나시는군요.
　─응원은 해줘야겠지만 앞으로 예전처럼 좋아할 수는 없을 듯.

　안 좋은 반응 역시 많았다.
　좋은 반응들이 많았으나 사이사이에 있는 뾰족한 리플에 미나의 낯빛이 어두워졌다.
　"역시 대단한 남자랑 사귀는 건 피곤해."

입안이 쓰자 미나가 입맛을 다셨다.

❖

부엌에서 오고 가는 그의 뒷모습을 미나가 보았다. 넓은 등과 곧은 허리는 완전한 성인 남성의 것이었다. 예전엔 저 너른 등을 가진 남자가 자신을 지켜주리라 믿어 의심치 않았다. 그의 사랑은 아주 오래된 것이었고, 커다란 벽을 단숨에 무너뜨릴 정도로 강력한 힘을 가지고 있기도 했다. 그는 늘 자신의 곁을 지켜주었고, 자신을 위해선 무엇이든 해주었다. 끊임없이 사랑을 속삭여 주기도 했고, 달콤한 시선으로 제 마음을 다독이기도 했다.

스무 살의 강설표도 스물일곱의 강설표도 그랬다. 그는 한결같이 날 돌보아주었고, 한결 같은 애정을 쏟아주었다.

그 덕에 그녀는 자랐다. 어린아이처럼 도망가기만 하고 몸을 웅크린 채 무자비한 시선들과 폭력을 피하며 두려움에 떨어대기만 했던 그녀를, 그는 세상 밖으로 꺼내주었다. 그녀에게 두려움은 없었다. 과거의 아픔 따위도 훌훌 털어냈다. 그녀를 강하게 만든 것은 그였다. 그렇다면 이젠…… 그를 지켜줘야 했다, 장미나, 그녀가.

세상을 향한 경계심을 푼 그녀는 용감해져 있었다. 자신의 전부라 할 그와의 이별도 이젠 서서히 준비할 수 있을 정도로.

코로 숨을 크게 들이마신 미나가 느릿하게 입으로 숨을 내뱉을 때였다. 커다란 접시를 든 그가 걸음을 옮겨 미나의 앞에 섰다. 새하얀 접시를 그녀의 앞에 놓아둔 그가 다시 부산스럽게 싱크대로 가 잔 두 개와 수저 두 개를 들고 왔다. 의자 끄는 소리 하나 없이 그녀의 맞은편에 앉은 그가 애잔하게 빛나는 미나의 눈빛에 눈을 동그랗게 뜨고 물었다.

"왜요? 얼굴에 뭐 묻었어요?"

설표가 어색한 얼굴로 뺨을 쓰다듬으며 묻자 미나가 고개를 끄덕였다.

"잘생김이 묻었어."

"……재미없어요."

인터넷으로 모 배우에게 팬이 장난을 걸었던 말을 고대로 따라 하는 그녀에게 밉지 않게 눈을 흘긴 설표가 양주 병을 따 스트레이트 잔에 따라주었다. 얼음까지 준비해 놓긴 했으나 술에 절대 물을 타 먹지 않는다는 그녀의 취향에 따른 것이었다.

"근데 갑자기 웬 술이에요? 그것도 양주씩이나."

얼음이 들어 있는 언더록 잔에 자신의 술도 마저 따른 설표가 물었다. 그러자 미나는 심드렁한 얼굴로 턱을 괴며 말했다.

"술만큼 사람의 속을 정확히 꿰뚫어 보는 것도 없잖아."

"왜요? 제 마음을 알고 싶어요?"

그가 입고 있던 라운드 티 자락을 잡아 위로 끌어 올렸다. 탄탄한 그의 복근이 드러나자 미나가 깔깔 웃음을 터뜨렸다.

"누가 복근 보여달라고 했나? 그리고 너 말고 나. 내 속을 보고 싶다고."

"······무슨 고민이라도 있어요?"

혹여 자신과의 열애설로 인해 그녀가 부담이라도 느꼈을까 싶어 그가 진지한 얼굴로 물었다. 답을 구한 물음이었으나 미나에게선 아무런 답도 들을 수가 없었다.

설표의 눈빛이 짙어졌다. 어둠을 잔뜩 머금은 눈빛이 크게 일렁인다.

"만약 이번 열애설 때문에 그러시는 거라면, 부담스러워도 어쩔 수 없어요. 전 당신을 놓아줄 생각이 없으니까. 어떻게 손에 넣은 사람인데······ 절대 못 헤어져요."

그의 목소리가 간절해졌다. 그러자 미나의 입술이 부드럽게 호를 그린다.

"그건 나도 마찬가지야. 내가 전에도 말했잖아. 내 인생에서 가장 큰 용기를 낸 게 네 손을 잡는 거였다고."

"······그러면 왜요? 왜 그런 눈빛을 하는 건데요?"

설표가 겁을 잔뜩 집어먹은 얼굴로 물었다.

화려한 브라운관 속에 살며, 많은 이들의 사랑을 받는 강설표. 배우로서의 그는 당당하고 늘 차가운 표정을 짓고 있었으나 미나의 앞에서만큼은 아니었다. 미나가 스트레이트 잔을 들어 술로 입술을 적셨다.

"배우가 된 게 단순히 나 때문만은 아니지?"

뜬금없는 물음에 설표의 미간이 찌푸려졌다.

"무슨 답을 원하는 거예요?"

그의 물음에 미나가 이번엔 스트레이트 잔을 기울여 울컥 삼켰다. 몸이 화화해졌다. 미나가 술병을 향해 손을 뻗자 설표가 그녀의 손길을 막았다. 힘주어 그녀의 손을 잡은 설표가 뜨거운 시선을 보낸다. 그녀는 그 눈을 마주할 수가 없었다.

"말해줘요."

"……솔직한 답을 원하는 거야."

숨을 크게 들이마셨다가 내뱉은 미나가 한 템포 늦게 말했다. 설표의 눈망울이 크게 일렁인다. 툭 건드리기만 해도 눈동자에 맺힌 것들이 아래로 우수수 떨어져 버릴 것만 같았다. 수없이 많은 감정들이 뒤섞인 눈동자로 한참이나 미나를 바라보던 설표가 차가운 습기가 맺힌 잔을 쥔 뒤 공중에서 흔들었다. 얼음이 녹아 생긴 물과 노란색 술이 뒤섞여 오묘한 모양을 만들어내었다.

"처음엔 미나 씨 때문이었어요. 당신에게 가까이 가고 싶었으니까. 그런데 당신에게 가려면 최고가 되어야 한다고 생각했죠. ……그리고 당신을 만나고 난 이후론 당신에게 부끄러운 사람이 되고 싶지 않아서 열심히 일했어요."

"……그래서 좋니? 지금 네 자리, 네 위치, 만족하니?"

그녀의 물음에 설표가 고민에 빠진 얼굴로 미나의 얼굴을 보았다. 그녀가 하고 싶은 말이 무엇인지 몰라 한참이나 답을 하지 못했다. 하지만 자신의 솔직한 답을 원한다는 그녀의 말을 떠올렸다.

설표가 들고 있던 술을 단숨에 들이켰다. 혈관을 타고 알코올이 전신으로 퍼져 나간다.

"네, 만족해요."

"왜? 지금 그 자리가 최고라고 생각해서?"

"……"

그렇게 생각하지는 않는다. 높은 위치에 있긴 했으나 자신이 최고라곤 생각하진 않았다. 설표가 아무 말 없이 자신의 시선을 보자 미나가 한쪽 입술만 올려 삐뚤게 웃었다.

"아니면 내 옆에 있을 수 있어서?"

"미나 씨……"

그 말이 정답이라는 듯 설표가 재빨리 그녀를 불렀다. 그러자 미나는 술병을 가져와 자신의 잔을 가득 채운 후 곧바로 들이켰다.

아아, 쓰다.

눈물이 찔끔 날 것 같았다.

"강설표."

"……네."

"안아줄래?"

미나의 말에 설표의 눈에 맺혀 있던 눈물이 후두둑 떨어졌다.

"왜요?"

울음이 뒤섞인 목소리로 설표가 물었다. 무엇을 예상한 것일까. 그녀는 처음 만났을 때처럼 더 이상 자신을 타인을 보듯 염세적인 표정을 짓고 있지도 않았는데, 머나먼 타인처럼 자신을 대하지도 않았는데…… 자신의 마음을 받아주지 않을 때처럼 냉정하게 굴지도, 자신을 밀어냈던 7년 전처럼 그를 윽박지르지도 않았는데……. 그는 어디에서 슬픔을 느껴 어린아이처럼 커다란 눈물방울을 쉼 없이 떨어뜨린 채 우는 것일까.

눈물로 얼룩진 설표의 얼굴을 보던 미나가 장난스럽게 코를 찡긋거리며 말한다.

"……갑자기 춥네."

그러니까 안아줘.

미나가 양팔을 벌렸다. 서글픈 그녀의 몸짓에 설표가 자리에서 일어났다. 끼기긱, 의자와 대리석 바닥이 부딪히는 소리가 부엌을 가득 채웠고 곧 걸음을 옮기는 소리가 들린다. 미나의 옆구리 밑으로 손을 찔러 넣은 그가 번쩍 들어 올려 미나를 식탁 위에 앉혔다.

쨍그랑, 세워져 있던 술잔이 쓰러지는 소리가 들렸으나 둘은 뜨거운 입술을 맞췄다.

그의 눈물에 미나의 얼굴 또한 젖어 들었다. 뜨겁게 얽혀드는 혀에 속이 쓰리다. 아마도 그의 입에서 나는 술맛 때문이겠지?

눈을 감은 미나는 누구의 눈물인지 모르는 액체에 자신의 얼굴이 젖어 들어가는 것을 느꼈다.

그와의 키스가 이젠 쓰다.

갈 곳을 잃은 마음이 정처 없이 떠돌았다. 눈을 천천히 깜빡이던 미나가 상체를 일으켰다. 그녀의 가슴 위까지 덮여 있던 이불이 아래로 미끄러져 내려가자 새하얀 가슴이 드러났다.

가슴 위엔 지난밤 뜨거운 흔적들이 남아 있었다. 그가 남긴 붉은 자국. 마치 자신의 것이라 남겨놓은 것들은 무자비할 정도였다.

이빨 자국과 키스 마크가 어지러이 찍혀 있는 몸은 마치 새하얀 도화지 위에 붉은 물감을 정신없이 뿌려놓은 것과 같았다. 살결이 아렸지만 미나는 여전히 무심한 얼굴이었다.

그녀가 곁으로 고개를 돌렸다. 옆자리를 보자 그가 당연히 누워 있어야 할 자리가 싸늘하게 식은 채 비워져 있었다.

손을 뻗은 미나가 그의 자리를 만진다.

"차다."

그의 빈자리가 벌써부터 아프다.

눈을 감은 미나가 연신 옆자리를 손바닥으로 쓸고 있을 때였다.

"일어났어요?"

말끔한 얼굴로 서 있는 그의 모습이 보인다. 일찍 일어난 것인지 완벽하게 옷을 입고 있는 그와 아직도 나체로 침대에서 일어나지도 못한 그녀의 모습이 대조되었다. 고개를 돌려 설표를 본 미나가 그의 모습을 눈동자에 담았다. 눈 하나 깜짝하지 않은 채.

오랫동안 그의 모습을 보고 또 본 미나가 천천히 입술을 뗐다.

"오늘 집에 가야겠어."

"안 돼요."

"그래도 갈래."

고집스러운 그녀의 말에 설표의 얼굴이 일그러졌다. 맨발을 빠르게 움직인 그가 침대맡으로 다가왔다. 유려한 움직임에 미나가 서둘러 변명을 늘어놓듯 말한다.

"차기작 준비해야지. 이번엔 꽤 치열하게 써야 하는 거라 누군 가 있으면 집중을 못할 것 같아."

"누군…… 가요?"

그 누군가가 자신이란 것을 알기에 설표가 더듬더듬 말했다. 그 러자 미나가 고개를 끄덕였다.

"응."

그녀가 거리감을 둔 채 말하자 설표가 팔을 뻗어 그녀의 목덜미 를 손가락으로 쓰다듬었다. 조금이라도 자신의 수에 틀린 이야기 를 한다면 당장이라도 조를 기세로 목덜미를 만지던 그가 천천히 말을 내뱉었다.

"제가 어떻게 받아들여야 해요?"

"뭐가?"

"지금 미나 씨 말이요. 마치 날 밀어내는 것 같아요."

"맞아, 너 밀어내는 거."

흔들림 없는 표정으로 미나가 말했다. 그의 얼굴이 차갑게 굳었다.

"왜요? 이유라도 말해줘요. 갑자기 변한 이유요."

날 납득시켜 봐요, 갑자기 날 밀어내는 이유. 이렇게 차갑게 구 는 이유. 다 말해줘요.

그의 말에 미나가 시선을 들어 그의 눈을 마주했다. 어느새 그녀 의 목을 만지고 있던 손에 힘이 들어가 있었다. 조금만 더 힘을 주면

숨이 막힐 정도로. 하지만 그녀는 두려운 기색 하나 없이 웃었다.

"도미니크 감독한테서 제안이 왔다면서?"

그의 얼굴이 차갑게 굳어졌다. 얼어붙은 눈동자는 살을 엘 듯 날카로웠다.

"누구한테 들었어요? 철호 형?"

"누구한테 들었든, 맞지?"

"……."

"좋은 기회야. 그 기회를 나 때문에 날린다고? 강설표, 정신 차려. 너 아직 젊어."

미나의 얼굴이 일그러졌다. 스무 살의 강설표를 받아들이지 못했던 이유가 스물일곱이 되어서야 그녀의 앞에 벽이 되어 나타났다. 앞길이 창창한 배우. 그 사람의 앞길까지 막아가며 관계를 유지하기엔 그녀의 양심이 소리쳤다. 이러다가 나중에 너 때문이라며 후회하면 어떻게 할래? 그녀의 아버지가 그랬듯, 사랑하는 사람이 그런 이야기를 하면 그땐 어쩔 거냐고.

미나의 눈이 질끈 감겼다.

"그게 이유라면……."

그가 천천히 운을 뗐다. 하지만 그녀는 그의 말을 들어줄 마음이 없다는 듯 빠르게 말을 가로막는다.

"그것 말고도 많아."

"……뭐요?"

"아직은 우리가 할 수 있는 일이 더 많다고 생각해. 그걸 위해선 잠시의 이별이 필요하다고 생각했고. 영영 헤어지자는 게 아니잖아. 넌 너의 위치에서, 난 나의 위치에서 열심히 일하자고. 연락도 가끔 하고 시간이 나면 얼굴도 보고. 그러면서 지내면 되잖아."

"싫어요…… 잠시 헤어지는 것도…… 얼굴 못 보는 것도…… 난 다 싫어요."

설표의 말에 미나의 입에서 깊은 한숨이 터져 나왔다. 그건 자신에게도 힘든 일이었다. 하지만 이 모든 결정을 하게 된 것은 설표 때문이었다. 그에게 내가 이러는 이유는 너 때문이라 말을 해도 소용이 없을 것이다. 어쩜 그럼 그는 더 화를 낼지도 모른다.

내가 그걸 바랐어요? 내가 원하는 건 그게 아니에요, 라고.

그래서 그녀는 다른 이유를 들었다.

"언제까지 이렇게 지낼 순 없잖아. 서로만 보고서 아무것도 하지 않은 채. 침대에서 뒹굴면서 서로를 안으면 좋기야 좋겠지. 하지만 좋은 일만 하며 살 수는 없잖아."

"……."

"설표야, 우린 지금 비정상적일 만큼 서로에게 의지하고 있어. 이건 아니라고 봐."

그녀가 어른스럽게 말했다. 여섯 살이나 많았고, 서른 중반에 들어선 그녀였다. 세상의 쓴물은 다 맛본 나이의 그녀는 설표에게 현실을 말하고 있었다.

지금이야 불러주는 곳이 많을지도 모른다. 하지만 나이가 먹고 나서는? 우리나라는 배우의 수명이 짧다. 여기에서 안주한다면 그는 연예계에서 더 이상 불러주지 않는 퇴물 배우의 길을 걸을지도 모른다.

그녀의 말에 설표의 얼굴이 굳었다. 한참이고 그녀의 얼굴을 보던 설표가 말했다.

"도망가려는 거죠, 지금?"

"설표야, 그게 아니라는 걸 잘 알……."

그녀가 말을 끝맺기도 전에 그의 손이 턱으로 향했다. 턱이 아플 정도로 쥔 그가 얼굴을 일그러뜨리며 말했다.

"내가 무서워진 거죠? 당신만 보니까, 당신 뒤만 쫓으니까, 내가 무서워진 거죠?"

그렇게 말한 그가 시선을 내려 하얀 몸 위에 찍혀 있는 붉은 자국들을 보았다.

미나가 거칠게 고개를 내저었다.

"그게 아니라는 거, 너도 알고 있잖아."

"……믿지 않아요."

나에게 이별을 말한 사람의 말 따위, 믿지 않을 거예요.

그녀가 놀라 탄성을 지르기도 전에 설표가 그녀의 팔을 잡아 일으켜 세웠다. 다짜고짜 그녀를 벽으로 밀어붙여 어깨에 이를 박아 넣었다.

"아!"

미나의 입에서 아픔에 찬 신음성이 터져 나왔다. 차가운 벽의 기운이 미나의 전신을 휘감고, 자신의 양팔을 번쩍 들어 올린 커다란 손에서 느껴지는 고통에 얼굴을 일그러뜨렸다.

"설표야!"

미나가 소리쳤다. 하지만 설표는 그녀의 외침을 무시한 채 그녀의 어깨에 박았던 이를 빼내어 상흔을 남긴 자리를 혀로 부드럽게 핥았다. 고양이가 서로를 사랑함에 핥아주는 것처럼 그도 그녀를 따뜻하게 핥았다. 차가운 벽의 느낌과 그가 불어넣어 주는 뜨거운 욕망이 뒤섞여 온몸에 간지러운 깃털이 닿는 듯 오소소 소름이 돋았다.

"윽!"

마주한 입술 사이로 신음이 터져 나왔다. 정신이 나갈 정도로 휘몰아치는 입맞춤에 미나가 몸을 비틀렸다.

"강설표!"

미나가 눈을 질끈 감으며 다시 한 번 외쳤다. 그러자 그의 움직임이 멈춘다.

"아⋯⋯."

양손을 옭아매고 있던 손이 떨어져 나갔다. 그녀를 벽에 몰아붙이고 있던 단단한 남성도 뒤로 물러선다. 다리에 힘이 풀려 자리에 털썩 주저앉은 미나가 원망 어린 시선을 위로 올렸다.

"이게 무슨 짓⋯⋯."

갑작스런 그의 행동에 미나가 탓을 하려 말을 내뱉을 때였다. 끝을 마치지 못한 입술이 꾹 다물려진다. 흐트러진 자신의 모습을 보고 있는 설표의 눈동자가 사시나무 떨리듯 휘청거렸다.

"미안⋯⋯ 해요."

"설표야……."

"미안, 미안해요…… 정말 미안해요. 미안해요, 미안해……."

자리에 털썩 주저앉은 설표가 자신의 무릎에 얼굴을 묻었다. 흐느끼듯 터져 나오는 목소리는 상처받은 짐승의 것처럼 끔찍했다.

어깨를 떨며 연신 사과의 말을 늘어놓는 그의 모습에 미나가 시트를 가져와 제 몸을 가렸다. 그리고 손을 앞으로 내밀어 그를 부른다.

"이리 와."

그녀의 말에도 그는 몸을 벌벌 떨었다.

내가 도대체 그녀에게 무슨 짓을 한 거지?

그녀를 아껴주고 그녀에게 든든한 울타리가 되어주리라 마음먹었던 그이다. 어떤 위험에서도 그녀를 지켜주리라 했던 그였다. 하지만 지금, 상처를 낸 것은 그 자신. 자신의 속에 있는 괴물이었다. 그녀가 아니면 안 된다고 외치는 그 괴물이 결국 그녀를 상처 냈다. 그리고 그 상처는 고스란히 그에게 돌아와 심장을 할퀴고 쥐어짰다.

천천히 시선을 든 설표가 미나를 보았다.

"미안해요…… 미나 씨."

그의 말에 미나가 고개를 내저었다. 그를 그렇게 만들어 버린 것은 자신이었다. 그녀가 먼저 만들어놓은 둘만의 세계에 그를 초대한 것은 그녀, 자신. 그리고 이젠 그녀가 그 세계에서 그를 등 떠밀고 있었다.

"괜찮아."

"······내가 괜찮지 않아요, 내가······."

날 용서할 수 없어요.

눈물이 고인 눈으로 한참이나 미나를 보던 설표가 자리에서 벌떡 일어났다. 집 안 중에서 유일하게 모습을 감출 수 있는 욕실로 들어간 그가 문을 잠갔다.

쾅, 거칠게 문이 닫히는 소리만이 집 안을 가득 메웠다. 그리고 얼마의 시간이 지나지 않아 쏴아아, 물줄기가 흐르는 소리가 집 안을 가득 메웠다.

차가운 기운이 올라오는 바닥에서 엉덩이를 뗀 미나가 비틀거리며 자리에서 일어났다. 그리고 천천히 걸음을 옮겨 방금 전 그가 들어간 욕실 문 앞에 엉덩이를 붙이고 앉았다. 무릎을 끌어안은 그녀는 안에서 들려오는 소리에 눈을 감았다.

"미안해······."

흐느끼는 소리와 물소리가 그녀의 가슴을 아프게 때렸다.

"미안해, 나 때문에······."

그러니까 사과하지 마.

욕실 안에서 들려오는 울음소리가 커질수록 그녀의 슬픔 또한 점차 커졌다.

"미안해, 강설표······."

그래도 이렇게 결정할 수밖에 없는 날, 이해해 줄 수 없을까?

4

이곳을 올 때엔 맨손으로 왔건만, 나가는 순간엔 꽤나 많은 짐
이 그녀의 곁에 놓여 있었다. 짐을 하나둘 보던 미나의 입술이 부
드럽게 휘었다.

"아무것도 없어야…… 떠나기 쉽겠지."

처음 그의 집에 왔을 땐 이곳에 자신의 흔적으로 가득 채워주리
라 마음먹었었다. 그가 자신을 채워주었듯, 그녀도 가득 채워주자
며. 하지만 그녀는 겨우 채워놓았던 자신의 흔적들을 스스로 치워
냈다. 그것들이 눈에 밟히면 겨우 마음먹었던 그가 떠나지 못할
것이라 생각하며. 그녀 자신처럼. 계속 자신의 존재가 눈에 밟혀
아파할 그를 위해 그녀는 배려했다. 욕실로 들어가 자신의 칫솔을

가장 먼저 치웠고, 자신이 늘 사용하던 머그컵도, 수저 한 벌도 주섬주섬 담았다. 옷 방으로 가서는 자신이 입었던 그의 옷들도 죄다 꺼내와 가방에 담았다. 현재로서 그녀가 해줄 수 있는 일은 이 정도뿐이었다.

짐 가방을 든 그녀가 현관으로 향했다. 잠시 외출을 한 그가 돌아오기 전에 이 집을 떠나리라 마음먹은 그녀였지만 현관문이 열리고 설표가 들어오자 얼굴을 찌푸렸다. 계획이 무산되었다.

"어디 가는 길이에요?"

설표가 차가운 시선으로 그녀의 손에 들려 있는 가방을 보며 물었다. 자신에겐 오늘 떠나리라 한마디도 하지 않았던 그녀가 마음대로 싸놓은 짐을 냅다 뺏으며 그가 이성을 애써 붙잡았다.

"그러지 말아요."

힘겹게 말을 내뱉는 설표의 모습에 미나가 고저 없는 목소리로 말한다.

"밑에 사람이 기다리고 있어."

그녀의 매니지먼트에 부탁을 해 사람을 보내달라 했다. 아직 어디에 기자들이 있을지 몰랐으니 몰래 움직이려면 자가를 이용하는 것이 좋으리란 판단하에.

"……나한테 왜 이러는 거예요?"

설표는 멋대로 결정하고 멋대로 떠나가려는 미나가 야속했다. 그녀 없이는 아무것도 못하게 만들어놓고선 멋대로 자신을 두고 떠나가려는 그녀를 어떻게 해서든 자신의 옆에 붙들어두고 싶었

다. 무릎을 꿇고 빌면 안 떠나지 않을까? 아니면 죽어버리겠다고
협박이라도 해야 하는 걸까?

설표의 눈동자가 크게 울렁였다.

"싫어요! 왜 늘 당신 마음대로예요? 난 당신 곁을 떠날 마음이
없어요! 그런 대단한 영화 찍을 마음도 없고!"

"……설표야."

그의 발악에 미나가 조심스레 그의 이름을 불렀다. 그의 마음만
큼이나 일그러진 그의 얼굴에 미나는 들고 있던 가방을 툭 떨어뜨
렸다. 그리고 걸음을 옮겨 그에게 다가가 손을 뻗었다.

뺨을 어루만졌다. 까칠한 피부에 그녀의 입술에 웃음이 서린다.
스무 살의 강설표에게 피부가 너무 좋다며 뭐라고 했던 것이 떠올
랐다. 손바닥을 펴 그의 뺨을 어루만진 미나가 자신의 체온을 그
에게 나누어 주었다.

"헤어지자는 게 아니야."

"두려워요, 잠시 떨어져 있는 그 순간도요."

설표의 말에 미나가 키득키득 웃음을 내뱉었다.

"내가 너에게 믿음을 주지 못했구나. 가슴을 벌려서 보여줄 수
있다면 그러고 싶어지네."

"……."

웃음을 거둔 미나가 그의 뺨에 대고 있던 손을 떼어내 바닥으로
뚝 떨어져 있던 그의 손을 잡아 자신의 가슴께로 가져다댔다.

"느껴져? 난 아직도 네 앞에 있으면 심장이 뛰어. 지난 7년 동

안 매번 이렇게 뛰었어. 그런데 후에는 뛰지 않을까?"

"……."

콩닥콩닥, 기분 좋은 울림에 어두웠던 그의 표정이 점차 돌아오기 시작했다. 그의 표정 변화에 미나는 설득하는 어조로 조곤조곤 말을 잇는다.

"잠시 시간을 두고 넌 너대로, 난 나대로 살자는 거야. 영화 찍고 와. 당당히 내 곁으로 돌아와 줘. 그게 내가 바라는 일이야. 뭐, 너무 잘난 사람이 되어서 돌아오지 않겠다고 하면 어쩔 수 없지만."

"그럴…… 리가 없잖아요."

그가 울음을 참듯 미간에 힘을 주었다. 하지만 눈물을 흘리는 것보다 그 표정이 더욱 슬퍼 보여 미나의 가슴 한 켠이 차갑게 식어간다. 아아, 시리구나, 가슴이. 너무 시리다. 그의 감정에 동요되듯 그녀의 얼굴 또한 일그러졌다.

"진짜 그게 당신이 바라는 일이에요? 왜요? 난 지금도 너무 좋은데……."

"지금은 나도 좋아. 하지만 우리 미래를 생각해 보면…… 지금 내 결정이 맞다고 생각해."

예전이라면 지금이 좋으니까, 당장의 기쁨을 위해서라도 그녀는 그를 붙잡았을지도 모른다. 하지만 강설표 때문에 어른이 된 그녀는 현실을 생각하고 미래를 생각하게 되었다. 분명 지금 이대로도 좋을 것이다. 함께 서로의 체온을 나누고 생각을 나누며 함께하는 시간 또한 훌륭할 것이다. 하지만 후에 그가 오늘의 선택을 후회하지 않았으면 했다. 그때 도미니크의 작품에 참여했다면 더 성공할 수 있었을 텐데, 라는 후회는 하지 않길 바랐다.

그녀가 그의 감정을 빨리 받아들이지 못해 후회하는 것처럼.

후회라는 것보다 가슴 쓰리고 아픈 단어는 없으니까.

"미안해, 일방적으로 이래서. 일방적으로 결정 내려서."

그녀는 사과의 말을 건넨 뒤 밑으로 축 늘어뜨렸던 입가를 위로 올렸다.

"하지만 어떻게 해? 난 네가 너무 좋은데. 네가 너무 좋아서…… 나도 이럴 수밖에 없어."

"……."

설표는 아무런 말도 할 수가 없었다. 자신이 좋아 잠시의 이별을 할 수밖에 없다는 그녀에게 무슨 말을 할 수가 있겠는가. 그가 얼어붙은 듯 그녀의 얼굴만을 바라보고 있을 때였다. 발뒤꿈치를 들어 그의 입가에 입을 맞춘 그녀가 눈을 감았다. 참다못한 눈물이 흐른다.

"강설표."

"……."

"자주 연락하면서 지내자. 많이 바쁘겠지만 통화도 하고, 문자도 하고, 간혹 시간 되면 얼굴 봐도 되고…… 이메일도 하면서 그렇게 지내자. 그냥 몸만 잠시 떨어져 있는 거잖아?"

그러니까 우리 이렇게 심각하게 굴지 말고, 가볍게 생각하자.

촬영 중간에 시간 되면 얼굴 봐도 되고, 내가 네가 있는 곳으로 가도 되고……. 그냥 그렇게 지내자. 그러니까,

"잠시만 안녕하자."

그녀가 잠시 안녕을 고했다.

눈을 뜨자 비어 있는 옆자리가 보였다. 설표는 조심스레 팔을 뻗어 어제까지만 해도 행복하게 웃던 미나가 누워 있던 자리를 어루만졌다.

"어떻게 그래……."

나쁜 사람. 난 당신이 없으면 하루도 숨을 쉴 수가 없는데…… 당신은 그렇지 않은 거예요?

마치 미나를 쓰다듬듯 침대보를 어루만지던 설표가 눈을 질끈 감았다.

"그냥…… 사라졌으면 좋겠다."

그녀가 없는 하루하루를 어떻게 보내야 할까…….

상상해 본 적도 없는 미래에 그가 다시 눈을 감았다.

그냥 이대로 평생 잠들 수만 있다면 얼마나 좋을까…….

꿈에선 그녀를 만날 수 있는데…….

그렇게 얼마나 잠에 들어 있었을까.

설표는 자신을 흔들어 깨우는 누군가의 손길에 눈을 번뜩 떴다. 혹여 그녀가 다시 돌아온 것일까? 고개를 옆으로 돌려보자 걱정스러운 얼굴을 한 철호가 서 있었다.

"왜 이렇게 연락이 안 돼?"

"……."

미나가 아니라는 사실에 설표가 다시 침대에 누웠다. 몸에 기력 한 자락 들어가지 않는다는 듯 눈을 감은 설표를 보던 철호가 운을 뗐다.

"야, 일어나 봐. 나 혼자 온 게……."

"형이 말했어?"

철호의 말이 끝나기도 전에 설표가 물었다. 미나에게 도미니크 감독의 일을 이야기했냐고. 그러자 전혀 의외의 목소리가 들려왔다.

"내가 말했다, 못난 놈."

상중의 목소리에 설표가 상체를 일으켰다. 이불이 아래로 쓸려 내려가고 그의 단단한 상체가 드러났으나 부끄러움은 없었다. 철호가 어색한 표정을 지었다.

"사장님도 왔다고 말하려고 했는데……."

이번에도 철호는 말을 끝맺지 못하고 입을 다물었다. 상중과 설표 사이에 흐르는 날카로운 기운에 철호가 한 발자국 뒤로 물러섰다. 무슨 사달이라도 날 듯한 분위기였다.

"왜 그랬어요, 형."

두 사람은 아주 오랜 시간을 함께했다. 덕에 갑과 을보단 형과 동생으로 서로의 이득보다는 상대를 생각해 계약서를 작성하였고 사인을 했다. 상중은 설표에게 수익률에 대한 부분을 양보하였고, 설표는 계약기간을 대폭 양보했다. 그렇게 서로를 믿고 의지하는 사이로 계약서는 종이일 뿐이라 생각하며 함께 손을 잡고 나아가는 중이었다.

그런 상중이었다. 설표에겐 친형보다 더 가까운 사람이었다. 그런 그가 어떻게 이런 식으로 뒤통수를 칠 수 있는 것인지. 설표의 얼굴이 우울함으로 가라앉았다.

설표의 눈을 보던 상중이 성큼성큼 걸음을 옮겨 그의 앞으로 다가왔다. 여전히 침대에 힘없이 앉아 있는 설표에게 다가가 손을 뻗는다.

짝!

날카로운 소리가 방 안을 가득 메우고, 설표의 뺨이 돌아갔다. 놀란 설표가 고개를 돌려 상중을 보았다.

"형⋯⋯."

"대표님!"

배우의 생명에 얼굴 또한 한몫을 하기에 기겁을 한 철호가 상중의 어깨를 잡아끌었다. 빨갛게 부풀어 오르는 설표의 뺨을 보며 철호가 외쳤다.

"아무리 그래도 애를 때리면⋯⋯."

"이 망할 자식!"

"……."

거친 어조에 분위기가 한순간에 얼어붙었다. 상중은 평소와는 달리 흥분한 모습으로 어깨를 붙잡고 있는 철호의 손을 털어냈다. 그리곤 설표에게 비난을 퍼부었다.

"정신 차려, 이 자식아. 사랑? 좋지. 하지만 그 사랑 때문에 네 미래까지 다 내던질 거야? 연애하는 거? 장 작가 집에 드나드는 거? 나 그냥 다 묵인해 줬다! 네가 잘하리라 믿었어! 하지만 지금 이 꼴은 뭐야!"

그를 믿었기 때문에 긴긴 시간 묵인해 준 것이었다. 열애설이 나는 것도 감수를 했다. 그가 제대로 처신을 하고 그 상황조차도 이겨낼 수 있으리라 믿었다.

하지만 강설표는 그렇게 하지 않았다. 높은 곳까지 단숨에 뛰어오를 기회가 왔는데도 불구하고 붙잡지 않았다. 그놈의 사랑 때문에.

그는 상중의 믿음을 와장창 무너뜨렸다. 그리고 직접 움직이게 만들었다.

"도미니크 감독 촬영에 참여해! 그래서 여론을 바꿔! 얼굴에 연기력이 가려지는 배우란 소리 그만 듣고 연기력으로 인정을 받아! 그럼 그다음엔 네가 결혼을 하든 사고를 치든 아무런 상관 안 할 테니까!"

시근덕거리며 숨을 고르던 상중이 갑자기 내지른 소리로 인해 어지러운 것인지 손을 들어 이마를 짚었다. 깊은 한숨이 터져 나온다. 꼼짝도 하지 않는 설표의 모습에 울화가 치밀 정도였다.

미나가 설표를 잘 설득해 주리라 생각하며 그녀에게 말을 했건만…… 그녀는 설표를 전혀 설득하지 못한 모습이었다. 아니, 망가뜨려 버렸다. 강설표를. 늘 생기 넘치고 의욕 넘치던 눈동자를 죽인 채 멍하니 앉아 있는 설표의 모습에 상중이 주먹으로 가슴을 쿵쿵 내려쳤다.

"다른 곳을 볼까 봐…… 무서워요."

그녀를 잃을까 봐, 두렵다고요.

설표가 툭 내뱉었다. 그러자 상중의 얼굴이 터질 듯이 붉어진다.

"그 정도로 끝날 관계라면 여기서 끝내는 게 나아!"

"……."

"고작 그 정도의 사이라고 지금 나한테 자랑이라도 하는 거야?"

설표는 아무런 말도 하지 않았다. 아니, 못했다.

"후!"

숨을 거칠게 내뱉은 상중이 흥분을 가라앉히려 노력했다. 옆에서 안절부절못하는 철호는 신경도 쓰지 않은 채 무거운 시선으로 설표를 바라보던 그가 걸음을 옮겼다. 침대맡에 앉은 상중은 손을 뻗어 힘없이 축 늘어져 있는 설표의 손을 붙잡았다. 그리고 말했다.

"강설표, 너만 생각하지 마. 너로 인해 비난받을 장 작가도 생각하고, 이 일로 수백억의 위약금을 물어줘야 하는 소속사 입장도 좀 생각해 줘라. 너 이제 어린아이 아니잖아. 아직 갈 길이 창창한 놈이 왜 벌써부터 안주를 하려고 해?"

위기가 어떨 때는 기회가 된다는 사실을 믿는 상중은 이번 헐리웃 촬영은 설표에게 있어 여론의 반응을 한 번에 바꾸어놓을 수 있는 기회라 생각했다. 그 기회를…… 그는 어떻게 해서든 설표가 붙잡도록 만들 생각이었다.

계산을 완전히 배제한 상중이 설표의 눈을 마주했다.

설표의 마음을 바꾸기 위해선 진심만을 말해야 한다.

"난 네가 고작 이 정도에서 멈춰 있을 거라곤 생각 안 한다. 좀 더 높은 곳까지 올라갈 수 있는 놈이라 생각해. 지금 내가 닦달하고 잔소리하는 것처럼 느껴지겠지만…… 그래도 넌 내 꿈이고 내 미래야."

더 높은 곳으로 올라가고 싶었지만 퇴물 취급을 받은 배우 김상중은 소속 배우이자 자신의 후배를 통해 넓은 무대를 밟고 싶었다.

상중의 눈빛이 애잔하게 떨렸다.

"너만 생각하지 말고…… 우리도 좀 생각해라."

상중의 시선을 가만히 마주하고 있던 설표가 고개를 돌려 철호를 보았다. 그 역시 자신의 젊음을 설표에게 모두 쏟아부은 사람 중 한 사람이었다.

두 사람의 시선을 마주하던 설표가 고개를 푹 숙였다.

"……미안해요."

요즘 이 말이 자신의 입에서 떨어질 날이 없었다.

❖

예전엔 초입길만 들어서도 가슴이 뛰었던 때가 있었다. 설표는 저 멀리 미나의 집이 보이자 못 박힌 듯 그 자리에 서 있었다.

푸르른 녹음으로 반짝이는 작은 마을을 보던 그가 턱을 올려 하늘을 보았다. 뜨거운 태양은 차마 바라보지 못한다. 눈을 감으며 햇살을 오롯이 얼굴로 받아내던 그의 입에서 깊은 한숨이 터져 나왔다.

"후아······."

그의 주위에는 참으로 좋은 사람들이 많았다. 상중도 철호도 그리고 그녀도······. 모두 그를 걱정하여 이러한 결정을 하도록 강요하는 것이다. 그의 등을 떠밀어 자갈길이 아닌 잘 닦여 있는 아스팔트길로 걸어가라며 독촉하는 것이다. 아, 아스팔트가 아닌가? 아마 유명한 시상식의 레드카펫이겠지.

설표가 천천히 고개를 내려 걸음을 힘차게 옮기기 시작했다.

일주일, 그녀가 자신에게 잠시의 이별을 고하고 일주일이 흘렀다. 그 일주일 동안 그는 지옥 속에 살았다. 어떻게 해야 할 줄 몰라 길을 잃은 어린아이마냥 그 자리에 서 있었다. 그리고 미나가 다시 자신에게 와 손을 붙잡아주길 바랐었다.

하지만 그녀는 돌아오지 않았다. 자신의 수많은 문자와 전화도 무시했다.

「그만해요, 나한테 이렇게 잔인한 일.」

「사랑해요.」

「아무리 생각해도 난 당신이 없으면 안 돼요. 아무것도 못한다고요. 밥을 먹을 수도, 잠에 들 수도 없어요. 매일 멍하니 있기만 해요.」

「같이 가면 안 돼요?」

한번 결심한 그녀는 흔들리지 않았다. 그리고 그녀가 자신에게 연락을 한 것은 평소와는 다른 문자 한 통 때문.

「촬영…… 가기로 했어요. 다음 주 카메라 테스트 받으러 가요.」

그 문자에 그녀는 움직였다. 늘 휴대전화를 손에서 놓고 있지 않았던 것인지 답장은 채 2분도 지나지 않아 왔다.

「결과 말해줘.」

그렇게도 원하던 문자였지만, 막상 문자를 받자 그의 눈에선 뜨거운 눈물이 흘렀다. 그 문자가 그녀의 마음을 대변해 주고 있는 것 같아서. 현재로선 그가 죽는다고 그녀를 협박해도, 다시 만나 달라고 무릎을 꿇고 빌어도 변하지 않을 것이다.

카메라 테스트를 엉망으로 받을까, 고민하던 그는 그러지 않았다. 대본 리딩도 완벽한 영어로 소화해 냈고, 카메라 앞에서도 한 장면을 완벽하게 소화해 내며 그들의 긍정을 이끌어냈다. 촬영은 하기로 결정되었고 기간은 홍보까지 포함하여 1년 반이란 시간으로 잡혀졌다. 전 세계 5개국을 돌아다니며 찍어야 했고, CG 작업까지 있었기에 만만치 않은 스케줄이었다. 그에게도 이번 작품은 도전이었다.

예전이라면 촬영 전 긴장으로 잠 못 이루었겠지만, 그는 캐스팅이 결정된 그날, 오랜만에 단잠을 잤다. 꿈에서 그렇게도 보고 싶었던 그녀를 보았다.

설표는 최대한 천천히 걸음을 옮겼다. 어쩌면 오늘 이후 긴긴 시간 동안 그녀를 만나지 못하게 될지도 모르니까. 그녀를 향해 가는 마지막 길일지도 모르니까.

하지만 더디게 흘러가는 시간 속에서 그의 걸음은 어느새 미나의 집 앞에 닿게 되었다.

커다란 현관문 앞에 선 그는 그녀의 마음처럼 높은 담벼락을 보았다. 예전엔 이 담벼락을 넘는 일이 아주 쉬웠는데…… 이젠 그렇지 못할 것이다. 가슴이 아린다.

우울한 얼굴로 이러지도 저러지도 못한 채 서 있던 설표는 문이 열리자 숨을 깊이 들이마셨다.

"왜 초인종을 안 눌러?"

"……."

오랜 시간 동안 마음에 품어왔던 그 모습 그대로 미나가 서 있었다. 자신도 모르게 팔을 뻗어 그녀의 머릿결을 만지려던 설표가 주먹을 말아 쥐며 애써 자신의 손을 막았다.

부들부들 떨리는 설표의 손을 보던 미나가 고개를 들어 설표와 시선을 마주했다. 굳은 얼굴을 보자 그녀의 눈빛이 흐려졌다. 예전 같으면 곁을 터줘 집 안으로 그를 초대했겠지만 오늘의 그녀는 달랐다. 문 앞을 막아선 그녀는 한 치의 틈도 보이지 않는다.

"결과는?"

"다음 주에…… 출국해요."

그가 힘겹게 말을 늘어놓았다. 그러자 미나의 얼굴이 순간 밝아진다. 예전엔 그리도 보고 싶었던 웃음인데 오늘따라 왜 고개를 돌리고 싶어지는 걸까. 설표는 곧이어 들려오는 그녀의 말에 고개를 숙였다.

"역시 강설표, 내 남자답다."

푹 숙여진 그의 고개에 미나가 천천히 팔을 뻗어 그의 머릿결을 흩뜨렸다. 결 좋은 머리가 그녀의 손가락 사이에서 춤을 춘다. 머리는 늘 그가 쓰다듬어 주었다. 위로를 할 때도, 사랑한다 속삭일 때도 늘. 하지만 오늘은 그녀가 그를 위로해 주고 사랑한다 말한다. 손길로, 눈빛으로.

그녀의 손길을 한참이나 받던 그의 눈에 눈물이 고였다. 무게를 이기지 못한 눈물이 후두둑 아래로 떨어졌다. 숙여진 고개는 여전히 들리지 않았다. 그녀에게 자신의 마지막 모습이 우는 모습으로 기억되길 원하지 않았다.

"당신은 나 없이는 밥도 먹지 못할 거예요."

흔들림 없는 목소리는 곧았다. 하지만 그 속에서도 미나는 기가 막히게 그가 울고 있다는 것을 알아챈다. 그녀의 손길이 더욱 바빠진다. 그의 머리카락을 쓰다듬고 또 쓰다듬으며 자신의 욕심에 의해 그를 밀어내는 이 현실에서 그가 조금은 슬픔을 덜어내길 바라고 또 바랐다.

"전화하면서 먹으면 되지?"

미나가 가벼운 어조로 말했다. 그러자 설표는 고개를 들어 눈물로 얼룩진 얼굴로 말했다.

"나 없인 숨도 쉬지 못할 거고 하루가 어떻게 지나가는지도 모를 거예요."

알아, 그렇게 답하고 싶었다. 하지만 미나는 답하지 않았다.

"내가 그렇게 만들었으니까."

그녀의 손이 얼굴에 닿자 그의 눈물이 거짓말처럼 멈추었다. 그 모습에 미나가 한껏 웃었다.

"나도 노력하고 있을게. 한국에서. 너도 꼭 성공해서 와."

"……나쁜 사람."

"알아, 나 나쁜 거."

짧은 그녀의 말에 설표의 얼굴이 평소대로 돌아왔다. 그는 그녀의 손을 끌어와 힘주어 잡았다. 그리고 진심이 가득한 눈으로 말한다.

"······꼭 이 모습 그대로 있어야 해요. 알겠죠?"

"그래, 너도 유명해졌다고 나 버리지만 마."

자주 연락 안 하기만 해봐, 쫓아갈 테니까.

마지막, 그녀의 장난 어린 말에 설표의 얼굴에도 서서히 웃음이 돌아왔다.

1년 반 후.

서로만 바라보던 두 사람 사이에 큰 공백이 생겨났다. 7년이란 긴긴 시간 동안 그가 군대를 다녀온 시기를 제외하곤 늘 함께 있었던 두 사람이기에 1년 반이란 시간은 아주 길고 더디게만 흘러갔다.

하지만 두 사람은 제자리에서 최선을 다하며 일했다. 시간이 어떻게 흘러가는지도 모르게 몸이 부서져라 일한 결과, 미나는 네 번째 드라마를 방영할 수 있었다.

시청률 34.1%의 대단한 성적을 낸 수목 드라마로 인해 방송가에선 그 누구도 그녀를 함부로 할 수 없게 되었다. 〈대단한 당신〉은 한국뿐만 아니라 중국에서도 큰 인기를 거두며 주연 배우였던 마진의 몸값은 다시 한 번 치솟았고, 드라마가 끝나자마자 네 개의 CF를 더 찍으며, CF 시장에서도 최고의 몸값을 자랑하게 되었다.

차기작에 대한 이야기가 또다시 솔솔 풍겨오기 시작했으나 미나는 오늘도 컴퓨터 앞에 앉아 메일을 작성하고 있었다. 하루에 한 번씩 주고받고 있는 메일이었으나 두 사람은 한 번도 답장을 늦게 하거나 건너뛰지 않았다.

　─후시 작업도 끝났어요. 피곤해 죽겠어요.
　─다음 주까지 미대륙 홍보하고 그다음에 아시아로 넘어갈 것 같아요. 드디어 일정이 끝나가요.
　─너무…… 보고 싶어요.

　마지막 메일까지 쭉 정독한 미나는 짧은 메일에 서운할 법도 했지만 웃는 얼굴이었다. 그의 스케줄은 듣기만 해도 '헉' 소리가 날 정도였다. 굳이 그의 메일을 통하지 않더라도 연신 연예란에 업데이트만 되는 설표에 대한 기사만 보아도 그가 살인적인 스케줄을 소화해 내며 홍보에 박차를 가하고 있다는 것을 알 수 있었다. 이 정도 짧은 메일을 보내는 것도 그가 엄청난 노력을 하고 있다는 것을 알고 있기에 미나는 답장 버튼을 눌러 빠르게 키보드를 두드리기 시작했다.

　─난 오늘도 집에서 빈둥거리는 중이야.
　너 어제랑 그제, 메일 안 보냈더라? 많이 바빠?

타닥타닥, 키보드 소리만이 조용한 집 안을 가득 채우고 있었다. 그에 대한 그리움은 컸으나 그것을 자판으로 옮기기엔 한계가 있었다. 늘 사랑을 이야기하는 드라마 작가인 주제에, 그를 향한 사랑을 표현하기가 이리도 어렵다니.

"아직 멀었군."

쩝쩝, 미나가 입맛을 다셨다. 그러곤 다시 손가락을 움직이려 할 때였다.

띠딩—

누군가 도어록을 여는 소리가 들린다.

띠릭, 띠릭, 띠릭, 띠릭.

비밀번호 누르는 소리가 들렸고 곧,

달칵.

문이 열렸다.

"다녀왔습니다."

웃는 그가 문 앞에 서 있다.

제
3
장

Snow Leopard

30
살,

범

1

[결혼해요, 우리.]

단 한 번도 탑 자리에서 내려오지 않은 남자를 곁에 둔 죄로 미나는 자신이 꽤나 대담하게 인생을 살아오고 있다고 생각했다. 생각 또한 예전처럼 깊게 하지 않아 어떠한 일이든 대담하게 넘기고 있다고 생각했고, 1년 반이란 이별을 통해 그가 다른 예쁜 연예인들이나 아이돌 스타들에게 흔들리지 않을 것이라는 믿음 또한 굳건하게 가지고 있다고 생각했다. 하지만 이런 생각들이 요즘 들어 조금씩 흔들리고 있었다.

〈미드 나잇〉으로 인해 한국은 물론이고 전 세계에서 큰 성공을 거둔 덕에 설표는 한국에서는 감히 범접할 배우가 없다고 평가가 될 정도로 많은 팬층을 거느렸다. 그가 작품 활동을 하든 안 하든 사람들의 시선이 모여들었고, 기사의 헤드라인에 '설표'라는 이름만 들어가도 자동적으로 클릭 수가 올라갈 정도로 엄청난 영향력을 자랑했다. 그런 그가 CF 현장을 찾은 리포터에게 폭탄선언을 한 것이다.

리포터는 으레 삼십대에 접어든 스타에게 하듯 결혼 소식을 물었을 뿐이다. 보통 서른 살의 배우에게 그런 질문은 하지 않으나 이미 3년 전, 사랑하는 이가 있고 그 여인을 마음에 품은 지 7년이나 되었다는 폭탄선언을 했던지라 설표에겐 예외로 물은 것이었다.

이 말에 똑바른 정신이 박힌 강설표는 며칠 전,

"아직은 연인과 이야기 중입니다. 내년쯤이면 하지 않을까요?"

라는 말을 했었다. 하지만 오늘 그의 답이 180도 바뀐 것이다!

[어머, 그분 맞죠?]
[네.]

부드럽게 웃음 짓는 설표의 모습에 가슴이 떨렸다. 멍하니 입을 벌리며 그가 또다시 터뜨린 폭탄선언에 미나가 들고 있던 리모컨을 툭 떨어뜨렸다.

"이 자식……."

강설표, 이 찢어 죽일!

화면을 보며 온갖 욕설을 내뱉던 미나의 눈이 작업실 한 켠으로 향했다. 소파 옆에는 그가 며칠 전부터 보내온 선물들이 한가득 쌓여 있었다.

첫 선물은 장미 꽃다발이었다. 꽃다발 사이엔 손수 적은 카드가 하나 꽂혀 있었다.

—우리 이제 결혼할까요?

서로의 스케줄이 맞지 않아 1년 반이란 긴 이별을 겪은 그는 무자비하게 그녀를 몰아붙였다. 하루라도 빨리 법적인 서류로라도 두 사람의 만남을 견고히 하겠다는 생각인 것인지 그녀를 절벽 끝에 세웠다.

이래도 안 넘어오고 배겨? 라며.

이에 그녀는 냉정하게 고개를 내저었다. 꽃다발을 받았냐며 전화를 걸어온 그에게 그녀는 자신의 솔직한 마음을 터놓았다.

"아직 결혼은 아닌 것 같아."

"왜요?"

"너랑 평생 함께 살 수 있다는 확신이 없어."

서른의 강설표는 서른여섯의 강미나의 상황은 이해해 주지 않았다. 나이를 먹을수록 겁이 많아진다는 것을, 그리고 연애와 결혼은 엄연히 다르다는 생각을 하고 있는 그녀를.

"섭섭해지려고 그래요."
"……그래도 어쩔 수 없잖아? 내 마음이 그런걸."
"포기하지 않을 거예요."

그 후로 도착한 선물은 웨딩슈즈였다. 자신이 신으면 금방 더러워질 것처럼 새하얀 구두를 보자마자 미나는 꽃다발이 있는 곳에 놓아둔 뒤 박스를 열지 않았다. 선물은 하루에 하나씩 꼬박꼬박 도착했다. 선물로 결혼식을 열어도 될 정도였다. 자신의 사이즈에 정확히 맞는 웨딩드레스와 작은 다이아몬드가 박혀 있는 반지, 부케, 티아라까지. 신부에게 필요한 물건들은 일주일도 안 되어 모두 도착했다. 그리고 선물이 도착한 후에 그는 으레 그랬던 것처럼 전화를 걸어 물었다.

"아직도 생각이 안 바뀌었어요?"

그의 독촉에 미나는 결국 신경질을 낼 수밖에 없었다.

"어떻게 하루에 한 번씩 물어! 하루 만에 어디 바뀔 결정이야? 너 진짜 나한테 왜 이래!"

울먹이며 빽 소리를 지른 것이 바로 어제의 일이었다. 그런데 그가 또다시 참지 못하고 사고를 친 것이다!

브라운관을 노려보던 미나가 자리에서 벌떡 일어났다. 그리고 빠르게 걸음을 옮겨 협탁 위의 휴대전화를 눌렀다. 가장 먼저 설표의 개인전화로 통화를 시도해 봤으나 아쉽게도 그는 전화를 받지 않았다. 얼굴을 구긴 미나가 이번엔 철호에게 전화를 걸었다. 다행히도 그는 전화를 받았다.

[자, 장 작가님?]

말을 더듬는 것을 보니 그도 이미 미나의 심기가 사납다는 것을 알아차린 것 같았다. 미나가 울컥 치솟는 화를 애써 꾹꾹 누르며 말했다.

"강설표, 왜 전화 안 받아요? 촬영 중이에요?"

[그게…….]

철호가 운만 뗀 채 말을 끝맺지 못했다. 미나의 눈꼬리가 치켜 올라갔다.

"옆에 있죠? 당장 바꿔요."

[여, 옆에 없습니다.]

"안 바꾸면 당신의 소중한 배우가 후에 무슨 짓을 당할지 장담 못해요. 얼굴에 오선지 그어줘요?"

[작가님!]

"싫으면 당장 바꿔요."

강경한 미나의 목소리에 결국 철호가 '잠시만요'라고 말했다. 전화 너머로 철호가 설표에게 무어라 이야기하는 목소리가 들렸다. 왜 나한테 떠넘기냐는 불만 섞인 목소리와 점잖은 설표의 음성이 반복되어 들려왔다. 미나의 눈썹이 찌푸려졌다. 이것들이 지금 무슨 수작이냐 싶기도 했다. 생각보다 깊어지는 다툼에 미나가 울컥 화를 내려고 할 때였다. 타이밍 좋게 그의 목소리가 들려왔다.

[여보세요?]

그의 목소리는 이제 가슴을 울릴 정도로 깊어졌다. 하지만 미나는 애써 정신을 붙잡았다. 강설표는 지금 그녀를 괴롭히고 있다. 고민할 시간도 주지 않은 채 고양이 발 앞에 놓인 장난감처럼 그녀를 휘두르고 이리저리 치고받으며 흔들고 있을 뿐이다. 미나가 제법 날 선 목소리로 말했다.

"강설표, 이게 무슨 짓이야?"

[무슨 짓이냐니요? 시청자들 앞에서 프러포즈한 거죠. 저 이제 장가 다 갔어요. 책임지셔야겠네요.]

네가 자초한 일이잖아! 나한테 상의 한마디 없이!!

버럭 소리를 지르고 싶었으나 이에 대해 날아올 답을 너무나 쉽게 유추할 수 있었기에 미나는 입을 꾹 다물었다. 아마도 '날 이렇게 만든 사람이 너야'라고 할 게 뻔했다.

직접 반반한 낯짝을 보고 따져 물어야 했다. 미나가 서늘한 목소리를 애써 감추며 말한다.

"……내일 스케줄 있어?"

[아쉽게도요.]

목소리는 전혀 아쉽지 않았다. 이에 그녀의 화가 더욱 불타오르기 시작한다. 집념이라곤 없는 그녀였으나 강설표에 관한 일만은 달랐다.

"그럼 밤에 잠시 봐."

서울까지 올라가는 데 족히 네 시간 반은 걸렸으나 그녀는 직접 이 문제에 대해 따져 묻기 위해 올라가기로 결심했다. 그러자 설표의 목소리가 한층 밝아졌다.

[정말요? 직접 오시게요?]

"그래."

짧게 답한 미나가 숨을 크게 들이마셨다가 내뱉었다. 화를 억누르기 위해 그녀가 크게 가슴을 들썩이고 있을 때였다. 전화 너머로 그의 웃는 소리와 함께 말소리가 들려온 것은.

[작가님의 뜨거운 사랑에 제가 몸 둘 바를…….]

"죽는다, 너."

결국 억누르고 있던 화가 입술을 뚫고 터져 나왔다.

[기왕이면 침대에서 죽여주세요.]

옆에서 컥컥 숨넘어가는 소리가 들린다. 아마도 철호가 깜짝 놀라 내는 소리인 것이 분명했다.

능글맞아진 서른의 강설표는 더 이상 고양이도, 새끼 범도 아니었다. 진짜 범이 되어 장미나 따윈 쉽게 요리하고 있었다.

"……."

말문을 잃은 미나가 아무런 말도 하지 못하자 설표가 후후후 낮은 웃음소리를 터뜨렸다.

[비밀번호는 알죠? 기대하고 있을게요.]

도대체 뭘!

따져 묻기도 전에 전화가 끊겼다. 허망한 눈으로 휴대전화를 내려 보던 미나가 이를 악물며 말했다.

"두고 보자고, 강설표……."

그녀의 턱 근육이 연신 움찔거렸다.

마치 맛있는 요리를 진열해 놓듯 미나를 위에 눕혀놓은 그가 엄지손가락으로 입술을 닦았다. 마치 포식자와 같이 느긋한 얼굴로 식탁 위 미나를 보는 설표의 눈빛이 어둡게 가라앉았다.

미나는 부엌 천장을 보며 일이 왜 이렇게 된 것인지 알아채려 노력해 보았지만 곧이어 자신의 허리라인을 따라 그어지는 단단한 손길에 생각을 멈추었다.

"미나 씨, 취한 거 맞죠?"

"으음?"

아, 내가 취했던가? 설표의 물음에 스스로 생각을 해보려던 미나는 곧이어 날아드는 말에 이 역시 생각을 접었다.

"취한 거 맞네. 그럼 나 마음대로 해도 되죠?"

세상이 어지러웠다.

요즘 장미나는 꽤나 바른생활을 하고 있었다. 아침, 점심, 저녁, 꼬박꼬박 세끼를 챙겨 먹었고 하루에 30분씩은 스트레칭을 해주었다. 집 앞에서 가볍게 산책을 즐기기도 했고, 금연에 성공한 지는 벌써 3년. 술도 되도록 입에 대지 않고 있었다. 서른여섯이 되면서 급속도로 바뀌어가는 몸에 그녀는 과거 자신의 몸을 학대하다시피 했던 모든 것들을 관뒀다. 그 덕에 오늘 술 몇 잔에 완전히 녹다운이 되어버린 것이다.

흐릿한 천장을 보며 천천히 눈을 깜빡이던 미나는 흐릿한 시야를 원래대로 되돌리기 위해 노력했다. 하지만 이 모든 노력은 곧 그가 배꼽 위에 올려놓은 차가운 얼음 하나로 모두 허사가 되었다.

"아, 차가워!"

미나가 비명처럼 소리를 질렀다. 그러자 설표의 입에 느른한 미소가 내걸린다.

그는 오소소 소름이 돋은 미나의 살결을 손으로 쓸어내렸다. 그러다 검지손가락에 힘을 주어 얼음을 그녀의 몸에 천천히 문질렀다. 얼굴을 구긴 미나가 연신 몸을 떨어대자 그가 눈을 나른하게 뜨며 묻는다.

"괴로워요?"

"말이라고!"

얼음이 그녀의 체온에 녹아 물길을 만든다. 배꼽에 작은 연못이
생기고, 납작한 배 위에 몽글몽글 귀여운 물방울들이 생각났다.
흔적도 없이 사라진 얼음을 보며 설표가 조용한 어조로 말했다.

"결혼해요."

끙, 신음을 내뱉던 미나가 상체를 일으켜 버럭 외쳤다.

"싫어."

계속되는 그의 말에 이젠 악마저 받쳐 목소리는 거칠었고, 얼굴
은 종잇장처럼 구겨져 있었다. 강렬한 그녀의 저항에 설표의 입술
이 길게 늘어뜨려진다. 그의 손이 어느새 두 개의 얼음 조각을 가
져와 하나는 그녀의 가슴골 사이에, 하나는 그녀의 아랫배에 떨어
뜨린다.

"으으!"

미나의 입에서 신음이 터져 나오고 또 한 번 허리가 비틀렸다.
미나가 손을 들어 얼음을 떼어내려 했지만 단단한 손이 그녀의 행
동을 막았다. 손바닥에 굳은살이 잔뜩 박여 있는 손은 거칠었고
위협적이었다.

미나가 눈을 슬쩍 떠 설표의 얼굴을 보았다. 음울했던 그의 얼
굴 위로 장난기가 어려 있다. 그의 표정에 미나가 안도의 한숨을
내쉰 뒤 팔을 뻗어 그의 목을 껴안으려고 했다. 하지만 그는 이를
허락하지 않았다.

"앗!"

미나의 몸이 다시 한 번 튀어 올랐다. 가슴골에 놓아둔 얼음 조각으로 가슴 주위의 선을 그린 후 가슴의 정점으로 향했다. 분홍빛 유두에 얼음 조각이 닿자 꼿꼿하게 고개를 치켜들고, 그 주위로 소름이 오소소 돋아났다. 그 모습을 보며 미소를 짓던 그가 고개를 숙여 살짝 벌려진 입술에 입을 맞췄다. 가벼운 입맞춤 후 그는 숨결이 닿을 정도로 가까운 거리에서 훅— 바람을 불었다. 그녀의 얼굴에 달라붙어 있던 머리카락이 공중으로 나부꼈다.

"아직도 답이 바뀌지 않았어요?"

"……너무해!"

미나가 그의 양 뺨을 붙잡더니 입술을 앙 깨물었다. 그녀의 반항에 설표가 피식 웃음을 내뱉는다. 범의 코털을 건드린 어린양을 어떻게 처리를 해야 할까, 고민하는 기색이 역력한 얼굴로 설표가 물었다.

"물었어요?"

"그래, 물었다!"

어린양은 기도 죽지 않고 외친다. 그의 눈빛에서 몽골몽골 어두운 빛이 떠오르기 시작했음에도 불구하고. 그의 입술 끝이 한껏 올라갔다.

"뒷감당은 어떻게 하려고?"

"내 알 바 아니……."

미나가 고개를 팩 돌리자 설표가 손으로 그녀의 턱을 잡아 시선을 맞춘 뒤 얼굴 가득했던 웃음을 지웠다.

"당신 일인데 어떻게 뒷감당을 생각을 안 해요. 내가 무슨 짓을 할 줄 알고."

"……이 성 도착증 환자가."

"거친 걸 좋아하잖아요. 우린 잘 맞는 커플 같은데요?"

"……."

그의 말에 하등 틀린 것이 없었기에 미나는 입을 꾹 다물어 버렸다. 무슨 말을 꺼내듯 지금 해보았자 변명 혹은 거짓말밖에 되지 않을 것이다.

미나가 아무런 말도 하지 못하자 곧이어 덜그럭거리는 소리가 들렸다. 얼음통에 들어 있던 얼음을 꺼낸 설표가 그녀의 배 위에 올려놓았다. 이미 물기로 축축한 몸 위와 손바닥 사이에 얼음을 가둔 뒤 살살 문지른 그는 그녀의 몸이 통통 튀어 오르자 목덜미에 입을 맞추었다.

그녀가 젖어 들어가자 그의 몸도 함께 젖었다. 하지만 그는 상관하지 않은 채 그녀의 목덜미에 깊이 입술을 맞추는 와중에도 손은 어느새 얼음을 가둔 채 아래로 미끄러져 내려져 갔다. 얼음이 여성에 닿자 미나가 기겁했다.

"으악! 뭐, 뭐 하는……!"

미나가 버럭 외치다 말고 입술을 꾹 다물었다. 얼음은 어느새 꽃잎을 가르고 안으로 들어가 숨겨져 있던 정점에 닿아 있었다.

"끄윽…… 아아, 아아아……!"

그가 손을 움직여 클리토리스를 자극했다. 미나의 몸이 비틀리고 발버둥을 치듯 몸을 떨어댔다. 하지만 입에서 흘러나오는 끈적한 신음과 게슴츠레 떠진 눈동자에 비친 엄청난 열망은 그가 주는 감각이 얼마나 대단한지 보여주고 있었다.

얼음이 녹아 여성 안으로 차가운 물이 스며들자 미나의 눈이 번쩍 뜨이더니 손이 그의 등으로 자연스레 향했다. 손톱을 세워 설표의 등에 박아 넣은 그녀는 섬유 재질이 닿자 더욱 힘껏 세웠다.

손으로 그녀가 움직이지 못하도록 하던 그는 어느새 얼음이 모두 녹자 새하얀 허벅지를 당겨 여성이 하늘을 향하도록 만들었다. 그의 시야 가득 흥분에 붉어진 여성이 눈에 보였다. 허리가 반쯤 접혀 자세가 불편할 법도 하건만 그녀는 움직임 없이 그의 얼굴만 게슴츠레 보고 있었다. 눈동자에 비친 그의 모습 또한 그녀처럼 흥분에 젖어 있었다.

입술을 내린 그가 차가운 기운이 가득한 여성에 입을 맞추었다. 쪽 소리를 내고 짧게 맞추었다 떨어진 입술을 가르고 혀가 비어져 나왔다. 혀로 벌어진 꽃잎 사이를 길게 핥은 그는 달큰한 냄새가 코를 찌르자 숨을 깊게 들이마셨다.

흐음, 하아…….

"냄새 좋다."

그의 말에 미나의 몸이 또 한 번 들썩였다.

그 후로 그는 혀를 길게 빼내어 게걸스럽게 여성을 핥았다. 쉼 없이 뿜어져 나오는 액을 힘껏 들이마시고, 여성이 얼얼할 정도로 빨아들였다. 그녀가 충분히 준비를 마친 뒤임에도 정성껏 여성을 핥은 그는 손가락 두 개를 찔러 넣었다.

"설표야……."

미나가 그의 이름을 부른다. 한숨처럼 내뱉은 소리는 신음에 가까웠다. 눈물이 찔끔 고인 얼굴로 자신을 올려다보는 그녀의 모습에 설표의 미간이 일그러졌다. 그도 점차 한계가 찾아오기 시작했으나, 손을 멈추지 않았다.

빠르게 그녀의 손으로 파고드는 손가락은 그녀의 내벽을 휘저었다. 뜨거운 손길에 미나의 입에서 연신 신음성이 터져 나왔다.

"아아, 아아앗! 가, 강설표! 아아!"

벌어진 입술 사이로 터져 나오는 자신의 이름에 설표는 손을 멈추지 않은 채 그녀의 입술을 입으로 막았다. 숨결이 서로의 입속을 돌고, 짓이겨진 입술은 아플 지경이었다.

빠르게 움직이던 손이 멈추었다. 손은 그녀의 샘에서 뿜어져 나온 액으로 인해 축축하게 젖어 있었다. 그녀의 검은 슈트 자락도 윤활유로 젖어 있었지만 그는 가볍게 옷을 벗은 뒤 넥타이까지 끌러냈다.

턱을 치켜든 채 천천히 단추를 끄르는 그의 모습은 영화 속에서 본 것처럼 아주 멋있었다. 미나는 그가 셔츠를 벗고 벨트에 손을 가져다대는 것을 눈에 담았다.

"결혼해요, 우리."

"……."

"그럴 거죠?"

열락에 젖어 있는 그녀에게 그는 강요했다. 하지만 미나는 아무런 말도 하지 못했다.

"싫어요?"

그럼 안 할 건데.

개구진 그의 말에 미나의 얼굴이 와작 찌푸려졌다. 식탁에서 상체를 일으킨 미나가 한 걸음 떨어져 있는 설표를 보며 버럭 외쳤다.

"치사해!"

탄탄한 가슴과 복근, 단단한 허벅지가 앞으로 그녀에게 줄 감각을 떠올리면 몸이 파들파들 떨릴 정도였다. 빳빳하게 서 있는 남성도 이미 한계에 달해 있었는데도 그는 느긋한 얼굴로 미나의 얼굴만 바라보고 있었다.

"……결혼해요."

"강설표!"

"해요."

그가 끈질기게 말했다. 그러자 미나가 식탁에서 내려와 그의 앞에 무릎을 꿇었다. 오른손으로 남성을 붙잡은 그녀가 입안 가득 머금었다. 그의 몸이 움찔거리고, 남성의 끝에 정액이 비어져 나오기 시작했다. 하지만 그녀는 혀를 길게 빼내어 남성을 핥으며 고개를 들어 그와 시선을 맞추었다.

이래도 안 해?

그녀의 눈길이 그리 말하고 있었다.

결국 참다못한 설표가 미나의 겨드랑이를 잡고 벌떡 일으켰다. 식탁에 그녀를 몰아붙인 그가 그녀의 엉덩이 골 사이에 남성을 살살 문지르고 미끄러져 내려가 꽃잎에 닿는다. 미끈한 느낌은 서로의 몸이 이미 충분한 준비를 마쳤음을 보여주었다.

"아아!"

"으."

설표가 남성을 여성 안으로 밀어 넣자 두 사람의 입에서 동시에 신음이 터져 나왔다. 하지만 그는 잠시도 그녀의 몸 안에 머물러 있지 않은 채 힘찬 허릿짓을 시작했다.

액체가 튀는 소리와 살결이 부딪히는 소리가 부엌을 가득 메운다. 그리고 그와 함께 하나의 협주곡처럼 미나의 신음성이 뒤섞였다.

"아아, 아아! 읏! 하아!"

강렬한 느낌에 미나의 몸이 앞으로 꼬꾸라진다. 미나의 무게와 그의 힘찬 몸짓에 식탁이 비명을 질러댔다.

끼긱, 끼기긱.

하지만 그는 무자비할 정도로 강렬하게 그녀를 몰아붙이며 그녀의 몸에 자신을 묻었다.

❖

멍하니 눈을 뜬 미나는 누군가가 온몸을 두들겨 팬 것처럼 끔찍한 고통이 느껴졌다. 이 고통은 누군가가 몽둥이로 두들겨 맞아 그런 것이 아니었다.

"강설표……."

멍하니 눈을 깜빡이던 미나는 이 모든 일의 원흉인 사람의 이름을 불러본다.

식탁에서 서로를 거칠게 가진 두 사람은 곧이어 침대로 옮겨왔다. 그곳에서 그녀는 몇 번이고 설표에게 안겼다. 진한 정액 냄새가 집 안을 가득 메우고, 두 사람이 내뱉는 신음으로 집 안 공기도 뜨겁게 달아오를 정도였다. 아침에 해가 밝고 나서야 겨우 그의 손길에서 벗어날 수 있었던 미나는 자신도 모르게 곯아떨어졌다. 그녀의 눈이 질끈 감겼다 떠졌다.

미나가 팔을 뻗어 옆자리를 더듬어본다. 온기도 남아 있지 않았다. 아침부터 스케줄이 있다 했으니 그는 한숨도 자지 못한 채 나갔을 것이다.

멍한 눈을 깜빡이던 미나가 읊조렸다.

"분명 죽을 거야."

아주 멀리 떨어져 있는 지금도 이런데, 그와 결혼해 한집에 지내게 된다면 몸이 남아나질 않을 것이다. 서른 살의 강설표는 서른여섯의 장미나의 체력 따윈 이해해 주지 않으니까.

"끙!"

앓는 소리를 내며 자리에서 일어난 미나가 띵— 하고 울리는 머리를 손으로 짚었다. 지난밤 그가 끊임없이 자신에게 속삭이던 말이 뇌리를 스치고 지나갔다.

"사랑해요, 미나 씨."

"우리 결혼해요."

"당신과 더 이상 떨어져 지내고 싶지 않아요. 한집에서 지내며 함께 잠들고 함께 눈뜨고 싶어요."

"미나 씨…… 미나 씨……."

마지막 말은 신음성이 섞인 말이었다. 그리고 그 말에 미나 또한 높은 신음을 터뜨렸다.

결혼…… 아직은 두려운 말이었다. 부모님의 결혼 생활이 행복하지 못했기에, 가장이 가지는 그 힘을 알고 있었기에 미나는 두려웠다. 물론 자신의 친부와 설표는 전혀 달랐다. 그는 자신을 사랑해 주고 있었고, 앞으로도 사랑해 주리라, 그녀는 알고 있었다. 하지만 그래도 두려워지는 것은…….

"너무 몰아붙인단 말이야!"

버럭 소리를 지른 미나가 자리에서 일어났다. 그리고 이젠 자신의 집만큼이나 익숙한 욕실로 들어가 자신의 칫솔을 꺼내 들었다. 그녀가 새삼스러운 눈으로 욕실 안을 훑어본다. 집 안에서 가장 은밀한 장소이기도 한 욕실에도 그녀의 흔적은 가득했다. 샴푸와 린스는 그녀의 것과 설표의 것이 따로 비치되어 있었으며, 충동구

매로 구입한 가운 또한 드레스 형태로 된 여성용이 따로 있었다.

집 안을 음울한 얼굴로 보던 미나는 무언가 퍼뜩 떠오른 것인지 입술을 깨물었다.

"여기에 있다간 잡아먹힐 거야."

아마도 그녀가 정신을 차리지 못하게 밀어붙인 후 혼인 신고서를 내게 될지도 몰랐다.

집으로 돌아온 그녀는 간단한 여행을 할 준비를 마쳤다.

3개월 뒤에 자신의 드라마 편성이 잡혀 있었으니 작업을 할 노트북과 충전기, 여벌의 옷과 속옷을 챙겨 든 그녀는 휴대전화는 챙기지 않은 채 협탁 위에 올려두었다.

서울에서 집까지 내려왔으면서도 피곤한 기색 하나 없이 눈을 반짝이던 그녀가 짐을 든 채 잠시 자신의 집 안을 휘둘러보았다. 여기에도 역시나 설표의 흔적이 많이 남아 있었다.

"강설표, 잡으려면 잡아보라지."

흥! 콧방귀를 뀐 미나가 노트북과 작은 짐 가방을 든 채 집을 나섰다.

자신의 마음이 정리될 때까진 절대 그의 손에 잡히지 않으리라 마음먹은 눈동자엔 결의마저 차 있었다.

❖

"미나 씨?"

서늘한 기운이 가득한 집에 설표의 눈썹이 하늘을 향해 치켜 올라갔다. 그의 부름에도 답을 해줄 사람은 집을 떠난 지 오래된 듯 보였다. 성큼성큼 걸음을 옮겨 혹시나 그녀가 숨어 있나 싶어 집 안을 샅샅이 뒤진 그가 진이 빠진 얼굴로 소파에 털썩 주저앉았다.

"이 사람을 어쩌면 좋나……."

족쇄라도 채워 묶어놔야 하나? 그가 오만 가지 생각을 하며 어떻게 미나를 혼내줄지 고민하고 있을 때였다. 협탁에 올려진 종이가 눈에 띄자 그는 손을 뻗어 집어 들었다.

—집필 여행 갈 거야. 끝나면 돌아올게.

빠르게 휘갈겨 쓴 글씨는 미나의 것이었다.

"집필 여행?"

말은 집필 여행이라 해놓았지만, 그의 손길에서 벗어나기 위한 핑곗거리에 지나지 않는다는 사실을 설표는 단숨에 눈치챘다.

"멀리 도망가요."

그가 음울한 목소리로 말했다.

"이번에 잡으면 다시는 도망가지 못하도록 가둬놓을 거니까."

2

발길이 닿는 곳에 머물고, 그 마을의 풍경이 질리면 다른 곳으로 옮겨 다니며 지냈다. 혹여 카드 사용 내역으로 그가 쫓아올까 싶어 나름 현금을 사용해 가며 집요하게 도망 다닌 지 3개월. 그시간 동안 그녀는 다섯 번째 드라마 초안을 잡았고, 시놉시스까지 완벽하게 작업을 마쳤다.

3개월, 나 홀로 여행은 참으로 많은 점을 느끼게 해주었다. 설표가 옆에 없음에 외롭기도 하였고, 홀로 장소를 정하고 정처 없이 돌아다니는 여행에 해방감도 느꼈다. 어쩌면 자신에게 마지막일 여행을 그녀는 최대한 즐겼다.

푸른 바다가 보이는 작은 여인숙 앞, 미나는 공중전화로 가 미리 적어온 연락처를 펼쳐 들었다. 그리고 이번에 함께 작업하기로 하였던 BOK 방송국 김 PD에게 곧장 걸었다. 우선은 급한 일부터 불을 끈 후 설표에게 전화하기로 마음먹은 미나는 푸르른 바다를 시야에 가득 담으며 기분 좋은 웃음을 지었다.

모르는 번호여서였을까, 한참이고 통화음이 흐르고 난 뒤에야 김 PD가 전화를 받았다. 미나는 인사는 생략하고 곧장 본론부터 꺼냈다.

"드라마 시놉시스 보냈어요."

[장 작가, 왜 이렇게 연락이 안 돼?]

시놉시스를 보냈다는 말에 김 PD의 기쁜 탄성이 나와야 했으나 그의 목소리엔 걱정과 짜증이 섞여 있었다. 무슨 일이지? 순간 미나의 몸이 긴장으로 굳어졌다.

"왜요, 무슨 일 있어요?"

[강설표가 이번 드라마에 참여하고 싶다고 연락이 왔어. 몸값도 이번엔 낮춰주겠다고.]

"예……?"

바닷바람이 코끝을 스쳤다. 이젠 익숙해질 법도 한 바람이었지만 그녀는 갑자기 속이 미식거리고 세상이 어질어질한 느낌에 몸을 비틀거렸다. 아니, 바람 때문이 아니었다. 방금 그녀가 들은 이야기 때문이었다.

[장 작가 때문이지? 이 소식 들으면 본인한테 연락하라고 하던데?]

설표는 데뷔를 TV 드라마에서 하긴 했으나 그 이후론 쭉 영화만 찍어왔다. 사람들은 그를 생각할 때 영화배우라는 것을 먼저 떠올릴 정도였다. 이제 막 팬이 된 이들은 설표가 드라마에서 데뷔를 했다는 사실을 인지하지 못하고 있을 정도다. 그런 그가 TV 드라마 판으로 다시 돌아오다니. 영화 대본이 천장에 닿을 만큼 쌓여 있고, 헐리웃 차기작까지 생각하고 있는 와중에 말도 안 되는 일이었다.

미나가 낮은 목소리로 말했다.

"곧 연락드릴게요."

[아, 그건 곤란해!]

미나가 전화를 끊으려다 말고 다급한 목소리에 다시 전화를 귀에 가져다댔다. 김 PD가 재빨리 말을 이었다.

[내일 미팅이 있어. 강설표 측에서 드라마 들어가기 전에 한 번 만나자고 해서.]

"……저도 참석해야 해요?"

[그래.]

짧은 답에 미나의 입에서 깊은 한숨이 흘러나왔다.

[4시야. 알겠지?]

미나가 낮은 목소리로 '알았어요' 라고 짧게 말한 뒤 서둘러 설표의 전화번호를 눌렀다. 그의 번호는 굳이 연락처가 적힌 수첩을 보지 않아도 쉽게 누를 수 있었다.

얼마의 통화음이 흐른 후, 곧 듣기 좋은 중저음의 목소리가 들려왔다.

[연락 기다렸어요.]

그는 그녀라고 밝히지도 않았건만 당연히 장미나, 그녀일 것이란 생각에 그리 말했다. 듣기 좋은 목소리에 미나의 가슴이 떨려온다. 하지만 입을 통해 밖으로 흘러나가는 목소리는 굳어 있었다.

"강설표."

[강원도에 있나 보네요.]

그가 지역번호를 확인한 후 말했다. 지난 세 달여간 미친 듯이 찾아다녔던 곳 중 하나가 강원도였다. 하지만 우리나라가 세계지도에서 봤을 땐 작은 나라였지만 어디 쉽게 사람을 찾을 수 있을 넓이던가. 길이 엇갈렸던 것인지 그녀는 강원도에 있었고, 그는 그곳에서 그녀를 찾지 못했다.

그렇게 허송세월처럼 보낸 것이 3개월이었다. 그는 그사이 많이 화가 나 있었다. 갑자기 사라져 버린 미나를 이해한다고 생각하면서도 한편으론 자신 없이도 살 수 있다는 듯 떠나 버린 그녀에게 화가 나 머리가 지글지글 끓을 지경이었다.

이런 그의 마음을 알지도 못한 채 미나는 자신의 이야기부터 꺼내놓고 있었다.

"이게 무슨 짓이야? 왜 갑자기 드라마 판으로 돌아오겠다고……."

[왜 떠났어요? 결혼 때문이에요?]

"……."

그의 목소리에 서린 칼날 같은 화에 미나는 아무런 말도 하지 못했다. 그러자 그가 한풀 화가 꺾인 목소리로 말했다.

[뭐가 무서운 건데요.]

한숨 섞인 목소리에 미나의 가슴이 찌르르 떨렸다. 무작정 도망왔다. 그에게 아무리 자신의 상태를 말해도 설득이 되지 않는다고 혼자 결론 내리며 설득하길 포기했다. 포기는 가장 나중에 해도 늦지 않다는 것을 그와 함께 배워왔으면서도 말이다.

미나는 지금이라도 그에게 자신의 마음을 솔직히 해야 한다는 것을 알았다. 이미 늦었지만, 지금이라도 말하는 것이 좋았다.

"평생 함께 있어야 하는 거잖아. 그게 가능할까?"

그녀가 천천히 운을 뗐다.

"부부가 되는 건 서로에게 많은 책임을 물어. 싫어도 얼굴을 봐야 하고, 잠자리를 해야 하고, 함께 밥을 먹어야 하는 거야. 지금 우린 싸우면 얼굴을 안 보고 서로 화를 식힌 뒤에 대화해도 되지만 부부가 되어선 아니야. 연애를 할 때는 좋은 점만 보이는데, 결혼하고 나선 싫은 점도 보이기 시작할 거야."

그걸 견딜 수 있을지, 난 아직 확신할 수가 없어.

너란 사람이 참 좋지만, 내 마음이 그래.

그녀가 솔직히 제 마음을 털어놓았다. 그녀의 말에 설표는 한동안 말을 이을 수가 없었다.

들고 있는 전화로 두 사람의 숨소리만 오고 갔다. 거칠어진 숨소리만이 두 사람의 귓가를 뜨겁게 울렸다.

한참이 지나서야 설표가 힘겹게 말을 꺼냈다.

[처음부터 전 결혼을 한다는 전제하에 미나 씨를 만난 거였어

요. 미나 씬 아니었나요?]

아아, 이 말에 어떤 말을 해주어야 할까. 미나의 눈빛이 어두워졌다.

[전 처음부터 미나 씨였어요. 미나 씨의 영화를 보는 순간 내 우상이 되었고, 당신을 만나는 순간엔 사랑이 되었어요. 그리고 함께 시간을 보내면서부터는 내 미래가 되었고요. 난 처음부터……당신만 봤단 말이에요.]

가슴이 떨린다. 가슴에서 시작된 잔잔한 파동은 눈동자에까지 옮겨졌다. 솔직하게 말해야 한다고 그녀는 생각했다. 그가 솔직히 말해주었으니 그녀 또한 그리해야 한다. 숨을 고른 미나가 천천히 운을 뗐다.

"처음엔 넌 그냥 귀여운 고양이였어."

매일 집에 찾아오는. 문을 긁으며 어서 문을 열라고 말하는 뻔뻔한 고양이. 그런 고양이를 집에 들여놓았어.

"함께 있다 보니 좋아하게 되었고. 그게 다야."

결혼은 생각해 본 적이 없었어.

처음이라 묻는다면 이 정도 답밖에 해줄 수가 없었다.

그녀의 처음은 그랬다. 별다른 생각이 없었고 미래를 생각하기엔 그도 그리고 그녀도 너무도 어렸었다. 그의 세상이 처음부터 자신으로 인해 돌아갔었다고 말을 하더라도, 그녀의 세계는 그렇지 않았으니까. 그의 마음을 달래기 위해 거짓을 말할 수는 없었다.

[지금은요?]

"좋은 남자. 그리고 세상에서 가장 멋진 남자."

[……너무해요.]

망설임 없이 나온 그녀의 말에 설표가 한 박자 늦게 답했다. 세상에서 가장 멋지고 좋은 남자이면서 왜 결혼은 아니라는 것일까. 설표의 목소리가 우울하게 가라앉는다.

그녀는 또 도망치고 있었던 것이다. 지난 10년, 도망가는 그녀를 집요하게 쫓아 붙잡았다. 그녀를 곁에 두기 위해 수없이 사랑한다 말했고, 수없이 그녀에게 애원했다. 하지만 지금에 와서도 그녀는 여전히 도망갈 궁리만 하고 있었다.

[평생 함께하기가 두렵다는 거예요? 평생 잠자리를 하고, 함께 시간을 보내는 게 무섭단 말이죠?]

"……."

그녀는 답하지 않았다. 그것이 그 어떠한 긍정보다 더 크게 느껴지는 것은 그의 마음이 현재 분노로 들끓고 있었기 때문이다.

[좋아요. 만나요. 만나서 이야기해요. 내일 미팅, 각오하고 오는 게 좋을 거예요.]

"설표야……."

[끊을게요.]

전화가 무심히 끊겼다. 한숨을 내쉬며 공중전화 수화기를 보던 미나의 눈빛이 어두워졌다. 그의 감정이 고스란히 전해져 와 가슴이 먹먹해졌다. 수화기를 원래 위치에 걸어둔 미나가 고개를 돌려 바다를 보았다. 바닷바람이 머리카락을 간질이고 지나갔다.

"여자는 결혼 이야기만 들어도 무서워한다고, 이 망할 남자야."

뭐든 자신만만한 그와 자신은 달랐다.

❖

BOK 드라마 제작실. 주로 미팅 룸으로 사용되는 커다란 공간엔 여섯 명의 사람들이 서로 마주 보고 앉아 있었다. 드라마 국장과 김 PD는 연신 시계를 보며 초조한 기색을 감추지 못하고 있었다. 그리고 맞은편에 앉아 있는 설표와 상중의 눈치를 연신 보고 있었다.

외부엔 알려지지 않은 비밀스러운 만남은 정각 4시에 시작될 것이라 계획이 잡혀 있었지만 10분이 지난 지금까지 그들은 어색한 표정으로 서로만 바라볼 뿐 입을 떼지 않고 있었다. 그들은 하나같이 한 사람을 기다리고 있었다.

"장미나 작가님이 많이 늦네요."

"그러게요."

어색하게 말한 드라마 국장이 곁에 있는 김 PD에게 지각쟁이에게 연락을 하라는 듯 매서운 눈빛을 보냈다. 김 PD가 자리에서 일어서던 찰나였다.

문이 열리더니 축축하게 젖은 흑발을 늘어뜨린 여인이 문을 열고 들어왔다. 급하게 나온 것인지 화장기 하나 없는 얼굴과 어깨를 적실 정도로 제대로 털지 않은 모습은 누가 보아도 늦잠을 잔 사람의 모습이었다. 미나는 들어오자마자 앉아 있는 여섯 명의 사람에게 허리를 숙여 인사한 뒤 상체를 일으켰다.

"죄송합니다, 많이 늦었습니다."

"아닙니다, 장 작가님. 얼른 이리로 오시죠."

드라마 국장이 입술을 씰룩였다. 불만이 가득한 얼굴이었으나 자리가 자리였고, 상대가 장미나였으니 애써 눌러 참는 것 같았다.

그때 가만히 앉아 손목시계만 바라보던 설표가 자리에서 일어 났다. 그녀의 맞은편에 서 있던 그는 자신을 새초롬한 눈으로 바 라보는 미나를 향해 커다란 손을 뻗었다.

"장 작가님, 오랜만에 뵙습니다."

"네."

3개월 만에 봤으니 오랜만에 봤다면 봤다고 할 수도 있었다. 그 의 촬영이 아니면 늘 함께 있는 둘이었으니까.

미나는 자신에게 내밀어진 손을 붙잡은 뒤 위아래로 흔들었다. 커다란 손은 딱딱했고, 손바닥에는 굳은살이 느껴졌다. 어색하게 웃은 미나가 손을 떼기 위해 힘을 주었다. 하지만 손등에 혈관이 불뚝 솟을 정도로 힘주어 잡은 그는 무감각했던 얼굴, 입술만 부 드럽게 휘며 서늘하게 웃으며 말했다.

"한동안 연락이 안 되어서 깜짝 놀랐습니다. 하지만 잘 살아 계 신 것 같군요."

고저 없는 목소리에 미나의 얼굴이 순간 굳어졌다. 그녀를 도발 하는 말이었다.

미나가 아무런 말도 하지 못한 채 설표의 얼굴을 말가니 올려다

본다. 무슨 말을 하고 싶은 거니? 그녀가 눈으로 그리 물었다. 그러자 설표는 주위의 사람들의 시선은 신경도 쓰지 않은 채 말했다.

"이젠 괜찮습니까?"

"무슨 말이십니까?"

미나가 눈살을 찌푸리며 물었다. 또 무슨 헛소리를 하려고 이러는 거야? 미나의 눈빛에 적대감이 일었다. 오늘 이 자리에서 무슨 말을 하든 각오를 하라던 그의 말이 떠올랐다. 한다면 하는 사람이었으니 그녀가 기함할 만한 말을 한다는 것엔 이견을 둘 수가 없었다.

미나가 그를 노려보았다.

이상한 소리 하지 마!

눈빛으로 경고했으나 그는 입술을 느른하게 휘며 결국 폭탄을 터뜨렸다.

"이제 저랑 잠자리를 할 수 있을 것 같냐, 묻는 겁니다."

히끅, 미나가 숨을 들이켰다. 무언가가 가슴을 꾹 막고 있는 것 같았다.

"뭐, 뭐예요?"

되물은 것은 미나가 아니었다. 미나의 곁에 서 있던 드라마 국장의 물음이었다. 하지만 그는 날카롭게 뜬 눈을 미나에게서 거두지 않고 있었다. 그녀가 자신을 놀란 표정으로 보는 것을 뚫어져라 바라보며 맹수처럼 눈을 빛내고 있을 뿐이었다.

순간 얼어붙었던 공기가 느른하게 풀린 것은 한 외침 때문이었다.

"야, 강설표!"

철호가 기겁을 하며 그의 옷자락을 잡아당겼지만 설표는 멈추지 않았다. 그녀와 시선을 똑바로 맞추며 낮고 울림이 큰 목소리로 말했다.

"이젠 작가님의 손에 놀아나던 고양이가 아닙니다."

그 말이 선전포고처럼 느껴졌다. 그녀가 도망가지 못하도록 단단히 옭아맬 것이라는. 이에 그녀는 반쯤 포기한 상태가 되었다. 두통이 밀려오자 미나가 손을 들어 이마를 짚었다. 입에선 연신 끙끙 앓는 소리만 흘러나왔다. 심상치 않은 분위기에 BOK 측은 어떠한 말도 하지 못하고 있을 때였다. 진중한 얼굴로 앉아 있던 상중이 설표를 보며 낮은 목소리로 경고를 내놓은 것은.

"강설표, 알았으니까 일단 앉아. 주위에 보는 눈이 많다."

그 말에 설표의 입이 꾹 다물렸다. 3개월 만에 보는 그녀의 맑은 얼굴. 저 얼굴에 잠을 설치는 날이 여러 날이었다. 설표가 걸음을 옮기며 미나의 앞으로 다가갔다. 멍하니 서 있는 미나의 팔목을 붙잡은 설표가 드라마 국장을 보며 말했다.

"장미나 작가님의 작품이라면 무엇이든 합니다. 조건은 소속사 대표님께서 해주실 겁니다. 그럼 장미나 작가님과 자리를 비워도 될까요?"

그의 말에 상중이 얼굴을 굳혔다. 자리에서 일어난 그가 이 무슨 실례냐며 한 소리 하려고 할 때였다.

"이번 드라마 홍보는 장미나 작가와 강설표의 결혼 소식으로 해도 좋겠군요."

"크, 크어……."

철호가 숨이 꺽꺽 넘어가는 소리를 냈다. 정중하게 허리를 굽힌
설표가 미나의 팔을 질질 끌고 밖으로 나갔다. 그의 발걸음을 막
을 사람이 현재로서 이 미팅 룸에는 없었다.

그들이 떠난 자리, 상중은 두통이 밀려오는 것인지 손가락으로
머리를 꾹꾹 눌렀다. 강설표 때문에 내가 늙는다, 늙어. 한참이고
앓는 소리를 내던 상중은 당황한 사람들과 일일이 시선을 마주치
며 사과의 말을 건넸다.

"죄송합니다. 요즘 강설표가 제정신이 아닙니다."

"아닙니다…… 저희야 강설표 씨가 저희 방송국 드라마로 TV
브라운관에 다시 복귀해 주시는 것만으로도 감사합니다."

드라마 국장의 말에 상중이 다행이라는 듯 고개를 끄덕인 후 다
시 한 번 '죄송합니다'라고 인사를 건넸다. 평소 대한민국에서 손
에 꼽히는 배우를 많이 데리고 있는 그가 사과의 말을 건넬 일은
많지 않았다. 이는 다 강설표 때문이었다.

상중은 미나를 붙잡고 당장 결혼식을 올리라며 자신이 부탁하
고 싶은 심정을 애써 억누르며 이성적인 표정을 지었다.

"조건은 일전에 말씀드린 것과 같습니다. 보시다시피 오늘 굳
이 자리를 만든 것은 집 나간 아내를 찾겠다고 설친 강설표 때문
이니 형식적인 이야기만 하고 본격적인 촬영 스케줄은 추후에 이
야기하시죠."

회의는 설표와 미나 없이 순조롭게 진행되었다.

"강설표, 이 팔 좀 놓고⋯⋯."

방송국엔 많은 직원들이 속해 있었다. 특히나 지상파인 BOK에는 더더욱 그랬다. 미나는 설표의 손에 이끌려 질질 끌려가면서도 복도에서 연신 아는 얼굴들과 마주치자 고개를 숙여 얼굴을 가리려 애썼다. 하지만 그들의 수군거림과 눈초리는 그들에게서 떠나지 않았다.

"어머, 장 작가랑 강설표 아니야?"

"아주 이젠 광고를 하는구나."

사람들의 이야기에 미나의 얼굴이 붉어졌다. 그래, 이 정도면 아주 대대적인 광고였다.

대중들은 장미나의 존재를 아직 몰랐다. 하지만 방송가에선 미나와 설표가 열애를 하고 있고, 최근 설표가 애절하게 프러포즈까지 한 사실을 모두 알고 있었다. 어떤 이들은 올해 연말엔 결혼식을 올린다는 말을 하기도 하였고, 어떤 이들은 그것보다 더 빠를 것이라 입방아를 찧어대기도 했다. 이 이야기에 확신을 실어준 것은 설표였다. 그는 어디에서든 그녀와의 사이를 숨기지 않았고 몇 달 전에는 방송을 통해 대대적으로 프러포즈를 하기도 했다.

사람들의 시선이 노골적으로 변하자 미나는 손을 들어 얼굴을 가린 후 순순히 그의 손에 이끌려 갔다. 복도 중간에서 언성을 높여 다투는 모습까지 저들의 술 안줏거리로 내던져 주고 싶진 않았으니까.

주차장까지 나온 미나는 설표가 자신의 밴 앞에서 멈추자 그제야 팔목을 비틀어 자신의 손을 빼냈다. 빨갛게 달아오른 팔목에 그녀가 미간을 찌푸리며 말했다.

"이게 무슨 짓이야? 예의에 어긋나잖아."

사람들이 있는 장소에서, 그것도 일적으로 모인 사람들 앞에서 왜 그런 행동을 했냐, 미나가 비난했다. 그러자 설표는 굳어진 얼굴로 미나의 얼굴을 내려다보며 고저 없는 목소리로 말했다.

"그걸 잘 아는 사람이 나한테 그래요?"

"뭐?"

동그랗게 눈을 뜬 미나가 시선을 들어 그를 보았다. 굳어진 얼굴은 핏기 하나 없이 창백했다. 그제야 그의 얼굴이 눈에 들어왔다.

"다른 사람과는 예의를 챙기면서 왜 나한텐 예의를 차리지 않는 건데요."

"아……."

그의 말에 미나의 얼굴에 표정이 사라졌다. 화들짝 놀란 얼굴이었다. 놀라서 동그랗게 떠진 눈이 순식간에 붉은색으로 물든다. 유리알처럼 투명한 눈동자에 습한 막이 둘러싸여졌다.

그녀의 표정에 설표가 가슴이 아픈 것인지 팔을 뻗어 미나의 어깨를 붙잡았다. 그리고 너른 자신의 품으로 그녀를 끌어당겨 안은 후 젖은 그녀의 머리카락을 흩뜨렸다.

"결혼? 하기 싫으면 하지 말아요. 저도 더 이상 조르지 않을게요. 하지만 미나 씨, 이것만은 알아줘요."

"……."

미나의 가슴이 크게 들썩인다. 숨을 크게 들이마셨다가 내뱉으며 애써 가슴을 진정시키던 그녀의 모습에 그는 머리카락을 쓰다듬고 넓은 등을 연신 쓸었다.

그녀는 참 약한 사람이었다. 그리고 감정에 솔직한 사람이기도 하다. 화를 내고 싶을 땐 화를 내고, 울고 싶을 땐 울었으며, 웃고 싶을 땐 웃었다. 그런 그녀에게 무언가 해달라고 조르는 사람은 그뿐이었다. 그리고 그녀는 그의 부탁을 이제껏 못 이기는 척 들어주었다.

늘 입에 달고 살던 담배도 끊었고, 술도 끊었다. 제발 잘 먹으라는 그의 부탁에 하루 세끼 꼬박꼬박 챙겨 먹기도 했고, 헐리웃 촬영을 마치고 그녀에게 돌아갔던 그날, 여전히 비밀번호를 2580을 하고 있는 그녀에게 잔소리를 하자, 숫자완 거리가 먼 그녀가 꽤나 어려운 비밀번호로 바꾸기도 했다.

그는 어쩌면 쉽게 생각하고 있었는지도 모른다. 이번에도 역시나 계속 조르면 그녀가 들어주겠지, 하며. 그리고 아마도 자신이 계속 조르면 그녀가 이번에도 못 이기고 들어줄지 모른다. 하지만 괴로워하는 그녀의 얼굴을 보자 더 이상 제 욕심에 밀어붙일 수가 없었다. 아파하는 모습을 보자 마음이 약해져 온다.

후우, 하고 한숨을 내뱉은 설표가 미나의 몸을 힘주어 안은 후 그녀의 귓가에 대고 속삭였다.

"무엇을 두려워하는지 잘 모르겠어요. 지금 이대로의 모습과 결혼 후의 모습도 별반 다르지 않을 것 같은데…… 미나 씨의 생각은 다를지도 모르죠."

그의 말에 미나는 아무런 답도 할 수가 없었다. 지금 무슨 답을 할 수 있겠는가. 뒤죽박죽이 된 머릿속은 떡 반죽처럼 버무려져 애초의 형태가 어떠한 것인지 알 수가 없게 되었다.

난 왜 그의 결혼을 거절했지? 왜 난 그와의 결혼이 두려웠지?

미나가 눈을 깜빡일 때였다. 그가 주위 시선도 신경 쓰지 않은 채 미나의 목덜미에 입을 맞추었다. 익숙한 입술이 목덜미에 닿자 자신도 모르게 참고 있었던 숨을 혹— 토해냈다. 설표가 미나의 머리를 부드럽게 쓰다듬으며 말했다.

"난 당신과 더 오래 있고 싶고, 더 행복해지고 싶어서 결혼이 하고 싶은 거예요. 당신을 도망치게 하려고 했던 것이 아니라. 더 늦기 전에 당신을 닮은 아이를 낳고, 당신과 함께 늙어가고 싶은 거예요."

"……."

"이런 내 마음을 알아주세요."

그녀의 어깨를 잡아 떼어낸 설표가 피식 작게 웃음 지었다. 엉망으로 일그러진 미나의 얼굴을 보자 왜 귀엽게만 느껴지는 걸까. 속은 까맣게 썩어 문드러지는데, 미나의 얼굴을 보자 화를 낼 수도, 왜 날 이렇게 슬프게 하냐며 탓할 수도 없다. 설표는 미나의 손을 끌어와 잡으며 말했다.

"데려다 줄게요."

"싫어, 같이 있을래."

"내일도 스케줄 있는데요?"

"그래도. 너랑 있을래."

미나가 아이처럼 칭얼거렸다. 그러자 설표의 입가에 웃음이 떠오른다.

"그래요, 함께 있어요."

밤새 그는 미나를 따스하게 안아주었다. 관계는 없었다. 그저 서로의 체온을 나눌 뿐. 해가 밝기도 전 제주도에서 야외 화보촬영이 있다며 그가 집을 나섰다.

"잘 다녀와."

그녀의 인사에 그는 쪽 하고 입술을 맞춘 뒤 웃었다.

"내일도 이렇게 배웅해 줘요."

설표가 현관문을 열고 나섰다. 닫힌 문을 빤히 보던 미나가 건조한 눈을 문질렀다. 이런 게 결혼 생활일까? 아침에 함께 일어나고 간단히 요기를 하고 출근하는 남편을 배웅해 주는. 설표와 미나는 아주 오래전부터 결혼을 한 부부처럼 함께 생활하고 있었는지도 모른다. 그걸 그녀만 눈치채지 못하고 있었을 뿐.

그가 떠나간 자리를 한참이나 멀뚱히 서 보고 있던 미나가 천천히 걸음을 옮겨 소파에 털썩 누웠다. 흰색 벽지를 보던 그녀가 천천히 눈을 감았다.

"결혼……."

할까?

머리가 지끈지끈 아팠다.

한참이고 눈을 감은 채 끙끙 앓는 소리를 내던 미나는 자신도 모르게 잠들고 깨어나서야 머리가 맑아지자 몸을 일으킬 수 있었다. 자리에서 벌떡 일어나 서울로 오기 전 집에 들러서 가지고 온 휴대전화를 집어 들었다. 휴대전화를 켜자 부재중 통화와 문자가 와르르 쏟아졌다. 그중 가장 먼저 설표의 문자부터 클릭한 미나가 문자를 차례대로 읽어 내려갔다.

「어디에 있어요? 정말 나 미치는 꼴 볼래요?」

「언제 돌아올 거예요?」

그녀가 사라졌을 때 도착한 문자를 읽던 미나는 내용이 내려갈수록 그의 간절함이 느껴졌다.

처음 화를 냈던 그는 결국 애원했다. 그녀에게 돌아오라며, 더 이상 결혼에 대해선 이야기하지 않겠다며 이야기하던 문자는,

「조르지 않을게요, 돌아와요…….」

결국 그녀에게 아무것도 원하지 않으니 돌아오기만 하라는 문자로 끝이 났다.

한참이고 문자를 바라보던 미나가 손을 들어 눈두덩을 꾹꾹 눌렀다. 왜 또 눈물이 나오려는 건지 모르겠다. 나이가 들면 눈물이 많아진다던데, 그 말이 딱 맞다.

"아, 정말, 강설표……."

왜 이렇게 날 울리는 거야?

미나가 소파에 털썩 앉아 한참이고 문자를 보았다. 그리고 감정이 어느 정도 가라앉고 나서야 다른 목록들을 확인하기 시작했다.

드라마 국에서 온 전화도 많았고, 김 PD에게서 개인적으로 온 문자도 많았다. 대부분 왜 이렇게 연락이 되지 않냐며 어서 연락을 달라고 닦달하는 문자들이 대부분이었다. 수많은 문자를 빠르게 읽어 내려가던 미나는 부재중 통화목록에서도 보았던 번호를 발견했다. 02 지역번호로 시작되는 부재중 전화를 단순히 스팸전화라 생각했는데 그게 아니었나 보다. 문자 목록을 클릭한 미나의 눈빛이 순간 사시나무 떨리듯 흔들렸다.

「서울 대학 병원입니다. 장호연 님 장례 절차 관련으로 연락드렸습니다.」

"……."

생각지도 못한 문자가 도착해 있었다.

설표의 얼굴이 땀으로 흠뻑 젖어 있었다. 차에서 내린 후로 곧장 장례식장으로 달려가는 그의 모습에 사람들의 시선이 닿았다가 떨어지길 반복한다. 설마 설표가 여길 왔을까 싶어 반신반의하는 얼굴들이었다.

　제주도 촬영 막바지, 그는 휴대전화를 들고 촬영 현장 안으로 달려오는 철호의 모습에 미간을 찌푸렸다. 도대체 촬영까지 막으며 받아야 하는 긴급한 전화가 뭔가 싶어 얼굴을 찌푸리며 무슨 일이냐고 묻자 철호는 창백해진 안색으로 말했다.

　"장 작가님이야. 울어."

　미나의 성격이 꽤나 무던하다는 것을 철호 또한 잘 알고 있었기에 뭔가 일이 나도 단단히 났다는 것을 느꼈다. 그 말에 설표가 바로 전화를 받은 후 다급한 목소리로 물었다.

　"무슨 일이에요?"

　그의 말에도 미나는 한참이나 말을 잇지 못했다. 전화 너머로 끅끅거리는 소리만 들려올 뿐이었다. 이미 한참이고 울음을 터뜨린 뒤에야 전화를 건 듯 숨을 들이켜고 있었다. 얼마의 시간이 흐른 뒤에야 미나는 제법 진정이 된 목소리로 말했다.

　[설표야…… 나…….]
　"왜요? 무슨 일이에요?"

[죽을 것 같아…… 마음이 아파서. 너무 아파서 죽을 것 같아. 왜 바보같이 마음이 아프지? 왜, 왜…….]

여전히 울음이 섞여 있는 목소리에 설표의 표정이 굳었다. 그녀의 곁을 지키면서 그녀의 눈물을 본 것은 손가락에 꼽을 수 있을 정도였다. 그런 그녀가 울고 있었다.

서둘러 촬영을 마친 설표는 비행기를 타고 곧장 서울로 달려왔다. 그리고 철호가 미리 알아둔 장례식장으로 들어서며 한 손으론 계속 전화를 걸어본다. 그녀의 전화는 어느 순간부터 끊겨 있었다. 걱정에 눈앞이 핑핑 돌았다.

장례식장 안으로 들어선 설표는 혼자 덩렁 영정 사진 앞에 무릎을 꿇고 앉아 있는 미나를 보았다. 손님 하나 없는 장례식장은 쓸쓸하고 더 을씨년스러웠다. 미나의 생부가 생전에 어떻게 살아왔는지 보여주듯 딸만이 지키고 있었다.

작은 등을 본 설표가 성큼성큼 걸음을 옮겼다. 그리고 신발을 벗고 안으로 들어서 향부터 피웠다. 절을 올린 그가 미나의 앞에 무릎을 꿇고 앉았다. 그녀는 멍한 시선으로 그의 행동만 시선으로 좇고 있었다.

미나는 자신과 시선을 맞추어 앉는 그의 모습에 희미한 웃음을 지으며 말했다.

"왔어? 얼굴이 까칠하다…… 촬영이 많이 힘들었나 봐."

"당신 때문이잖아요."

그의 말에 미나의 웃음이 좀 더 커졌다.

"미안, 걱정했지?"

어떻게 걱정하지 않을 수가 있겠는가.

설표는 퉁퉁 부은 그녀의 눈두덩을 보았다. 붉게 달아올라 있는 눈두덩은 쿡 하고 찌르면 붉은 물감이 터져 나올 듯 부어 있었다. 손을 뻗은 그가 차가운 손으로 그의 눈을 식혀준다.

"네, 무척이나요. 무서웠어요, 당신이 너무 슬퍼하는 것 같아서."

그가 시야를 가리자 그녀의 입꼬리가 아래로 축 늘어졌다. 방금 전까지 애써 짓고 있던 웃음을 감춘 그녀가 음울한 목소리로 말했다.

"무연고자 시신으로 있다가 뒤늦게…… 날 찾아냈대. 3년 전에 날 찾는 전화가 걸려 왔었거든. 병원에서 구청으로 요청을 했나 봐. 가족을 찾아달…… 라고."

결국 그녀의 말끝이 흐려졌다. 힘겨운지 크게 숨을 들이마셨다가 내뱉은 미나는 차가운 그의 손에 용기를 얻은 듯 다시 말을 이었다.

"구청 직원도 많이 고민을 했나 봐. 노숙자가 된 가족을 찾고 싶어하는 국민이 얼마 없다고 생각을 하고 있더라고. 뭐, 나 역시 그렇지만. 친부는 내 인생에서 지워 버리고 싶은 존재이긴 하지."

그리고 그 구청직원의 결정은 그녀에게 연락을 하는 것이었다. 그리고 친부가 죽은 지 이틀 만에 그녀에게 연락이 왔다. 장례를 치러야 하니 병원으로 와달라고.

미나는 천천히 자신의 눈에서 떨어져 나가는 손에 눈을 떴다. 순간 시야가 뿌옇게 변했다가 원래대로 돌아왔다. 그는 걱정스러운 얼굴로 그녀를 보고 있었다. 하고 싶은 말이 많은 얼굴이었으나, 지금 이 순간 어떠한 말로 그녀를 위로해야 할지 몰랐기에 침묵으로 위로를 건넸다.

단단한 그의 모습을 보던 미나의 입술에 또다시 미소가 머물렀다. 그가 있으면 안심이 된다. 그는 자신에게 든든한 울타리가 되어주겠다 약속했고, 지켜주겠다 말했다. 그리고 그는 약속을 지켰다. 자신의 곁을 늘 지켰고, 항상 웃게 해주었다. 무한한 사랑을 주었고, 흔들림 없는 믿음을 주었다. 세상 어디에 이런 남자가 있겠는가. 그녀는 늘 분에 겨운 사랑을 받고 있었다.

이런 남자와의 결혼을 망설였던 것……. 그건 그 때문이 아니었다. 자신의 속에 있던 썩은 내가 나는 과거 때문이었다.

"설표야, 생각해 보니 결혼에 대한 두려움은 저 남자로 인해 시작이 됐어."

미나의 고개가 영정 사진으로 향했다. 사진은 그가 노숙자 센터에서 찍은 것이었다. 얼굴에 진 나이테와 검게 변한 얼굴은 그녀에게도 낯선 것이었다. 언제 저렇게 변해 버린 것일까, 생각하기도 전에 그녀의 기억 속에는 젊은 친부만이 존재한다는 사실을 깨달았다. 아, 시간이 그리도 많이 흘렀구나, 그런 생각을 하자 갑자기 허탈해졌다.

낯선 친부의 얼굴에서 익숙한 얼굴을 찾길 포기한 미나가 속삭이듯 작은 목소리로 말했다.

"좋은 꼴을 못 보고 자랐기 때문에 내가 한 가정의 좋은 구성원이 될 수 있을까, 걱정도 했고 혹여 저 사람을 닮아 있으면 어쩌나, 하는 생각도 간혹 했어."

얼굴은 무표정했다. 그래서였을까, 더욱 안쓰러워진 마음에 설표가 팔을 뻗어 그녀의 몸을 끌어당겼다. 너른 품에 그녀를 안은 그가 천천히 등을 쓸어내렸다. 마치 속에 응어리진 감정들이 모두 쓸려 내려가길 바라는 듯, 천천히, 천천히…… 정성스레 그녀의 등을 쓸고, 또 쓸었다.

"그런데 말이야. 저 사람이 죽은 걸 보니까 왜 마음이 아플까…… 난 속이 후련할 줄 알았거든? 그런데 아파. 3년 전에 저 사람이 날 찾을 때 한 번쯤 만나볼 걸 그랬나 봐."

"……후회해요?"

그의 물음에 미나가 그의 가슴에 피식, 하고 웃음을 내뱉었다. 후회, 그녀가 가장 두려워하는 말이다. 늘 후회로 점철된 삶을 살았기에 앞으로는 그 단어 따위 떠올리지 않도록 살려고 했는데 생각보다 어렵다.

미나가 힘겹게 눈꺼풀을 깜빡이며 말했다.

"응. 그래서 들을 걸 그랬나 봐. 나 왜 그렇게 미워했는지…… 왜 나만 보면 그렇게 두들겨 팼는지 말이야. ……적어도 날 조금은 사랑하긴 했었나…… 물어볼 것을 그랬어."

그랬다면 지금 이 순간 가슴이 이리도 시리진 않겠지. 친부에 대한 마음은 '미움'이었기에 그 미움만 털어냈다면 지금 이렇게 아프지 않을 것이다.

미나가 천천히 눈을 감았다. 그리고 그의 가슴에 훅— 하고 내뱉었다.

"설표야……."

그녀의 부름에 설표가 고개를 끄덕인다. 그러자 그녀가 힘겹게 말을 내뱉었다.

"난 좋은 사람이 아니야. 넌 참 좋은 사람인데, 난 그렇지를 못해. 지금도 이러는데 평생 널 아프게 할 수도 있어. 무관심하고 이기적이어서 네 마음을 잘 보질 못하고, 상처받고 아파하는 네 모습을 뒤늦게 깨달을 때도 있고."

늘어놓고 보니 나란 사람 참 형편없다, 그렇게 말하며 그녀가 후후 웃었다. 무관심하고 이기적이며 상대의 마음도 잘 보지 못하는 여자가 뭐가 좋다고 이 아이는 내내 자신의 곁을 지키는 것일까. 갑자기 강설표란 인간이 참으로 대단하게 느껴지기까지 했다.

그녀의 웃음소리를 가만히 듣고 있던 그가 고저 없는 목소리로 물었다.

"무슨 말이 하고 싶은 거예요?"

그의 물음에 미나의 웃음이 걷힌다. 무슨 말을 해야 할지 몰라 한참이고 당황한다. 그러다 힘겹게 내뱉는다.

"그런데도…… 괜찮아?"

두려움이 가득한 목소리로. 그녀의 물음에 설표가 그녀를 품에서 떼어냈다. 어깨를 붙잡고 그녀와 시선을 맞춘 그가 눈살을 찌푸리며 말했다.

"안 괜찮았으면…… 10년 동안 당신 곁에 있지도 못했어요."

그래, 그의 말이 맞다. 그걸 참지 못했으면 강산도 변한다는 그 시간 동안 어떻게 버텼겠는가. 그는 세상에서 장미나를 가장 잘 아는 사람이었고, 가장 잘 이해하는 사람이었으며, 가장 자신을 사랑해 주는 사람이기도 했다.

미나의 시선이 흐려진다. 그의 강직한 표정에 다정한 목소리에 눈물이 날 것만 같았다.

"그러니까 내가 걱정되면 지금이라도 말해줘요."

그의 말에 미나는 눈가가 뜨거워지자 눈에 힘을 주었다. 그리고 떨리는 목소리를 힘겹게 다듬으며 말했다.

"결혼해 줘, 나랑."

"좋아요."

지나치게 빠르게 답한 설표가 그녀의 어깨를 당겨 또다시 품에 안았다.

"울고 싶으면 참지 말고 울어요."

그의 사랑이 그녀를 울린다.

어린아이처럼,

"흐윽…… 흐어어엉!"

울게 만든다.

3

"이것 봐요, 내 칭찬이 더 많잖아."

설표는 들고 있던 휴대전화를 미나의 앞으로 밀어놓았다. 커다란 휴대전화 액정엔 드라마 속 설표의 모습과 연일 칭찬하는 기사가 가득하였다.

─완벽한 연기를 보여준 강설표, 역시 월드 스타는 달라!
─월드스타 강설표, 연기로 다시 한 번 국민을 사로잡다.
─범접할 자가 없는 범, 설표! 완벽한 연기에 대륙을 울리다!

"웃기시네, 이거 안 보여?"

그의 기사를 눈으로 쭉 훑던 미나가 이번엔 포털 창에 자신의 이름을 검색하였다. 그러자 만만치 않게 많은 기사가 떴다.

—치밀한 스토리라인과 화려한 화면구성! 도트(Dot), 드라마의 판도를 바꾸다!
—장미나 작가, 또 한 번 사고 쳐! 최고 시청률 37.7%!
—대박 작가 장미나, 차기작에 벌써부터 관심이 쏠린다.

"차기작에 관심이 쏠린다네요."
설표가 그중 한 문구를 읽어주자 미나의 얼굴이 와자작 일그러졌다.
"누누이 말하지만 난 녹즙기가 아니야."
"어련하시려고."
모자를 눌러쓴 설표가 짧게 웃음을 내뱉었다. 미나의 모자와 같은 디자인의 것으로 색만 달랐다. 누가 보아도 커플용으로 맞춘 모자라는 것을 한눈에 알 수 있을 정도였다.
강설표의 TV 브라운관 복귀는 생각보다 훨씬 성공하였다. 드라마는 최고 시청률 37.7%를 찍었고, 몰려드는 PPL에 방송국은 행복한 비명을 내질러야 했다. 드라마가 끝난 후에도 드라마에 대한 사랑은 식지 않았다. 주연 배우 모두에게 CF가 몰려들고 있었고, 그건 설표에게 또한 마찬가지였다.
거의 원톱이라 불러도 될 정도로 비중이 많아 대본을 외우는데 꽤 애를 먹은 그는 드라마가 끝나자마자 휴식을 선언했다. 이로 인해 상중이 뒷목을 잡고 넘어가긴 했으나, 그는 고집을 꺾지 않았다.

드라마가 끝나고 일주일. 두 사람은 내내 침실에만 처박혀 있다가 같이 외출을 했다. 사람들이 많은 곳은 갈 수가 없어, 동네의 작은 커피숍을 찾은 두 사람은 구석진 자리에 앉아 커피 잔을 사이에 둔 채 이야기를 나누고 있었다.

기사를 찾아보며 웃기도 했고, 손가락을 만지며 장난을 치기도 했다. 간간이 그들에게 닿는 시선이 있었으나 두 사람은 이를 완벽하게 무시하고 있었다. 마치 둘만의 세계에만 있는 것처럼.

두 사람을 힐끗힐끗 바라보던 여학생 무리가 자리에서 일어나 두 사람에게 다가왔다. 모두 마치 맞춘 것처럼 댕강 앞머리를 자른 고교생들은 설표의 앞에서 몸을 배배 꼬더니 설마설마하는 눈으로 설표를 보았다. 미나의 손가락을 가지고 장난을 치고 있던 설표의 시선이 그들에게로 향하자 여학생들이 꺅꺅 소리를 질러 댔다.

"거봐, 맞잖아!"

"와, 진짜 강설표다!"

설표의 시선이 미나에게 향했다. 어느새 그의 손을 놓은 미나가 커피를 빨대로 쪼로로 마시고 있었다. 혹여 불편할까 싶어 긴장되는 시선이었으나 미나는 아무렇지도 않은 얼굴이었다. 고개를 든 설표가 다시 자신들을 보자 아이들이 얼굴을 붉히며 미리 준비해

왔던 종이를 앞으로 내밀었다.

"사인해 주세요! 제 이름은 이민영이에요! 오빠의 진짜 진짜 팬이에요!"

"저도요! 저도 사인해 주세요."

세 명은 아이들이 자신들이 먼저 사인을 받으려 앞 다퉈 종이를 내밀었다. 아이들이 건넨 종이를 받아 든 설표가 고주파로 외치는 아이들의 비명에도 표정 하나 굳히지 않았다. 팬들의 사랑으로 먹고사는 배우는 늘 그랬던 것처럼 입가에 미소를 머금은 채 아이가 건넨 팬으로 흰 종이에 사인을 해준다.

"진짜 멋있어요!"

아이들의 목소리는 연신 업이 되어 있었다. 하지만 앞에 있는 미나를 힐끗 바라볼 때는 시무룩한 표정을 짓기도 했다. 이런 어린 소녀들의 마음을 그녀가 모를 리가 없었다.

아아, 강설표의 팬들한테 한 번만 밟혀도 아스팔트의 껌딱지가 되겠지?

그녀가 시답잖은 생각을 하고 있을 때였다. 설표가 건네준 사인 종이를 소중한 보물이라도 되는 양 가슴에 안은 소녀 중 한 명이 미나를 힐끗 보았다. 소녀와 눈이 마주한 미나가 몸을 움찔 떨었다. 무슨 말을 할까 싶어서였다.

"언니가 설표 오빠 여자친구예요? 그 여자친구?"

"아? 아, 어어."

미나가 말을 더듬어댔다. 그러자 소녀는 이중 가장 설표를 좋아하는 아이인 것인지 눈빛을 흐리더니 입술을 뾰족하게 내밀며 말했다.

"우리 오빠랑 결혼해 줘요."

"어……?"

당황한 미나가 턱을 쩍 벌렸다. 그러자 아이는 곧 울음을 터뜨릴 것처럼 말했다.

"오빠가 맨날 결혼해 달라고 하는데 거절하고…… 팬 카페에 오빠가 글 올린 것 봤어요."

미나의 시선이 설표에게 향했다. 도대체 무슨 글을 쓴 거야? 그녀가 울컥 올라오는 화에 도끼눈을 뜨고 보았으나 그는 무엇인지 모른다며 뻔뻔한 얼굴로 어깨를 들썩이고 있었다.

집에 가서 봐.

미나가 입 모양으로 뻐끔거린 후 여전히 씩씩거리고 있는 소녀의 얼굴을 보았다. 소녀는 설표의 여자친구를 눈으로 직접 확인한 후론 나라를 잃은 국민마냥 서글픈 얼굴을 하고 있었다.

그런 표정 지을 거면 결혼하라는 말을 하지 말든가.

한숨을 내뱉은 미나가 턱을 괴며 소녀의 얼굴을 보았다.

"이름이…… 이민영?"

미나가 아이의 가슴에 달려 있는 명찰을 보며 물었다. 그러자 소녀가 고개를 끄덕인다.

"네, 맞아요."

"팬으로서 정말 가슴이 아프겠지만 결혼 기사는 이틀 뒤에 뜰 거야."

"······진짜요?"

"그래."

미나가 짧게 답하자 소녀의 얼굴이 순간 일그러졌다. 어, 하는 순간 소녀가 닭똥 같은 눈물을 뚝뚝 흘리기 시작했다.

"오빠, 축하해······ 엉엉엉!"

대성통곡을 하는 소녀의 모습에 곁에 있던 친구들도 안절부절 못했다. 이에 놀란 미나가 자리에서 벌떡 일어나 설표를 향해 손을 뻗었다. 그러자 그가 자동적으로 그녀의 손바닥 위에 손수건을 올려주었다.

탈탈 손수건을 편 미나가 소녀의 얼굴을 벅벅 문지른다. 섬세하지 못한 손길에도 소녀가 놀란 것인지 눈을 동그랗게 떴다. 눈가에 맺힌 눈물을 손수건으로 닦아준 미나가 한숨을 푹 내뱉었다.

"울지 마, 왜 남자친구도 아닌 사람 때문에 우니?"

팬심이란 걸 모르는 미나가 소녀의 얼굴을 보며 말했다. 그리고 손수건을 소녀의 손에 쥐어주었다. 네 눈물은 네 손으로 직접 닦으라는 종용이었다.

"나중에 화면 속의 남자보다 더 멋진 남자가 나타날 테니까 그때 울어도, 울어. 강설표 때문에 울기엔 네 눈물이 아깝다."

하지만 손수건을 받은 아이는 전혀 다른 뜻으로 받아들인 듯했다. 한참이고 기대감에 어린 시선으로 손수건을 내려다보던 소녀는 앉아서 이 모든 사태를 보고 있던 설표를 힐끗 보더니 미나를 향해 또렷한 시선을 보내며 말했다.

"……이거 가져도 돼요?"

소녀의 말에 미나가 기가 막힌 듯 픽 웃었다. 그러다 곧 깔깔 웃
으며 배를 부여잡더니 한참이고 웃는다. 그리고 기대감에 빛나는
소녀의 얼굴을 보며 눈가에 맺힌 눈물을 닦아낸 미나가 여전히 웃
음기 가득한 목소리로 말했다.

"가져. 내 건 아니지만."

"언니 게 아니라서 좋은 거예요."

아이가 제법 까칠하게 말했지만 미나에게는 아무런 타격도 주
지 못했다.

"앞으로 얼마나 많은 팬들이 눈물을 흘릴까?"

미나는 작은 방을 치우다 말고 물었다. 모레쯤이면 자신의 작업
실에 있는 물건들이 설표의 오피스텔로 오기에 미리부터 치워두
는 것이지만 낮에 있었던 일로 인해 손길은 더뎠다.

설표와 미나는 결혼을 하기로 했다. 혹여 설표의 부모님이 결혼
을 반대하는 것은 아닐까 걱정하였지만 다행히도 그들은 단번에
허락을 했다. 아마도 미리 설표가 손을 써둔 것이라 생각은 하였
지만, 그것은 단순한 가정일 뿐 설표에게 차마 묻지 못했다. 시부
모님이 될 사람들을 처음 만났을 때 긴장하는 마음으로 나갔던 미

나는 그들의 입에서 나온 말에 기함을 했다.

"아이는 언제 가질 예정이에요? 나이가……."

서른여섯이란 나이를 생각해 보면 이미 많이 늦은 나이였기에 미나는 웃는 얼굴로 곧 가질 예정이라고만 말했다. 아이에 대해서는 설표와 몇 번의 대화를 나누었다.

"성별에 상관없이…… 우리 두 사람의 아이라면 너무 좋을 것 같아요. 세상에서 가장 소중한 보물이 되겠죠?"

서른의 배우에게 '유부남'이란 타이틀도 부담스러운데 거기에 '애 아빠'까지 보태게 되는 것이 과연 좋은 일일까, 하는 생각이 들었다. 하지만 이런 자신의 물음에 그는 자신의 행복은 '유명한 배우'가 아닌 미나와 자신이 만드는 한 가정의 가장이라 했다. 그 말에 미나는 또다시 자신의 생각이 짧았다는 것을 느낀다.

신혼집은 설표의 오피스텔에서 한동안은 하기로 했다. 아이가 생기기 전까지 짧은 기간이었지만 이곳에서 보내기로 했다. 아마 이 집을 나설 때는 둘이 아닌 셋이 되어 있을 터였다.

설표는 팬들의 선물이 가득 채워져 있던 공간이 비워지자 그제야 허리를 폈다. 그리고 미나가 질문한 것에 대한 답을 떠올리기 위해 미간을 찌푸렸다.

얼마나 많은 팬들이 눈물을 흘릴까? 스스로에게 질문을 던져 본 그가 피식 웃으며 답했다.

"언제 결혼하냐고 성화인 팬들이 대부분인데요?"

"뭐?"

미나가 바닥에 놓여 있던 박스를 들며 물었다. 그러자 설표가 그녀의 손에서 상자를 빼앗아 거실로 옮기며 말한다.

"스무 살에 좋아하는 사람이 있다고 말했고, 그 사람과 연애하고 있다고 스물일곱에 말했고, 서른에는 그 사람과 결혼하고 싶다고 말했잖아요. 어느 팬들은 나한테 사실은 하자가 있는 건 아니냐고 추궁하기 시작했다고요."

"……."

그의 말에 할 말을 잃은 것인지 미나가 입을 꾹 다문 채 거실로 나왔다. 그가 상자를 바닥에 내려놓으며 허리를 주먹으로 퉁퉁 두드리며 장난스럽게 말했다.

"이거야 원, 밤마다 아주 뜨겁다고 말할 수도 없고."

"하기만 해봐, 입을 찢어버릴 테니까."

미나가 진심이라는 듯 서늘한 표정을 지었다.

"대충 정리된 것 같죠? 얘들은 내일 철호 형이 와서 가져갈 거예요. 소속사 창고에 넣어둘 거예요."

"전부 다? 아깝다……."

미나는 잡다한 선물들을 훑어보며 말했다. 편지부터 시작해 인형이나 구시대적인 종이학도 있었지만 값이 꽤 나가는 전자제품들도 꽤나 많았다. 이 역시 그의 방에서 썩어가고 있었으나 또다시 소속사 창고에 들어가 고철 덩어리가 될 것을 생각하자 저절로 그러한 생각이 들었다. 그러자 설표는 고개를 내저었다.

"편지만 둘 거고요. 선물은 바자회를 통해서 팔 거예요. 수익금은 전액 불우이웃돕기에 쓰기로 팬들이랑 합의했어요."

"오오, 개념 넘치는 팬."

"그 개념 넘치는 팬들이 내 허리를 의심하기 시작했다니까요?"

설표가 은밀한 표정을 지으며 그녀에게 다가오자 미나는 손을 들어 퀭한 자신의 눈빛을 가리키며 말했다.

"죽겠거든? 오늘은 쉬자, 제발."

"에이."

"에이는 무슨 얼어 죽을 놈의 에이야!"

에이는 스펠링이라고!

썰렁한 그녀의 농담에 설표가 정색을 하며 말한다.

"재미없어요."

"……미안."

고개를 팩 돌린 미나가 사과의 말과 동시에 콧방귀를 뀌었다.

사무실로 보낼 물건과 바자회에 내놓을 물건을 구분하던 설표가 고개를 힐끗 돌려 뒤에서 자신과 마찬가지로 팔을 걷어붙인 채 상자를 옮기고 있는 미나를 보았다. 그는 한참이나 망설이는 얼굴로 그녀를 본 뒤 조심스레 운을 뗐다.

"장모님한테는 연락했어요?"

장모님. 이 얼마나 낯선 단어인가. 단순히 생물학적 친모에 지나지 않는 그 여자는 아버지의 폭력에서 그녀를 구해주지 못한다는 죄책감에 늘 죄인의 모습을 하고 있었다. 간혹 볼일이 있을 땐 왕래를 했지만 그뿐이었다. 여느 사이좋은 부녀 사이와는 한참 거리가 멀었다.

결혼이 결정된 후 미나는 친모에게 문자를 넣었다. 차마 전화를 걸 수 없어 짧게 연락을 했지만 휴대전화는 그 이후로 울리지 않고 있었다.

"연락은 했는데, 답이 없네?"

"……곧 연락 올 거예요."

그의 말에 미나가 미소 지으며 고개를 끄덕였다.

"축하한다는 짧은 문자 정도는 받고 싶어."

정리를 얼추 마친 미나가 자리에 엉덩이를 붙이고 털썩 주저앉았다. 그러자 설표도 그녀에게 다가와 허벅지가 닿을 정도로 가까이 엉덩이를 붙이고 앉았다. 찰싹 달라붙은 그의 어깨에 머리를 기댄 미나가 눈을 천천히 감았다. 갑자기 피곤이 몰려오기 시작했다.

"앞으로 어떻게 지내게 될까?"

"지금이랑 똑같겠죠. 내일은 없다는 듯이 사랑하면서."

그의 말에 미나가 피식 웃으며 여전히 눈을 감은 채 고개를 들었다. 그러자 자연스럽게 그의 입술이 닿았다가 떨어진다.

"아주 좋은 미래네."

"그렇죠?"

"어."

두 사람의 입술에 똑 닮은 미소가 내걸렸다.

미나는 다시 그의 너른 어깨에 머리를 기댔다. 숨을 깊게 들이마셨다가 내뱉자 그의 체향이 공기에 섞여 온몸으로 퍼져 나갔다. 그에게선 사람을 편안하게 하는 향이 난다. 그 향은 미나의 몸에서 나는 것과 같았지만, 그녀는 아직 그 사실을 모르고 있었다.

미나는 눈을 천천히 감았다 뜨며 벽에 걸린 작은 사진을 보았다. 파파라치가 찍은 사진은 두 사람이 같이 찍은 유일한 사진이었다. 안 좋은 추억일 법도 하건만 설표는 저 사진으로 인해 그녀와의 관계를 세상에 공표할 수 있게 되었다며 오히려 잘됐다 말했다. 파파라치는 끝까지 추적해 법적인 책임을 물긴 하였으나 사진은 두 사람의 좋은 추억으로 남아 있었다.

설표의 모자를 눌러쓴 채 웃고 있는 자신과 이를 바라보고 있는 설표의 따스한 눈길. 사진을 바라보던 미나의 눈빛이 만족으로 차올랐다.

"나 아무리 보기 싫어도 가출은 안 돼."

"누가 할 말인데요."

"각방도 쓰지 말자. 싸워도 함께 자야 해."

"싸울 생각이에요? 나쁜 사람이네요, 역시나. 싸워도 항상 내가 지잖아요."

설표의 말에 미나가 어디서 약을 치냐며 성질을 냈다.

"이게! 요즘은 아주 날 쥐 잡듯 잡으면서!"

"그거야 미나 씨가 잘못했으니까."

"그래, 치약 중간 부분 눌러서 짜 쓴 게 나쁜 거지!"

미나가 고개를 들고 바락바락 소리쳤다. 하지만 설표는 여전히 심드렁한 얼굴이었다.

"거슬려요."

"이게!"

미나가 그의 단단한 팔을 잡더니 이를 박아 넣었다. 오래된 운동으로 다져진 몸은 물컹하게 살을 파고들지 않았고, 오히려 물고 있는 그녀가 눈치를 보게 만들 정도였다. 고개를 슬쩍 든 미나가 설표의 시선을 마주했다.

"개예요?"

"……."

그의 말에 입맛을 쩝쩝 다신 미나가 양손을 들었다.

"미안."

백기를 든 그녀의 모습에 설표가 팔을 뻗어 그녀의 머리를 슥슥 쓰다듬어 준다.

그의 손길에 미나가 또다시 스르르 풀어져 제자리를 찾았다. 이번엔 어깨에 턱을 기댄 미나가 장난스럽게 턱을 움직였다.

"내후년쯤엔 함께 작업하자. 그걸로 칸 레드카펫을 밟는 거야. 당당히 경쟁 부분에 올라서 세계 마켓에 영화를 막 팔아치우자."

"……음, 그건 스케줄 봐야겠는데?"

"어쭈, 이게! 누가 키웠는데!"

자꾸 나 열받게 할래? 미나가 버럭 외치자 설표가 양손으로 몸을 고정하더니 상체를 숙여 조금 멀리 떨어져 있는 미나의 입술을 찾았다. 방금 전에 나누었던 입맞춤보단 깊은 키스였다. 그의 혀가 그녀의 입술을 벌리고 안으로 미끄러져 들어갔다. 그녀의 입속에서 노닐던 혀가 그녀의 타액을 힘껏 빨아들이고 나서야 원래의 위치로 돌아온다. 설표는 그녀의 입술에 묻은 침을 엄지손가락으로 닦아주며 웃었다.

"알아요, 당신이 키운 거."

그가 성인 연기자로 발돋움했던 〈프레데터〉를 단순히 그녀가 작업을 했고, 캐스팅해 준 것을 이야기하는 것이 아니었다. 설표의 배우 생활은 물론이고, 강설표 그란 남자를 자라게 만든 원동력도 장미나 때문이었다. 자신보다 여섯 살이나 많은 그녀를 따라잡기 위해 그는 부단히 노력했다. 그리고 그 노력은 어느 순간 강설표, 그 자체가 되어 있었다.

"……흥. 알면 됐어."

그녀가 콧방귀를 뀌며 고개를 팩 돌리자 설표가 콧잔등에 주름을 잡으며 물었다.

"삐졌어요?"

"삐지긴. 일개 작가가 팬들도 이렇게 많은 대배우한테 멋대로 스케줄 빼라고 했는데. 그렇게 나오는 게 당연하지."

미나가 심드렁한 얼굴로 팬레터가 들어 있는 상자를 보다가 문득 작은 상자 하나를 보았다. 뜯겨 있는 다른 상자들과 달리 하나의 상자만 동봉되어 있었다. 미나가 박스를 손가락으로 가리키며 물었다.

"저건 왜 테잎 붙여놨어?"

"아, 저거요?"

설표가 상자를 끌어와 겉면을 보았다. 겉면엔 편지가 어느 시기에 온 것인지 적혀 있었다. 상자를 본 설표가 미간을 찌푸렸다. 잊고 있었던 박스였다.

"이건 안 뜯어본 거네요. 그때 작가님이 나 미국으로 쫓아내서……."

"쫓아내다니? 지금 보면 탁월한 선택이잖아! 이래서 역시 남자는 여잘 잘 만나야 해."

"……뭐라고 해줄까요?"

"알았어, 미안해. 내가 너무 기고만장했네."

장난스럽게 대화를 툭툭 주고받은 두 사람은 순식간에 박스를 가운데 두고 앉았다. 미나가 박스 테이프를 뜯어내며 말했다.

"뜯어봐야지, 팬이 보낸 건데."

박스를 열자 프린트를 한 편지가 한가득 들어 있었다. 손 편지도 간혹 있었으나 프린트된 종이가 압도적으로 많았다. 우와, 이게 다 몇 장이야? 놀란 눈으로 박스 안을 보던 미나가 눈에 띄는 편지봉투를 집어 들며 감탄사를 터뜨렸다.

"우와, 손 편지. 나도 읽어봐도 돼?"

미나가 밋밋한 편지봉투를 들며 물었다. 알록달록한 다른 봉투
들과는 달리 이 편지는 문구점에서 한 묶음에 천 원밖에 하지 않는
싸구려 편지봉투였다. 아마 안의 편지지 또한 이와 같은 것이리라.

설표가 고개를 끄덕이자 미나가 조심스럽게 봉투를 뜯었다.

"어떤 팬일까?"

글씨체를 보아하니 중년 같았기에 미나의 눈동자는 더욱 기대
감으로 빛났다. 그러다 순간 편지지의 첫 줄을 읽는 순간 그녀의
얼굴이 와자작 구겨졌다.

"왜요?"

그녀의 얼굴이 창백하게 변하자 설표가 눈을 동그랗게 뜨며 물
었다. 핏기를 잃은 얼굴로 편지를 읽는 그녀의 모습에 설표가 손
을 뻗었다. 편지를 가져와 보자 그의 얼굴도 미나와 마찬가지로
아스팔트를 발라놓은 것처럼 딱딱하게 굳어졌다. 편지는 그에게
온 것이 아니었다. 미나에게 온 것이었다.

─강설표 씨에게.

난 미나의 못난 애비입니다.

지난주 우연히 본 뉴스에서 미나의 모습을 발견하고, 그 아이에
게 피해가 될 수도 있다는 것을 알면서도 강설표 씨에게 편지를 보
냅니다.

그 아이에게 바라는 것은 없습니다.

다만 지난 과오를 가진 못난 애비가 사과의 말을 건네고 싶은데,

연락할 방법이 없어 강설표 씨에게 편지를 하게 되었습니다.

그 아이에게 내가 아주 많이 미안해하고 있다고 전해주세요.
그리고 다시는 찾지 않겠다고도 전해주세요.
세상에서 가장 못난 애비가 죽어서도 그 죄를 갚겠노라 전해주세요.
그때의 난 참 무지했다고 전해주세요.

미안합니다.
이런 부탁해서.
미안하고 또 미안합니다.

꾹꾹 눌러쓴 편지엔 눈물자국도 간혹 보였다. 늙어서 자신의 과오를 알게 된 늙은 아버지는 이젠 어른이 된 딸이 자신을 만나주지 않자 설표에게 편지를 보내 용서를 구하고 있었다.

"……."

"이런. 이런, 이런."

미나가 툭툭 말을 내뱉었다. 아무 말 없이 자신을 바라보는 설표의 얼굴을 바라보던 미나가 피식 웃음을 내뱉었다.

"이미 3년 전에 사과했었네. 난 까마득하게 몰랐고."

만났어야 했다, 그때. 만나서 원망의 말을 실컷 쏟아내고 과거를 털어냈어야 했다.

"세상에서 제일 미련한 건 나였네."

하지만 그녀는 또다시 도망쳤다. 현실에서. 마지막이었다면 한 번쯤은 들어줄 법도 했는데…….

후회의 눈물이 후두둑 떨어졌다.

"이깟 편지로 용서할 줄 알아?"

그녀가 이를 짓이기며 말했다. 그에 맞춰 설표가 그녀의 작은 몸을 끌어안고 토닥인다.

"쉬이—"

그녀의 귓가에 그가 바람을 불어 넣는다.

"괜찮아요……."

"이깟 걸로 용서할 줄 아냐고!"

미나가 소리쳤다.

온몸에 남겨져 있는 상처가 불에 덴 듯이 아팠다.

입으로는 절대 용서하지 못한다고 외치고 있었으나 가슴에 응어리졌던 아픔은 왜 풀려가는 것일까.

마지막…… 그에게 듣고 싶었던 말을 들었다.

—미안하다고 꼭 전해주세요.

사랑하는 내 딸에게.

"용서 안 해!"

미나가 비명처럼 외쳤다. 하지만 아픔은 서서히 옅어지고 있었다.

❖

주말 저녁, 이십 년 역사를 가진 한 정보 프로그램에 설표에 대한 소식이 가장 먼저 전해졌다. 설표의 활동 당시 사진이 연신 떴고, 이에 MC가 목소리로만 그의 소식을 전하고 있었다.

[강설표 씨의 오랜 사랑이 드디어 결실이 맺어진다는 소식인데요? 이젠 팬분들도 한마음으로 기다렸던 그의 결혼 소식이 들려왔는데요! 가족과 아주 친한 지인들만 초대해 단출하게 비밀 결혼식으로 진행한다고 소속사가 전해왔습니다! 이에 강설표 씨는 팬 카페를 통해 너무나 사랑하는 사람과 한 가정을 이룰 수 있다는 사실에 요즘은 늘 웃음이 떠나지 않는다고 자신의 심경을 전했습니다. 이에 2세 소식에 대해서도 곧 알릴 거라고 하는데요? 강설표 씨의 2세가 얼마나 예쁠지 벌써부터 기대가 됩니다.]

기나긴 여성 MC의 말에 곁에 있던 배우 진현이 미나의 사진이 뜨자 서둘러 대본을 읊기 시작했다.

[강설표 씨의 피앙세가 장미나 작가라는 사실에 그녀에게도 세간의 주목이 이어지고 있는데요. 강설표 씨의 첫 영화 데뷔작 〈프레데터〉를 시작으로 최근 〈도트〉까지 수많은 히트작을 내놓으셨죠? 저

도 언젠가 장미나 작가님의 작품에 꼭 참여해 보고 싶습니다!]

화면 가득한 미나의 독사진이 어느새 열애설 당시의 사진으로 넘어가 있었다. 사진은 미나와 설표가 직접 골라 PD에게 건넨 것으로 두 사람이 길거리에서 입을 맞추고 있는 사진이었다.

[장미나 작가님, 장진현 씨가 아주 뜨거운 구애를 보내는데요, 다음 차기작은 우리 진현 씨도 살짝 넣어주세요~ 자, 그럼 다음 소식 전해 드리겠습니다. 가수 김이현 씨가 지난밤 음주음전으로…….]

화면은 사회 물의를 일으킨 가수의 사진으로 넘어간다.
그렇게 두 사람의 소식이 대한민국 전역을 뒤흔들었다.
하지만 이번에 그녀는 뒤로 숨지 않았다. 자신의 모습을 세상에 당당히 드러내며 강설표의 여자로서 사람들 앞에 섰다.
두 사람을 비난하는 이들은 아무도 없었다.
다만 오랫동안 끈질긴 구애 끝에 그녀의 마음을 얻게 된 설표의 로맨틱한 모습에 비명을 내질렀고, 그의 사랑을 받는 미나를 향한 부러움을 느낄 뿐, 앞으로 한 부부가 되겠다며 나란히 선 그들의 앞길을 축복해 주었다.

에필로그
Snow Leopard

화려한 레드카펫 위, 흰색 드레스를 입고 있는 미나가 환한 웃음을 짓고 있었다. 노출 하나 없는 옷이었지만 사랑받는 여자 특유의 아름다움이 가득한 그녀는 마흔이 넘은 나이에도 탱탱한 피부를 자랑하고 있었다. 오랜만에 한 화장이 불편하지도 않은지 그녀는 연신 웃음 짓고 있었다. 더불어 처음 받아보는 플래시 세례에 눈을 깜빡일 법도 하건만 볼록하게 나온 배를 자랑하며 연신 웃음 짓고 있었다. 배우보다 더 훌륭하게 자세를 취해 보이는 미나의 모습에 곁에 서 있던 설표가 포즈를 취하다 말고 그녀의 허리를 끌어안으며 말했다.

"너무 웃는 거 아니에요?"

"이렇게 웃어야 하는 거 아니야?"

"설마요. 남들 앞에선 웃어주지 말아요."

작가와 배우 부부에 사람들이 보내는 관심은 지대했다.

찰칵, 찰칵—

두 사람을 향해 쉴 새 없이 카메라 셔터가 눌러졌다. 오늘은 세계 영화인들이 기다리는 칸 영화제가 있는 날이었다. 전 세계의 배우들은 영화제를 즐기기 위해 칸으로 몰려들었고, 이중 미나와 설표 또한 속해 있었다.

미나는 자신의 다섯 번째 영화 〈셔터〉로 칸 영화제에 초대를 받았다. 당당히 경쟁 부분에 오르며 세계인의 평가를 앞두게 된 그녀는 가슴이 뛰면서도 그와 예전 장난처럼 나누었던 대화가 현실로 이루어지자 기쁜 마음을 감추지 않았다.

"내후년쯤엔 함께 작업하자. 그걸로 칸 레드카펫을 밟는 거야. 당당히 경쟁 부분에 올라서 세계 마켓에 영화를 막 팔아치우자."

그때 약속했던 것처럼 그녀의 임신으로 인해 내후년에 레드카펫을 밟지는 못했다. 하지만 첫째가 어느 정도 자란 후 처음으로 집필한 영화 복귀작에서 그녀는 당당하게 레드카펫을 설표와 밟게 되었다.

연신 포즈를 취하며 서 있던 미나가 설표의 손을 잡고 천천히 걸음을 옮겼다. 그러면서도 투덜거림을 잊지 않았다.

"아, 힐을 신어야 하는데."

"임신 5개월인 여자가 무슨 힐이에요."

낮은 단화가 마음에 들지 않는지 미나가 투덜거리자 설표가 제법 날카로운 눈초리로 말했다.

"칸에 오는 것만으로도 내 인내심의 반 이상을 쓴 것 알고 있죠?"

"알아, 안다고."

미나가 입술을 비죽 내밀며 투덜거렸다. 나이가 먹을수록 그는 중후함을 더하며 멋있어졌지만, 그와 상반되게 잔소리 또한 늘어갔다. 내가 저놈의 잔소리에 언젠간 가출이라도 하든지 해야지. 속으로 연신 투덜거린 미나가 조심스레 계단을 밟고 올라갔다. 옆에서 부축해 주는 그 덕에 새 생명이 자라나는 몸이 무거웠건만 발걸음은 제법 가벼웠다.

가장 위 계단까지 올라온 미나가 숨을 몰아쉬었다.

"으아, 힘들다."

"그러게 장거리 비행은 안 된다고 내가 몇 번이나……."

"알았어, 알았다고! 귀에 딱지 앉겠다."

미나가 결국 참다못하고 빽 소리를 질렀다.

"여기까지만 하자, 설표야. 앙?"

"……알았어요. 그러니까 웃어요. 사람들이 보잖아요."

갑작스런 고함에 주위 사람들의 시선이 몰리자 미나가 손바닥으로 입술을 가렸다.

"어머! 이게 다 너 때문이야."

미나가 목소리를 낮춰 투덜거리자 설표가 그녀의 허리를 감싸 안으며 천천히 호텔이 있는 쪽으로 걸음을 옮겼다. 그녀가 그리도 바라던 레드카펫 행사가 끝났으니 어서 산모를 호텔로 모시겠다는 듯.

"……알았어요. 그러니까 앞 좀 봐요."

"응."

곧이어 표정을 푼 미나가 그의 부축을 받으며 천천히 걸음을 옮겼다. 두 사람의 뒤로 한국에서 온 기자들의 시선이 따라붙는다는 것을 두 사람은 알지 못했다. 이날, 한국에는 설표와 미나 부부의 새로운 소식이 전해졌다.

—칸에서 다툰 강설표 & 장미나 부부, 부부 생활에 적신호?

자극적인 헤드카피가 또다시 한국을 강타했다.

아직도 두 사람은 대한민국에서 가장 핫한 부부 중 하나였다. 이에 상중이 또다시 뒷목을 잡고 쓰러졌다는 것은 조금 후에 알게 된 이야기다.

❖

피곤에 전 몸으로 늘어져 있던 미나는 얼마 떨어져 있지 않은 곳에 있는 아기 침대에서 빽— 하니 울음소리가 들려오자 천천히 눈꺼풀을 들어 올렸다.

"으애애앵—"

18개월이 된 딸 아름인 이제야 겨우 인간 구실을 할 수 있는 상태였다. 서툴지만 뛸 수 있었고, 공이나 물건을 내던질 수도 있었다. 바구니란 바구니는 죄다 뒤집어 물건을 꺼냈고, 머리에 쓸 수 있는 것은 죄다 쓰며 집 안을 전쟁터로 만들기 일쑤였다. 어느 날, 이젠 세상을 조금 인지하게 된 아이는 미나의 몸에 나 있는 흉에 미간을 찌푸리며 옹알옹알 말했다.

"아야 해?"

아이의 말에 미나가 서둘러 흉을 가렸다. 이런 그녀의 행동에 아이는 오히려 더 불안함을 느꼈던지 아장아장 걸어 미나의 앞에 앉아 그녀의 흉터를 손바닥으로 쓰다듬으며 말했다.

"호오, 호오."

매일 육아전쟁을 치르며 임신한 몸으로 아름과 씨름을 하며 지쳤던 그녀는 딸아이의 위로에 눈물을 펑펑 쏟았었다. 그녀의 울음에 아름까지 함께 울음을 터뜨리자 화장실에 갔던 설표가 놀라 거실에서 서로 마주 본 채 펑펑 울음을 터뜨리는 두 여자 때문에 한참이나 진땀을 뺀 것은 작은 에피소드였다.

사랑스러운 딸은 미나와 설표에겐 행복이자 기쁨이었다. 지금처럼 새벽에 깨어나 잠투정을 할 때면 미운 마음이 들기도 했으나 이 역시 한숨으로 털어낸 후 기쁜 마음으로 아이를 달랜다.

아름을 달래기 위해 무거운 몸을 일으키려던 미나는 자신에게 팔베개를 해주던 설표가 팔을 빼내며 그녀의 가슴을 지그시 누르자 잠이 가득한 눈으로 그를 보았다.

"내가 재울게요."

그는 자리에 일어서면서도 볼록하게 나온 미나의 배를 조심스레 쓰다듬었다.

"우리 둘째는 조용히 자자."

둘째는 아들이었다. 의사가 확실하게 성별을 말해주진 않았으나 '잘 뛰어다니고 씩씩하게 크겠네요' 라고 말하며 조금의 힌트를 주었다. 이에 시댁에서는 크게 기뻐했다. 첫째 아름이 태어났을 땐 장녀는 살림 밑천이라 말하며 크게 기뻐해 주었고, 둘째가 아들이란 소식을 들었을 땐 든든해서 좋겠다며 축하해 주었다.

시댁과 미나와의 관계는 제법 좋았다. 설표가 중간에서 잘 중재하는 것도 있었지만 부모의 사랑을 느끼지 못했던 미나를 친딸처럼 여기며 살뜰히 보살펴 준 그들 덕에 미나의 마음의 문도 활짝 열린 상태였다.

미나는 아름을 안아 든 채 몸을 흔들며 재우는 설표를 보았다. 너른 품에 딸아이를 안은 채 작게 자장가를 불러주는 그의 모습에 입가에 부드러운 미소가 머물렀다.

잘 자라, 우리 아가.
앞뜰과 뒷동산에.

그의 노랫소리에 미나는 마치 자신이 '우리 아가'가 된 것처럼 스르르 눈을 감았다.

어느 평범한 새벽, 미나는 여전히 그가 만들어준 든든한 울타리 안에서 두 아이와 함께 사랑을 느끼며 잠이 든다.

행복은 이제 그녀에게 아주 당연한 것이 되었다.

가족은 이제 그녀에겐 없어선 안 될 아주 중요한 것이 되었다.

그 모든 것은 강설표 그가 만들어준 것.

그는 여전히 그녀의 세계에서 가장 중요한 사람이자 멋진 남자였다.

그리고…… 든든한 남편이기도 했다.

☆the end☆

[작가 후기]

안녕하세요, 정이연입니다. 꽃순이 아가씨를 떠나보내고 나서 무작정 바로 시작했던 범도령의 이야기가 끝이 났습니다. 그 어느 글보다 빠르게 시작했고, 빠르게 진행했으며, 빠르게 완결한 글입니다. 그건 아마도 여자 주인공의 직업이 작가라는 점과 저 또한 좋아하고 선망하는 연예인이 있기에 가슴 두근거리며 작업한 결과일지도 모르겠습니다.

무작정 한글을 켜고 글을 쓰기만 한 것도 어언 8개월째입니다. 많은 분들이 보내주신 사랑에 설레어하며 작업을 하다 보니 짧은 기간 안에 벌써 네 번째 책이 나왔습니다. 처음에 두근거렸던 설렘이 조금은 없어질 법도 한데, 매번 다른 캐릭터들의 주인공들과 새로운 독자님들을 찾아뵙다 보니 흥분이 쉬이 가시질 않습니다. 이러다간 이 후기를 쓰고 난 후 다섯 번째 책을 쓰겠다며 마구 설치고 있을지도 모르겠습니다.

처음으로 호흡을 맞춘 예원북스 관계자님들. 많은 배려를 해주셔서 힘들이지 않고 편안하게 작업할 수 있었던 것 같습니다. 다음 작품 또한 잘 부탁드립니다.

이번에도 많은 응원과 지지 보내주신 〈그녀의 서재〉 작가님들과 독자님들께도 감사의 인사 전합니다. 그리고 연재에 많은 호응을 해주신 독자님들께도, 지금 마지막 이 페이지를 보고 있는 독자님들께도 감사의 인사를 전합니다.

그럼 전 다음 작품으로 찾아뵙겠습니다. 그 글은 정말 달달하고 행복하며 누구나 꿈꾸는 사랑이 가득 담겨 있길 바랍니다.

감사합니다.

— 무더운 여름날,

정이연 올림.

예원북스에서는
로맨스 작가님의 소중한 원고를 기다립니다.

투고해 주실 메일 주소는
yewonbooks@naver.com 입니다.
많은 관심 부탁드립니다.